Mein Name ist Huth
Robin Huth

Geschichten aus dem Leben einer Bulldogge

Mein Name ist Huth
Robin Huth

Geschichten aus dem Leben einer Bulldogge

Gerdi M. Büttner

TWENTYSIX – Der Self-Publishing-Verlag
Eine Kooperation zwischen der Verlagsgruppe Random House und
Books on Demand

© 2016 Büttner, Gerdi M.

Herstellung und Verlag:
BoD – Books on Demand, Norderstedt.

Umschlagbilder: shutterstock (Tatiana Katsai / nalinn)

ISBN: 9783740711573

Liebe Leserin, lieber Leser

mit dem Erwerb dieses Romans haben sie einen kleinen
Beitrag für Hunde geleistet, die kein so glückliches
Hundeleben führen können.

Hunde, die gequält, ausgesetzt werden oder in
Tötungsstationen ein trostloses Dasein führen.

Ich habe mich deshalb entschlossen 50% vom Nettoerlös
dieses Romans an Organisationen zu spenden, die es sich zur
Aufgabe gemacht haben, Hunden in Not zu helfen.

Vielen Dank, auch im Namen der Hunde
und viel Spaß beim Lesen des Romans

Es werden mehrere Jahrtausende von Liebe nötig sein,
um den Tieren ihr durch uns zugefügtes Leid heimzuzahlen"

(Franz von Assisi)

Kapitel 1: Ich und Felix

Hallo Leute, ich bin Robin, Robin Huth, ein englischer Bulldoggen-Rüde. Gemeinsam mit meinem menschlichen Freund, Felix Huth, lebe ich in einem tollen alten Haus am Waldrand. Bis in die Stadt ist es nicht weit, nach nur zwanzig Minuten Fahrzeit sind wir im Hauptquartier der Tierschutzorganisation, bei der wir Beide arbeiten. Ja, ganz richtig, ich bin ein arbeitender Hund und sehr stolz auf meinen anspruchsvollen Job. Eigentlich bin ich ja bescheiden, trotzdem möchte ich behaupten, ohne mich geht gar nichts in dem Laden. Die Arbeit macht leider nicht immer Spaß, manchmal bekommen wir Dinge zu sehen, die einem sensiblen Hund wie mir Alpträume bescheren. Auch Felix hat schon öfter verflucht, dass er den Job angenommen hat, denn auch er reagiert sehr emotional, wenn es um gequälte Tiere geht. Aber dann sagen wir uns irgendwer muss schließlich eingreifen und helfen. Und häufig ist es zum Glück auch nicht so schlimm, das jede Hilfe zu spät kommt. Wenn wir einem Tier helfen können und es durch uns eine schönere Zukunft hat, dann sind wir wieder versöhnt mit unserem Beruf.
Noch etwas gefällt mir an unserer Arbeit. Wir kommen weit herum und fahren oft lange Strecken mit dem Auto. Autofahren ist meine Leidenschaft, ich kann stundenlang im Auto sitzen und zusehen, wie die Landschaft an mir vorbeirauscht. Felix meint zwar, er müsse spätestens alle zwei Stunden anhalten um mich „die Beine vertreten zu lassen", wie er es nennt. Das wäre aber gar nicht nötig, denn die Beine einer Bulldogge sind nicht unbedingt zum vertreten gemacht.
Sie sind nämlich leider etwas kurz und eignen sich am besten zum Sitzen oder liegen.
Habe ich eigentlich schon erwähnt, dass ich ein ausgesprochen attraktiver Vertreter meiner Rasse bin? Nun ja, vielleicht ein

bisschen zu groß und mit 33 Kilogramm ein wenig zu schwer für eine englische Bulldogge, dafür ist mein Gesicht aber auch nicht ganz so faltig zerknautscht. Und mein Fell, cremeweiß mit beige, ist besonders dicht und weich.

Felix vermutet, unter meinen Vorfahren sei vielleicht einmal ein großer Hund mit dickem Haarkleid gewesen. Aber das werden wir wohl nie herausfinden. Denn er hatte mich vor zwei Jahren auf der Straße einem Betrunkenen weggenommen, der nicht gut mit mir umgegangen war.

Ich kann mich daran nicht mehr erinnern, da ich damals noch sehr klein war. Höchstens sechs Wochen alt hatte der Tierarzt gemeint, zu dem mich mein neuer Freund gleich am nächsten Tag gebracht hatte. Ich sei wohl ein Wühltischwelpe, sagte er und bedachte mich mit einem mitleidigen Blick. Bis heute weiß ich allerdings nicht, was ein Wühltischwelpe ist. Eigentlich ist es mir auch Wurscht, denn ich fühle mich gut und richtig, so wie ich bin.

Immerhin stellte der Tierarzt damals außer einem angeborenen Ringelschwanz keine weiteren Mängel an mir fest und so durfte ich, versehen mit einer eklig schmeckenden Wurmkur und einem Paket Futter für sensible Welpen, mit meinem neuen Herrchen nach Hause gehen.

Mein neues Zuhause entpuppte sich als ein wunderschönes altes Haus, das nahe am Waldrand liegt. Es steht in einem riesigen Garten mit zwei Terrassen, einem etwas baufälligen Neben-gebäude in dem man wunderbar herumstöbern kann. Ein natürlicher Biotop mit Fröschen, Kröten und sonstigem Getier runden mein kleines Reich ab. Das Haus, so hat mir Felix erzählt, hat er von seinem Patenonkel geerbt, der ein kinderloser und eigenbrötlerischer Mann gewesen sei. Als Stadtmensch wollte Felix das Haus eigentlich erst verkaufen, um sich von dem Geld eine moderne Eigentumswohnung anzuschaffen. Als er jedoch für eine Woche darin wohnte, weil er Inventar für den Verkauf aussuchen wollte, verliebte er sich in das alte aber sehr gut gepflegte Gebäude und beschloss, erst einmal dort einzuziehen.

Dabei ist es geblieben, inzwischen können Felix und ich uns nicht mehr vorstellen wo anders zu wohnen. Das einzige was uns fehlt ist eine Frau im Haus. Meint jedenfalls Felix, denn ich finde unser Junggesellenleben toll. Mir macht es nichts aus wenn der Teppich staubig und die Fenster nicht geputzt sind. Die Küche ist meist aufgeräumt weil Felix nur ungern kocht, was ich manchmal schon schade finde. Als Bulldogge ist man in der Wahl seines Futters nicht wählerisch und Trockenfutter schmeckt zwar fade, macht aber prima satt. Aber frisch zubereitete Hausmannskost ist einfach himmlisch, dafür lasse ich jeden Hamburger und jeden Pizzarand liegen.

Manchmal kommt Felix' Mutter für ein Wochenende vorbei. Um nach ihren beiden Jungs zu sehen, wie sie sagt. Dann könnte ich vor Freude einen Salto schlagen, wenn es mein etwas ungelenker Körper zuließe. Denn ich liebe die Mama sehr und sie mich auch, wie sie mir immer versichert. Schade, dass sie nicht ständig bei uns wohnt, ich könnte mich daran gewöhnen.

Ich verstehe gar nicht weshalb Felix das nicht auch möchte, schließlich macht sie alles sauber, wäscht und kocht für uns. Sie bürstet sogar mein Fell mit einer rauen Bürste, worauf ich mich vor Wonne grunzend auf den Rücken lege und mit den Beinen strampele.

Leider teilt Felix meine Meinung in der Beziehung überhaupt nicht, ja er scheint sogar jedes Mal froh zu sein, wenn Mama in ihr eigenes Haus zurückkehrt. Obwohl er sie doch genauso liebt, wie ich. Verstehe einer die Menschen.

Dagegen bringt er manchmal eine junge Frau mit nach Hause, die er Silvie nennt. Ich mag sie nicht besonders, denn wenn sie da ist bin ich mehr oder weniger abgemeldet bei Felix. Ich darf dann nicht einmal in unserem Schlafzimmer schlafen. Obwohl sich dort schon immer auch mein Bett befindet. Ich muss dann im Wohnzimmer auf der Couch schlafen, was ich richtig doof finde. Die Silvie mag mich, glaube ich, auch nicht sehr. Zwar tut sie in Felix Anwesenheit so, als ob sie mich toll fände aber wenn ich alleine mit ihr bin, schaut sie mich manchmal an, als sei ich ein räudiger Straßenköter und rümpft die Nase als ob ich stinke. Dabei bin ich ein sehr gepflegter Hund und wenn ich mich mal im Dreck gewälzt habe, schickt Felix mich gleich unter die Dusche. Was ich wiederum gar nicht lustig finde.

Nun ja, vielleicht hat sich die Sache mit Silvie sowieso schon erledigt, immerhin habe ich sie seit zwei Wochen nicht mehr gesehen und Felix telefoniert auch nicht mit ihr, wie er es sonst oft tat. Ich wäre nicht böse über eine Trennung der Beiden. Und am Wochenende kommt Mama zu uns, die kann auch viel besser kochen als Silvie.

Ich träume gerade, dass ich mit einer schlanken Hundedame über die Wiese renne. Fast habe ich sie eingeholt, denn im Traum bin ich schnell wie ein Windhund und meine etwas kurz geratenen Beine fliegen gerade so über das Gras. Die Hündin dreht den Kopf nach mir und lächelt verführerisch, was mich zu wahrer Höchstleistung anspornt.

„Na, mein Junge, was zuckst du denn so hektisch mit den Beinen? Träumst du?" fragt sie mich und ihre Stimme klingt sehr männlich. Irritiert bleib ich stehen und ihr Bild löst sich abrupt auf. Statt schlanker Hundefesseln sehe ich plötzlich Jeansbeine und Sportschuhe vor meiner Nase. Verärgert pruste ich, wälze mich auf den Bauch und schaue verdrossen zu Ben auf. Warum kommt der immer im falschen Augenblick?

Felix' Arbeitskollege bückt sich um mir lachend den Kopf zu tätscheln – auch etwas, was ich nicht besonders mag. Eigentlich ist Ben ja ganz nett aber leider hat er keinen blassen Schimmer im Umgang mit Hunden. Wie er es geschafft hat, mit so wenig Insiderwissen in unserer Organisation einen Job zu bekommen ist mir ein Rätsel. Hier haben alle Mitarbeiter ein fundiertes Wissen über Hunde und andere Tiere. Schließlich ist es wichtig zu wissen, was jede Tierart für Bedürfnisse hat, wenn man Missstände aufdecken will. Vielleicht muss Ben ja nicht so viel über Tiere wissen, weil er als Rechtsanwalt sowieso nur für die organisatorischen Dinge zuständig ist. Meist telefoniert er mit irgendwelchen Behörden oder schreibt seitenlange Briefe. Er ist auch öfter mal beim Gericht um dort für die geretteten Tiere zu kämpfen, hat mir Felix mal erklärt. Denn die ehemaligen Tierbesitzer wollen oft partout ihre Tiere wieder zurückhaben und verklagen uns sogar wegen Diebstahl. Dann muss Ben ihnen nachweisen, dass sie ihre Tiere nicht gut behandelt haben. Unsere Organisation nennt sich „Menschen für Tiere in Not" und wurde von Frau Meurer, einer tierverrückten älteren Dame gegründet. Nach dem Tod ihres Mannes hat sie dessen Labor, in dem gegen ihren Willen auch Tierversuche durchgeführt wurden, verkauft. Dann gründete sie einen Tierschutzverein, den sie mit dem Geld für den Laborverkauf finanzierte. Das ehemalige Firmengelände wurde zu einem Tierheim umgestaltet. Dort können die geretteten Tiere so lange bleiben, bis sie ein neues Zuhause gefunden haben. Dadurch will Frau Meurer gutmachen, was im Namen ihres Mannes den armen Versuchstieren angetan wurde.

Ich bin natürlich nicht der einzige Hund, der mit seinem Herrchen oder Frauchen für MfTN arbeitet. Es gibt noch fünf weitere Hunde, mit denen ich mich sehr gut verstehe. Wir halten uns meist in den Büros bei unseren Menschen auf, können aber auch auf das weitläufige Gelände, wo uns sogar eine Spielwiese mit Bäumen, Büschen, einem Sand- und einem Wasserbassin eingerichtet wurde. Selbst für unser leibliches Wohl ist gesorgt, es stehen uns alle Futtersorten zur Verfügung, die auch die Tierheimhunde bekommen. Für einen Hund wie mich, der eigentlich jedes Futter schmackhaft findet, könnte hier das Schlaraffenland sein. Doch leider gibt es einen Haken an der

Sache. Selbstbedienung ist nicht, wir bekommen nur das, was unsere Menschen uns hinstellen.

Aber ich schweife ab, noch immer steht nämlich Ben vor mir und grinst auf mich herab. „Du hättest mit Felix zur Besprechung gehen sollen" labert er leutselig. „Dort wurde eine neue Mitarbeiterin vorgestellt, die eine hübsche junge Hündin dabei hat. Ich würde sagen, die passt genau in dein Beuteschema."

Na toll. Da schwänze ich einmal eine der meist langweiligen Sitzungen um ungestört ein ausgiebiges Schläfchen zu halten und dann wird eine neue Hündin vorgestellt. Sicher hat Rocky, der etwas angeberische Collie-Mischling, sie gleich angebaggert. Seit er vor einem Jahr kastriert wurde versucht er ständig allen zu beweisen, dass er es immer noch drauf hat. Vermutlich hat die Hündin sofort gemerkt was mit ihm los ist, tröste ich mich selbst. Dennoch, es kann nicht schaden, wenn ich mir die Dame mal ansehe. Hoffentlich ist sie noch da. Ich erhebe mich von meiner Matratze und strecke erst einmal meine Vorderbeine aus, den Hintern in die Höhe. Dabei gähne ich laut und herzhaft. „Uaaaar"

Ach, das tut gut, jetzt bin ich bereit für einen kleinen Flirt. Hoffentlich ist die Dame auch so attraktiv, wie Ben meint. Menschen haben ja manchmal einen seltsamen Geschmack. Ich rempele Ben freundschaftlich ans Bein und mache mich auf den Weg. Aber wohin eigentlich? Ich drehe mich um und schaue Ben fragend an. Er scheint tatsächlich zu verstehen. „Sie sind zum Aufenthaltsraum gegangen." Er macht mir die Tür auf, lässt mich hinaus und ruft mir hinterher: „Viel Glück, mein Junge."

Ich schlendere den Gang entlang und schnüffle ein wenig auf dem Boden. Nein, da ist kein Geruch einer fremden Hündin. Vermutlich ist sie noch im Aufenthaltsraum. Noch ein schneller Blick zum Aufzug. Natürlich, wenn man jemanden braucht ist keiner da. Ich seufze laut, es bleibt mir nichts anderes übrig, als die Treppe hinaufzulaufen.

Bevor ich an der Treppe bin höre ich hinter mir ein aufgeregtes Hecheln. Auch ohne mich umzudrehen weiß ich, dass es Rocky ist. Ich setzte mich auf den Hintern und warte bis er bei mir ist. Er winselt aufgeregt, Rocky ist immer aufgeregt, das ist der Collie in ihm.

„Hast du sie schon gesehen, die tolle Hündin?" Er hechelt so stark als sei er gerannt. Speichel tropft von seiner Zunge, er schleckt sich über die Nase und die Speicheltropfen fliegen durch die Luft. Ein oder zwei treffen mich ins Gesicht, doch ich tue so, als hätte ich nichts gemerkt. Eine Bulldogge lässt sich durch ein bisschen Spucke nicht aus der Ruhe bringen.

„Wau, sieht die gut aus." Er leckt sich nochmals über die Nase und setzt sich neben mich. Seine lang behaarte Rute wischt eifrig über den Boden und verwischt die Spucke Tröpfchen.

„Lara", sagt er. Das ist ihr Name. Schön nicht? L a r a" Er dehnt das Wort genüsslich.

Lara, so, so. Gefällt mir auch gut aber ich sage nichts. Gerne wäre ich weitergelaufen, doch aus Erfahrung weiß ich, dass das bei Rocky nichts bringt. Er hat das zweifelhafte Talent einen eiligen Hund unnötig aufzuhalten. So bleibe ich ergeben sitzen, bis er mir alles erzählt hat. Schließlich kann es ja nicht schaden, wenn ich bereits im Voraus ein paar Infos über die neue Frau in unserem Rudel erfahre.

Bevor Rocky jedoch weitersprechen kann, klingelt es. Der Lift ist auf unserer Etage angekommen und meldet das mit einem scheppernden Ton. Wir schauen beide in Richtung der Aufzugtür, die sich langsam öffnet.

Meiner Schnauze entfährt ein erstauntes „Wuff" als ich sie sehe. Trotz der vielen Menschenbeine um sie herum kann ich sie deutlich sehen. Himmel, was für ein betörendes Wesen. Ein Engel auf vier Pfoten. Mein Unterkiefer sackt herab und meine Zunge rutscht unter der rechten Lefze hervor.

Das passiert mir öfter, da mein Kiefer eine kleine Fehlstellung hat, die bei uns Bulldoggen leider häufig anzutreffen ist. Normalerweise macht mir diese nichts daraus, doch ausgerechnet jetzt passt es mir gar nicht.

„Na, Robin, hast du mich gesucht?"

Nur undeutlich dringt Felix' Stimme in meine Ohren. Er kommt auf mich zu und die Hündin folgt ihm samt ihrem Frauchen. Begeistert springe ich auf, mein komplettes Hinterteil wackelt enthusiastisch. Da ich einen Ringelschwanz habe, der auch noch festgewachsen ist, kann ich meiner Freude nur so Ausdruck verleihen. Hinter mir jault Rocky enttäuscht, weil er von seinem Herrchen gerufen wird. Mit einem mürrischen „Tschüss" trollt er sich davon. Gott sei Dank, den bin ich los. Und die Hündin, Lara, kommt freundlich wedelnd auf mich zugelaufen.

Bei allen Hundegöttern, ist sie schön. Ein fast schneeweißes Fell mit kleinen, golden- und kupferfarbenen Sprenkeln. Ihr Kopf ist gut ausgeprägt mit langen, schwarz umrandeten Lefzen. Im ersten Moment meine ich, eine etwas zierliche Bulldogge vor mir zu haben. Erst auf den zweiten Blick erkenne ich, dass sie eine Boxerhündin ist. Eine weiße Boxerhündin. Wau.

Natürlich habe ich schon hin und wieder von weißen Boxern gehört aber noch nie einen gesehen. Unter Züchtern sind sie als Fehlfarbe verpönt und wurden bis vor einigen Jahren sogar gleich nach der Geburt getötet.

Für einen Hund wie mich, der sich dem Tierschutz verschrieben hat, ist dies ein unerträglicher Gedanke. Wie viele unschuldige, neu geborene Welpen wohl schon bloß wegen ihrer unerwünschten Fellfarbe sterben mussten? Der bloße Gedanke daran lässt mich schwindelig werden.

Was ist, geht's dir nicht gut? Du guckst so seltsam." Laras Stimme klingt wie Musik in meinen Ohren, sie ist volltönend und doch sehr weiblich. Anscheinend finde ich alles an ihr toll, schießt es mir durch den Kopf.

Sie steht jetzt dicht vor mir und blickt mir besorgt mit ihren schwarz umrandeten Augen an. Ich weiß, dass manche Frauen sich die Augen so schwarz ummalen, das habe ich schon bei Silvie gesehen. Sie sagte dazu schminken. Laras Augenlider sind jedenfalls nicht geschminkt, sehen aber toll aus. Ihre Augen sind honigbraun und strahlen mich freundlich an. Ihre schwarze Nase schnüffelt an meiner, ich kann ihre kühle Nässe fühlen. Die kurze Berührung schickt einen Stromstoß durch meinen Körper und ich muss vor Aufregung hecheln. Was hat diese Hündin nur an sich, was mich so total verwirrt? Ich bin doch schon mit vielen Hündinnen zusammengekommen, doch noch nie hat mich eine so verwirrt. Ich komme mir schon richtig dumm vor wie ich hier stehe und nicht einmal ein „Wuff" herausbringe, weil plötzlich mein Maul ganz trocken ist.

Zum Glück unterbricht Felix die peinliche Situation, wenn auch mit für mich wenig schmeichelhaften Worten.

„Komm schon, Robin", sagt er drängelnd. „Du hältst ja den ganzen Betrieb auf. Geh mal voran und zeige deiner neuen Teamgenossin wo unser Büro ist. Mir scheint, du hast noch immer nicht ausgeschlafen."

„Robin schläft für sein Leben gern", erzählt er Laras Frauchen als wir auf dem Weg zurück in unser Büro sind. „Nach Fressen und Auto fahren ist es seine liebste Beschäftigung."

Ich höre zwar an seiner Stimme dass er bei seinen Worten lächelt und weiß, er meint es nicht böse. Im Großen und Ganzen bin ich ja auch gegen seinen liebenswürdigen Spott immun. Schließlich bin ich mir sicher, dass er mich genau so liebt wie ich bin. Aber gerade im Moment bringt mich sein Gerede ein bisschen auf die Palme. Merkt er den gar nicht, dass mir soeben die tollste Hündin meines Lebens begegnet ist?

Ich brumme leise vor mich hin und überlege ernsthaft, ob ich zur Strafe heute Abend Felix' neue Joggingschuhe zerkauen soll. Das hat ihn früher immer ganz schön verärgert. Damals war ich allerdings ein junger Hund im Zahnwechsel. Ich glaube, heute würde ich den Geschmack von Kunststoff und Gummi ganz schön eklig finden.

„Mach dir nichts draus", höre ich Lara sagen, die dicht neben mir läuft. Ihre Körperwärme und ihr wundervoller Duft betören mich immer mehr. „Ich schlafe auch gerne lang und bin einem guten Fressen nicht abgeneigt. Nur Auto fahren brauche ich nicht unbedingt, ein ausgiebiger Spaziergang durch die Natur ist mir lieber."

Wie bitte? Ausgiebiger Spaziergang? Erstaunt drehe ich den Kopf zu ihr. Sie grinst mich ein bisschen spöttisch an, so als wüsste sie, dass ausgiebige Spaziergänge nicht gerade zu meinen Lieblingsbeschäftigungen gehören. Ein gemütlicher Gang durch den Park ist ja ganz nett. Oder eine Runde um den Block um die Hundezeitung zu lesen. Felix nennt das auf Schnüffeltour gehen und behauptet, ich würde an jedem Grashalm stehenbleiben um mich mit ihm zu unterhalten. Aber er hat längst akzeptiert, dass Bulldoggen weder Langstrecken-läufer noch Sprinter sind. Wenn er Joggen geht, darf ich gemütlich zu Hause bleiben und an meinem Kissen horchen.

Wir sind bei unserem Büro angekommen. Felix bietet Laras Frauchen den gemütlichen Sessel vor seinem Schreibtisch an und setzt sich dann auf seinen Stuhl. Erst jetzt fällt mir auf, dass sich die Beiden schon die ganze Zeit angeregt unterhalten. Und sie lachen oft, anscheinend können sie sich gut leiden.

Etwas unschlüssig schaue ich zu meiner Matratze, sie sieht nach meinem wilden Traum ein wenig zerknautscht aus. Außerdem liegen ein paar angenagte Kauknochen herum. Ob ich es wagen kann Lara anzubieten, sich darauf zu setzen? Vermutlich ist sie elegantere Plätze gewohnt.

Doch wieder einmal kommt sie mir zuvor. „Oh, du hast da aber eine sehr gemütlich aussehende Matratze liegen. Die ist so groß, dass wir Beide darauf passen. Ich darf doch...?" Ohne meine Antwort abzuwarten setzt sie sich drauf und schaut auffordernd zu mir her. Nervös hocke ich mich neben sie, darauf bedacht etwas Abstand zu halten. Sie legt sich nieder und ich tue es ihr nach. Jetzt ist sie mir ganz nah, ihr köstlicher Duft verwirrt meine Sinne. Was ist das bloß, was so köstlich riecht? Es weckt seltsame, bislang nie gekannte Gelüste in mir.

„Du gefällst mir sehr, Robin" sagt sie unverblümt und kommt mit ihrer Schnauze ganz nah an meine. Ihre wunderschönen honigbraunen Augen mustern mich wohlwollend. Und dann flüstert sie mir etwas ins Ohr, das mich vollends aus der Fassung bringt.

„Weißt du, ich werde bald läufig", raunt sie mir zu und ich spüre ihre kalte Nase an meiner Wange. Ein Schauer durchläuft meinen Körper, ich weiß nicht, ob er von der leichten Berührung oder ihren Worten ausgelöst wird. Ist mir auch egal, jedenfalls klärt sich jetzt die Sache für mich. Lara wird bald läufig und sie interessiert sich für mich als zukünftigen Papa für ihre Welpen.

Ich kann mein Glück kaum fassen und beginne aufgeregt zu hecheln. Läufige Hündinnen kenne ich bloß vom Hörensagen. Manchmal erzählt einer der anderen Rüden davon, wenn wir gemütlich zusammenliegen. Erfahrung hat allerdings keiner von uns. Die Hündinnen im Team sind alle kastriert, sogar einige von uns Rüden. Mir ist das zum Glück erspart geblieben, Felix hatte zwar mal mit dem Gedanken gespielt, sich aber dann doch dagegen entschieden.

Ich finde die Menschen entscheiden diesbezüglich allzu sehr nach ihren Wünschen und denken nicht an die Gefühle ihrer Hunde. Anscheinend denken sie nicht darüber nach, dass dieser Eingriff ein entscheidender Einschnitt für den Hund ist. Ein kastrierter Rüde hat einen schweren Stand unter seinen intakten Artgenossen, wird oft nicht ernst genommen und von dominanten Geschlechtsgenossen oft sogar bestiegen. Kastrierte Hündinnen hingegen sind oft zickig und sogar aggressiv gegen andere Hunde. Dabei ist das Kastrieren meist gar nicht nötig und rechtlich sogar verboten, wenn es nicht aus gesundheitlichem Grund geschieht. Das hat unser Tierarzt Felix erklärt, als der mich ihm zwecks Kastration vorgestellt hatte. Er meinte, die meisten Menschen würden ihre Hunde nur aus Eigennutz kastrieren lassen, um es bequemer zu haben. Nachdem Felix kurz nachgedacht hatte, war das Thema vom Tisch. Und heute bin ich noch glücklicher darüber als damals. Denn wenn Lara es ernst meint, und wir eine Gelegenheit finden, kann ich meine Gene bald an Boxer-Bulldoggen-Welpen weitergeben. Ist das Leben nicht herrlich.

Kapitel 2: Lara

Seit Lara und ihr Frauchen zu unserem Team kamen, sind etwa zwei Wochen vergangen. Ich weiß inzwischen mehr über die Beiden, hochinteressante, ja fast unglaubliche Dinge. Zuerst dachte ich das Lara mich verulken will als sie mir erzählte, über welch ungewöhnliche Begabung ihr Frauchen verfügt.

Tanja Sommer, so heißt Laras Frauchen, ist Tierheilpraktikerin, was ja an und für sich nichts Ungewöhnliches ist. Felix war auch schon mit mir bei einem Tierheilpraktiker als ich einen juckenden Ausschlag an Pfoten und Schnauze hatte. Zuerst befürchtete ich ja eine Spritze zu bekommen, wie das meist der Fall ist wenn wir zum Tierarzt gehen. Nicht, dass ich Angst vor Spritzen hätte, eine Bulldogge lässt sich piksen ohne eine Miene zu verziehen. Trotzdem bin ich kein Freund von Nadeln.

Also dieser nette ältere Mann sagte damals, ich hätte eine Allergie und gab mir statt einer Spritze kleine Zuckerkügelchen, die er mir unter die Zunge legte. Dann gab er Felix ein Fläschchen mit weiteren Kügelchen mit, die der mir daheim mehrmals täglich gab. Was soll ich sagen, nach ein paar Tagen war das Jucken weg. Gut, ab und zu kommt diese Allergie mal wieder, aber Felix hat die Kügelchen immer parat.

Lara hat gelächelt als ich ihr die Geschichte erzählte und gemeint, ihr Frauchen hätte noch viel mehr Mittel um kranke Tiere zu heilen und manchmal würde sie auch Spritzen geben. Aber neben der Tierheilkunde beherrsche sie auch die Tierkommunikation und das sei eine wirklich tolle Sache.

Tierkommunikation? Dieser Ausdruck war mir völlig neu, was das wohl für ein neumodischer Kram war? Lara klärte mich gerne auf, wobei ihre wunderschönen Augen vor Stolz glitzerten.

„Tanja kann mit uns Tieren sprechen."

19

Ich muss sie ziemlich verwundert angeglotzt haben, denn sie lachte ein bisschen spöttisch. „Nicht so, wie du glaubst. Natürlich spricht dein Herrchen auch mit dir und du verstehst auch einiges von dem, was er sagt. Aber weiß er auch immer, was du ihm sagen willst?"

„Äh, naja, also wenn ich was zu fressen haben will, dann mache ich ihm das schon klar. Auch wenn ich raus muss oder irgendwas nicht mag kann ich es ihm begreiflich machen..."

„Ja, aber du sprichst nicht wirklich mit ihm, er leitet aus deiner Körpersprache ab, was du gerade möchtest. Oder er weiß schon im Voraus, dass du Hunger hast, weil es der Zeitpunkt ist, zu dem er dir dein Fressen gibt. Wenn du ihm jedoch sagst, dass du schon seit drei Wochen keinen Pansen mehr bekommen hast und es mal wieder Zeit dafür wäre, dann versteht er kein Wort. Und Pansen bekommst du erst wieder, wenn er ihm beim Einkaufen gerade ins Blickfeld kommt. Stimmt's?"

Bei dem Wort Pansen lief mir gleich das Wasser im Maul zusammen aber ich musste Lara Recht geben.

„Und deine Tanja versteht dich wenn du ihr sagst du möchtest Pansen? Dann gibt sie dir sofort welchen?" Allein der Gedanke machte mich kribbelig. Felix musste unbedingt auch diese Tierkommunikation lernen. Ich sah mich inmitten von Schlemmereien sitzen, die er mir alle auf meinen Wunsch bringt. Schlaraffenland.

Lara dämpfte aber schnell meine Euphorie. „Nun, ganz so funktioniert das leider nicht. Natürlich könnte ich mich mit Tanja über Pansen unterhalten und sie würde mich auch verstehen. Aber eigentlich spricht sie mit den meisten Tieren über deren Probleme. Etwa, damit an ihren Haltungsbedingungen etwas verändert wird, oder um den Besitzern zu sagen, wo das Tier Schmerzen hat. Die ältere Dame, die diese Tierschutzorganisation gründete, hat Tanja gebeten sich um die oft traumatisierten Tiere zu kümmern, die ihr rettet.

Damit sie wieder gesund werden und in ein gutes Zuhause vermittelt werden können."

Ich war beeindruckt. Traumatisierte Tiere gibt es hier wirklich einige. „Wir haben sie aus manchmal unglaublichen Zuständen herausgeholt aber sie können oft nicht vergessen, was man ihnen angetan hat. Manche werden aggressiv, andere traurig, einige haben sich sogar völlig aufgegeben. Wenn Laras Frauchen diesen armen Kreaturen helfen könnte, so wäre das wirklich ein Segen.

Trotzdem konnte ich mir nicht richtig vorstellen wie es ablaufen würde, mit einem Menschen zu sprechen. Ich kann natürlich mit anderen Hunden reden und tue es auch oft. Aber die Hundesprache ist nicht mit den Ohren zu hören. Wir verständigen uns nicht über Bellen oder Winseln miteinander, das ist meist nur für die Menschen bestimmt, damit sie auf uns aufmerksam werden.

Natürlich bellen wir uns auch einmal an, etwa, wenn wir an der Leine sind und einem anderen Hund begegnen. Aber das ist dann nur als kurze Ansage gedacht, etwa wie „Hallo" sagen. Oder auch „Hau ab." Gleichzeitig zeigen wir dem anderen Hund durch unsere Körpersprache an, was er über uns wissen muss. Denn an der Leine bleibt oft keine Zeit für einen kleinen Plausch.

Unsere wahre Sprache spielt sich völlig lautlos ab. Sie geht von unserem Kopf aus und wird ebenso empfangen. Wir lernen sie bereits kurz nach der Geburt von unserer Mutter. Ob das tatsächlich auch mit den Menschen ging? Ich konnte es nicht glauben.

„Die meisten Menschen haben keine Ahnung, dass sie mit uns sprechen könnten, wenn sie nur wollten. Meint zumindest Tanja. Obwohl ich eher der Meinung bin, die meisten Menschen sind einfach zu dumm für Telepathie, wie Tanja unsere stumme Konversation auch nennt", erklärte mir Lara.

Als ich mein Bulldoggen Gesicht in zweifelnde Falten lege,

fügte sie verschmitzt lächelnd hinzu: „Warte mal ab, sicher spricht sie bald auch einmal mit dir, dann glaubst du mir endlich."

Wie ich bereits sagte, ist das jetzt etwa zwei Wochen her. Zu meiner Freude hat sich zwischen Felix und Tanja eine tolle Freundschaft entwickelt. Mit Tendenz zu mehr, wie ich insgeheim hoffe, denn Tanja gefällt mir wirklich sehr gut. Ich könnte mir sehr gut vorstellen, mit ihr und Lara in unserem gemütlichen Häuschen zu wohnen. Und ich glaube Felix denkt genauso, ich habe ihn lange nicht mehr so permanent gut gelaunt erlebt. Er und Tanja sehen sich ja fast täglich an ihrem Arbeitsplatz aber darüber hinaus treffen sie sich auch sehr oft noch mal nach Feierabend. Dann gehen sie ins Kino oder zum Essen. Davor machen wir meist zu viert einen Spaziergang, dann bleiben Lara und ich bei uns zu Hause.

Eigentlich habe ich bisher immer darauf bestanden, mit zum Essen zu gehen. Schließlich bin ich eine gut erzogene Bulldogge, ich bettele nicht und liege brav unter dem Tisch und döse vor mich hin. Manchmal kommt dann eine Hand unter den Tisch und hält mir einen feinen Bissen hin. Die Hände wechseln sich ab, denn ich bin bei allen Freunden von Felix beliebt und jeder steckt mir gerne heimlich was zu.

Seit Lara bei mir ist hat sich das geändert. Nicht etwa, dass mich unsere Freunde nicht mehr mögen, eine nettere Bulldogge wie mich gibt es ja gar nicht. Nein, seit ich die Abende mit Lara allein verbringen kann, gibt es plötzlich für mich nichts Tolleres. Ich bin total verliebt in sie und ihr Duft macht mich noch wahnsinnig.

Heute Abend sind wir auch wieder allein. Weil das Wetter so schön mild ist sind wir im Garten geblieben und liegen dicht nebeneinander im weichen Gras. Ihr Kopf kommt nah an meinen und sie flüstert mir zu, dass sie seit einiger Zeit läufig ist und heute ein guter Zeitpunkt wäre.

Dabei drängt sie sich an mich und schaut mich verheißungsvoll an. Ich bekomme plötzlich keine Luft mehr und muss laut hecheln, ob ich will oder nicht.

Bisher bin ich nur wenig mit läufigen Hündinnen zusammen gekommen, eigentlich noch nie. Ich bin mir nicht ganz sicher, was ich nun tun soll. Doch gleichzeitig erwachen Gelüste in mir, die ich so noch gar nicht kannte. Ich blicke sie unsicher von der Seite an.

„Meinst du, wir dürfen das?" frage ich sie beklommen. Von der Arbeit im Tierschutz weiß ich, dass es nicht unbedingt erwünscht ist, dass Hunde Nachwuchs bekommen. Das Wort Kastration geistert durch meinen Kopf. Was, wenn mich Felix kastrieren lässt wenn er erfährt, dass Lara Welpen von mir bekommt? Ich teile ihr meine Sorge mit.

Aber sie lacht nur beruhigend.

„Keine Angst, mein lieber Robin, wir haben den Segen unserer Leute. Was meinst du, weshalb sie uns heute Abend allein im Garten lassen? Meine Tanja hat mir schon länger versprochen, ich dürfte einmal einen Wurf haben. Sie weiß nämlich, dass es für eine Hündin nichts beglückender ist, als Welpen zu haben. Und als ich dir zum ersten Mal begegnet bin, wusste ich sofort, ich möchte nur von dir Welpen bekommen."

Sie stand auf und stupste mich mit der Nase in die Seite.

„Dein Felix ist auch damit einverstanden, er ist jetzt schon stolz auf dich hat er gesagt. Also komm, steh auf, lass uns keine Zeit vergeuden. Es wird für uns Beide eine wundervolle Nacht werden."

Das wurde es tatsächlich, ebenso wie auch die nächste Nacht, in der wir nochmals zusammen sein durften. Obwohl es auch anstrengend für mich war, hätte ich noch weitere Nächte so zubringen können.

Doch so plötzlich, wie Laras Interesse an unserer Verpaarung begonnen hatte, so plötzlich hatte sie auf einmal keine Lust mehr. Sie wehrt mich sogar ziemlich rüde ab, als ich es nochmals versuchen will und drängte ihr Frauchen dann dazu, früher heimzufahren. Ziemlich bedröppelt gucke ich ihnen hinterher als sie zum Auto gehen und schaue ratlos zu Felix auf. Was soll das denn sein? „Mach dir nichts draus, alter Knabe", grinst der mich an und tätschelt mir tröstend den Kopf. „So sind die Hundedamen nun mal. Aber keine Sorge, Lara wird dich auch weiterhin lieben, auch wenn sie es dir nicht mehr so zeigen wird. Komm, wir gehen rein. Ich habe dir ein besonders köstliches Fresschen hingestellt, das hast du dir verdient." Na, das versöhnt mich doch sofort mit meinem Schicksal. Seufzend schlendere ich hinter ihm her ins Haus um mich meinem gut gefüllten Napf zu widmen.

„Aufwachen Robin, es gibt Arbeit für uns." Felix steht vor mir als ich verschlafen blinzele. Er hat mein Einsatzgeschirr in der Hand auf dem das Logo unserer Tierschutzorganisation groß aufgedruckt ist. Ich bin sofort hellwach und springe auf. Bevor mir Felix das Geschirr anlegt dehne ich mich noch mal ausgiebig. Das muss sein, ist wie Gymnastik für mich. Kurz darauf sitzen wir zu viert im Auto. Da der lange Holger dabei ist, der viel Platz für seine Beine benötigt, sitze ich hinten bei Martin. Er ist noch nicht lange bei uns und krault mir aufgeregt den Nacken. Ich schaue ihm beruhigend in die Augen und lege mich dann demonstrativ über seine Beine. „Immer ruhig, Martin. Das wird schon werden." Natürlich versteht er mich nicht, wäre halt toll, wenn er diese Tierkommunikation beherrschen würde. Aber meine Körpersprache scheint auch zu wirken, Martin klopft mir den Rücken und sagt: „Du bist halt schon ein alter Hase im Geschäft, nicht wahr Robin. Dich bringt so schnell nichts aus der Fassung." Wenn er sich da nur mal nicht irrt. Denn natürlich mache ich mir auch meine Gedanken, was auf uns zukommt.

Es geht um Pferde, soviel habe ich schon mitbekommen. Ich hoffe, es geht ihnen nicht allzu schlecht und wir können ihnen helfen. Denn manchmal kommen wir auch zu spät, die Tiere sind schon tot oder müssen eingeschläfert werden. Das ist dann immer besonders schlimm. Den Helfern stehen dann oft die Tränen in den Augen. Auch ich könnte manchmal heulen wenn ich sehe, wie manche Tiere von ihren Menschen behandelt werden. Als Tier kann man einfach nicht verstehen wie mancher Mensch sein kann. Bewusste Grausamkeiten sind uns Tieren fern. Klar gibt es auch unter uns Streit, manchmal auch Hass. Aber wir tragen das fair aus. Unter Umständen gibt es dabei zwar auch Verletzungen oder ein Kontrahent stirbt sogar. Bewusste Quälereien oder Vernachlässigung gibt es bei uns jedoch nicht. Selbst halb verhungerte Straßenhunde lassen ihre Kumpels oder gar ihre Welpen nicht im Stich.

Während ich noch meinen düsteren Gedanken nachhänge sind wir am Ziel angekommen. Neugierig setze ich mich auf und schaue aus dem Fenster. Wir befinden uns auf einem öde aussehenden Gelände. Eine mit Stacheldraht eingezäunte Koppel auf der kaum noch ein Grashalm wächst und ein baufälliger Stall, mehr ist da nicht.

Als wir aus dem Auto steigen steigt mir sofort ein sehr intensiver Geruch nach Pferden in die Nase. Darüber hinaus rieche ich faulendes Heu und Stroh, alte und frische Ausscheidungen und leider auch den unverkennbaren Geruch des Todes.
Nun sind diese Gerüche für einen Hund zwar nicht schlecht, eher ist sogar das Gegenteil der Fall. Aber ich weiß aus meiner Erfahrung, dass uns hier nichts Gutes erwartet. Auch Felix und seine Helfer blicken sich vieldeutig an. Dann atmen sie nochmal tief durch und machen sich auf den Weg über die Koppel zu dem zerfallenen Stall. Ich laufe voraus und bleibe schon bald vor einem dunklen Haufen stehen, der mir im Weg liegt. Mein

Geruchsinn hat mir schon verraten, dass hier ein totes Pferd liegt. Ein sehr kleines totes Pferd, ein neugeborenes Fohlen. Es ist schon einige Zeit tot, sein Fell hat bereits an einigen Stellen Löcher, durch die man die Knochen sehen kann. In seinem Kopf sind keine Augen mehr und im offenen Maul sieht man kleine Zähne. Ob das Fohlen bereits tot zur Welt kam oder erst später gestorben ist, kann man nicht mehr feststellen.

Ich schnüffele kurz an dem Kadaver und schaue zu Felix und den anderen hin. Sie gehen gerade in den Stall und ich bin mit ein paar Sätzen bei ihnen. Der Stall hat keine Tür mehr, als wir hineingehen überfällt uns ein unglaublicher Gestank. Der Boden ist vollends mit nassem, stinkendem Stroh und Exkrementen bedeckt. Obwohl ich nicht zimperlich bin, überlege ich mir, ob ich da meine Pfoten hineinsetzen soll.

Durch das an vielen Stellen undichte Dach kommt etwas Helligkeit in den ansonsten düsteren Raum. Mindestens zehn Pferde stehen dicht gedrängt in einer Ecke des Stalles, in der das Stroh nicht ganz so vermodert ist. Sie haben die Köpfe gesenkt und schauen uns stumpfsinnig entgegen.

Keines der Pferde sieht gesund aus, sie sind so dürr, dass man ihre Knochen durch das struppige Fell sehen kann. Auf dem Boden liegen zwei Ballen faulendes Heu an dem einige Tiere herumzupfen.

Felix und die anderen Männer gehen langsam auf die Pferde zu, sie murmeln beruhigende Worte während sie den Tieren Halfter überziehen. Die lassen alles über sich ergehen und folgen den Männern bereitwillig nach draußen.

Inzwischen ist ein Viehtransporter auf dem Gelände angekommen und auch der Amtstierarzt ist da. Ich erkenne ihn an seiner poltrigen Stimme mit der er Anweisungen gibt. Aus Erfahrung weiß ich, dass es noch eine Weile dauern wird, bis die Pferde verladen sind, sie müssen erst untersucht werden ob sie transportfähig sind. Ich bleibe im Stall und schaue mich noch ein wenig um. Jetzt, da meine Füße dreckig sind und meine Nase sich einigermaßen an den beißenden Gestank gewöhnt hat, kann ich noch ein bisschen herumstöbern.

Ich frage mich wieso ein Mensch sich Pferde hält, wenn er sie dann so unterbringt und nicht einmal ordentlich füttert. Bis jetzt habe ich noch nie eine akzeptable Antwort darauf gefunden, auch wenn mir Felix schon manchmal erklären wollte, wie so etwas zustande kommen kann. Für Vernachlässigung und Tierquälerei gibt es meiner Meinung nach keine Entschuldigung. Vor mich hin sinnierend stapfe ich durch den Dreck, da höre ich ein leises Geräusch. Lauschend bleibe ich stehen und lege den Kopf schief. Da ist es wieder, es klingt wie rasselndes Atmen, nur eben sehr leise. Ich gehe dem Geräusch nach bis zur hinteren Stallwand.

Da liegt ein kleines Fohlen im dreckigen Stroh, von dem es sich kaum abhebt. Sein Fell ist dunkel und nass. Als ich es vorsichtig beschnuppere hebt es den Kopf und versucht an mir zu saugen. Mit einem erschrockenen „Wuff" mache ich einen Satz nach hinten. Mir ist sofort klar, das Fohlen braucht dringend Hilfe.

Schnell mache ich kehrt und renne aus dem Stall, hin zu Felix, der gerade mit dem Tierarzt eines der Pferde begutachtet.

„Die Stute hat gerade erst gefohlt", höre ich den Tierarzt sagen. „Ihr hängen noch Teile der Nachgeburt hinten raus. Irgendwo muss ihr Fohlen sein. Das dort auf der Koppel liegt, ist es auf keinen Fall. Das ist schon länger tot."

„Na, dann müssen wir den Stall halt nochmal durchsuchen. Hoffentlich finden wir es noch lebend. Mein Bedarf an toten Pferden ist gedeckt." Felix schaut bekümmert auf den dunklen Fleck auf der Koppel und fährt sich mit der Hand flüchtig durchs Haar. Dann blickt er dem Tierarzt in die Augen und meint mit vor Zorn grollender Stimme.

„Ich hoffe nur, dass dieser Dreckskerl von Pferdehändler auch wirklich die Strafe bekommt, die er verdient. Die Richter sind ja mit derlei Leuten immer sehr nachsichtig. Die sollten mal in so einen verdreckten Stall gehen und sich die armen Tiere vor

Ort ansehen und nicht nur auf Bildern. Dann würden sie vielleicht anders urteilen."

Er blickt zu mir runter und fragt: „Hallo Robin, wo kommst du denn her? Du bist so aufgeregt, hast du was entdeckt?"

Mein Felix - er versteht mich auch ohne Tierkommunikation wenn es darauf ankommt. Wir sind halt ein eingespieltes Team. „Wuff, wuff", sage ich, drehe mich um und laufe in Richtung Stall zurück. Ich bin mir sicher, Felix und der Tierarzt kommen mir hinterher.

Am Stalleingang warte ich bis die beiden bei mir sind und führe sie dann schnurstracks zu der dunklen Ecke, in der das Pferdchen liegt. Es rührt sich nicht und ich stoße es besorgt mit der Schnauze an. Es wird doch nicht in den paar Minuten gestorben sein? Zu meiner Erleichterung strampelt es mit den dünnen Beinchen und versucht aufzustehen. Der Tierarzt stößt mich etwas unsanft zur Seite und kniet sich in den Morast neben das Fohlen. Ich nehme ihm den Knuff nicht übel und stelle mich hechelnd neben Felix. Er bückt sich zu mir und klopft mir stolz den Rücken.

„Gut gemacht, Robin. Auf dich kann man sich halt verlassen. In dieser dunklen Ecke hätten wir das Fohlen vermutlich nicht entdeckt. Guter Junge."

Wenn ich einen Schwanz hätte, würde ich jetzt damit wackeln. Leider bleibt es aber nur bei zuckenden Bewegungen meines Hinterteils. Aber Felix versteht mich auch so. Wie ich schon sagte, wir sind halt ein tolles Team.

Gemeinsam tragen die Männer das Fohlen nach draußen, wo es der Tierarzt erst einmal gründlich untersucht. Es steht nun etwas wackelig auf seinen langen Beinen, unter seinem Bauch hängt noch die Nabelschnur. Der Tierarzt ist mit der Untersuchung fertig, er schaut ganz zufrieden, also ist das Pferdchen anscheinend gesund. Wenn das kein Glück ist.

Der Tierarzt geht die Stute holen, die ganz aufgeregt ist als sie ihr Fohlen erblickt. Felix hat es inzwischen mit trockenem Stroh abgerieben, jetzt kann man erkennen, dass es hellbraunes Fell hat und auf der Stirn einen weißen Fleck, der fast wie ein Stern aussieht.

„Es ist ein kleiner Hengst", sagt der Tierarzt. „Wir sollten ihn Robin nennen, nach seinem Retter."

Ein Pferd mit meinem Namen, wie cool ist das denn. Vor Freude wackelt mein Hinterteil so sehr, dass ich fast aus dem Gleichgewicht komme. Erwartungsvoll schaue ich zu Felix auf. Wenn der Kleine meinen Namen bekommt, dann können wir ihn doch bestimmt mit zu uns nach Hause nehmen.

Aber dann wird der Kleine samt seiner Mutter auf einen der wartenden Viehtransporter verladen und weggebracht. Enttäuscht sehe ich hinterher und jaule ein bisschen.

„Wir besuchen die Zwei schon bald", tröstet mich Felix.

„Jetzt kommen alle Pferde erst einmal in einen richtigen Stall, wo sie wieder gesund gepflegt werden. Was danach mit ihnen geschieht wissen wir noch nicht. Aber auf jeden Fall werden sie es besser haben."

Na, das ist doch ein Wort denke ich bei mir und grunze beifällig. Jedes Tier sollte ein gutes Zuhause haben.

Kapitel 3: Ein abenteuerlicher Spaziergang

Seit vier Wochen ist Lara nun trächtig und sie benimmt sich mir gegenüber ziemlich launisch. Manchmal ist sie anschmiegsam und möchte die ganze Zeit kuscheln. Was mir natürlich gefällt, da ich es liebe wenn sie dicht neben mir liegt, den Kopf oder die Pfote auf meinen Rücken gelegt. Dann darf ich an ihr schnuppern, manchmal sogar meinen Kopf an ihre Flanke legen. Leider merkt man noch nichts von den Babys aber sie sind da drin, das hat der Tierarzt bestätigt. Wie viele es wohl sind? Heute hingegen ist Lara wieder zickig, sie knurrt mich an, wenn ich mich ihr nähere. Und sie hat meinen Kauknochen geklaut, der gerade erst angenagt war. Jetzt liegt sie auf meiner Matratze und kaut eher lustlos darauf herum, wobei sie mir drohende Blicke zuwirft und ab und zu knurrt.

Ich schaue hilfesuchend zu Felix auf. Er streicht mir über den Kopf, dann bückt er sich zu mir herunter und raunt mir ins Ohr. „Mach dir nichts draus, Robin. Schwangere Mädels sind nun mal so, da unterscheiden sich die tierischen kaum von den menschlichen. Du wirst dich leider noch eine Weile gedulden müssen bis Lara wieder die Alte ist. Das kann dauern..."

Na, das klingt ja nicht gerade toll. Ich überlege ob das mit den Welpen wirklich eine so gute Idee war. Eigentlich hatte ich es mir ganz anders vorgestellt. Seufzend lege ich den Kopf auf meine Vorderpfoten und schließe die Augen. Mach ich halt ein Schläfchen, das hilft immer. Es gibt fast nichts, was sich nicht durch Schlaf verbessern lässt.

Am Nachmittag darf ich mit Felix zu den Ställen fahren, in denen die geretteten Pferde untergekommen sind. Ich bin neugierig, wie sie sich gemacht haben. Vor allem freue ich mich darauf meinen Namensvetter Robin wiederzusehen. Bin gespannt wie er jetzt aussieht.

Während Felix mit dem Pfleger und dem Tierarzt spricht schlendere ich herum. Die meisten Pferde stehen auf den Koppeln, ich kann nicht erkennen welche die geretteten sind. Sie haben sich anscheinend alle gut erholt. Hin und wieder sehe ich ein Pferd das mir etwas mager vorkommt, aber da kann ich mich auch täuschen.

Schließlich sehe ich die Stute und ihr Fohlen auf einer separaten Koppel und laufe hin. Das kleine Pferdchen hat sich ganz schön gemausert. Es hat lange, dünne Beine, auf denen es flott durch die Koppel galoppiert. Seine Mama lässt es nicht aus den Augen und wiehert nervös, wenn es gar zu tolle Haken schlägt.

Ich bleibe am Zaun stehen und schaue drunter durch. Das Fohlen kommt neugierig heran und beugt seinen Kopf zu mir herunter, schnobert an meiner Nase. Es riecht gut nach Pferd und Milch, schnell strecke ich meine Zunge heraus und schlecke ihm über das Mäulchen. Schmeckt auch gut, ich bewege mein Hinterteil hektisch hin und her um ihm anzuzeigen, dass ich nichts Böses will. Als sich jedoch die Stute mit angelegten Ohren nähert gehe ich vorsichtshalber einen Schritt zurück. Mit Müttern, die ihren Nachwuchs verteidigen, auch wenn das gar nicht nötig wäre, ist nicht zu spaßen.

Ich habe auch genug gesehen, Robin geht es gut, das wollte ich wissen. Ich drehe um und trotte zu Felix zurück.

Die Besprechung scheint ebenfalls beendet. Felix gibt dem Tierarzt und dem Pfleger die Hand, dann gehen wir zum Auto zurück. Da wir nur zu zweit fahren darf ich auf den Beifahrersitz und werde angeschnallt. Während der Rückfahrt erzählt mir Felix, was mit den Pferden weiter geschehen wird. Ich verstehe zwar die meisten Worte nicht die er sagt, höre aber am Klang seiner Stimme, dass für die Pferde alles gut werden wird.

Na, das ist doch eine gute Nachricht denke ich für mich, während ich gebannt durch die Frontscheibe auf die Straße blicke. Ich liebe das Fahren auf dem Vordersitz, davon kann ich nie genug bekommen. Leider ist unser Weg nicht allzu weit, bald sind wir zuhause.

Tanjas Auto steht bereits im Hof. Sie ist jetzt fast jeden Tag bei uns, sie und Felix verstehen sich sehr gut. Und Lara hat mir verraten, dass sie wohl bald ganz zu uns ziehen werden. Es müssten nur noch einige Dinge mit ihrer Wohnung und der Praxis geklärt werden. Was genau, das wusste Lara auch nicht, für uns Hunde ist das auch egal.

Eigentlich freue ich mich, dass Tanja und Lara zu uns ziehen, auch wenn es dann mit unseren gemütlichen Männerabenden vorbei sein wird. Keine Abende mehr vor der Glotze, mit Pizza und Bier oder Grillpartys mit den Kumpels im Garten. Dafür Kuschelstunden zu viert und demnächst ein Haus voller Welpen. Tja, Leben ist Veränderung.

Es ist endlich soweit, Laras und meine Kinder streben ins Leben. Die werdende Mama ist schon seit Stunden sehr unruhig und dementsprechend übel gelaunt. Sobald ich nur in ihre Nähe komme, geifert sie mich an. Sie rumort in der großen Kiste herum, die Felix extra für sie und die Welpen gezimmert hat. Die Decke, die Tanja ihr hineingelegt hat, hat sie zerrissen.
Ich bin ratlos und ziemlich verschreckt. So kenne ich Lara nicht, launisch und sprunghaft ja, aber so… Langsam mache ich mir ernsthaft Sorgen um sie.
„Ich denke, du solltest mit dem werdenden Vater einen langen Spaziergang machen", rät Tanja Felix. „Bis es richtig losgeht kann es noch Stunden dauern und der arme Robin ist jetzt schon total durcheinander."

Felix stimmt zu und nimmt die Leine vom Haken. Dann gibt er mir ein Zeichen und wir ziehen los. Ich habe den Eindruck, dass Felix ganz froh ist, den Ort der freudigen Erwartung verlassen zu können. Er ist ein bisschen blass im Gesicht und strebt schweigend dem Wald zu. Ich trotte hinterher, nachdem ich nochmals einen langen Blick zum Haus hin getan habe. Ist es richtig, dass ich Lara in dieser Situation allein lasse? Doch dann sage ich mir, dass der Mensch, den sie jetzt am meisten braucht, bei ihr ist. Und schließlich kennt sich Tanja mit allem aus, was die Tiergesundheit angeht. Ganz sicher hält sie das eine oder andere Kügelchen bereit um Lara beizustehen. Außerdem liegt die Telefonnummer des Tierarztes auf dem Tisch, für alle Fälle.

Einigermassen beruhigt folge ich Felix, der bereits in den Waldweg eingebogen ist und jetzt nach mir pfeift. Ein kurzer Sprint bringt mich zu ihm, dann traben wir gemeinsam den Weg entlang, der zum See führt. Den laufen wir beide gern wenn wir etwas mehr Zeit haben. Der Waldsee ist nicht besonders groß, liegt aber sehr idyllisch und ein wenig verborgen mitten auf einer kleinen Lichtung, die umringt ist von jungen Bäumen und Farn. Unseren verwunschenen See nennt Felix das hübsche Plätzchen, zu dem nur wenige Menschen hinfinden. Es führt ja auch nur ein schmaler, kaum sichtbarer Pfad dort hin und manchmal muss Felix tief hängende Zweige beiseite biegen damit er darunter durchkommt. Für mich sind die Zweige kein Problem, ich laufe einfach drunter durch. Es hat halt auch seine Vorteile wenn man „tiefer gelegt" ist, wie Felix manchmal neckend sagt, wenn er auf meine nicht gerade langen Beine anspielt.

Es ist zwar noch früh im Jahr, jedoch ziemlich warm heute und die ersten Insekten umschwirren uns. Das mag ich gar nicht, die Biester haben es darauf abgesehen sich in meine Augen oder die Nase zu setzen. Oder ich atme sie ein weil ich hecheln muss. Auch Felix wird von ihnen belästigt, er schlägt mit den Händen nach ihnen oder klatscht sich hin und wieder ins Gesicht und auf die Arme.

„Ist eigentlich viel zu warm für die Jahreszeit", meint auch Felix. „Und richtig schwül. Hoffentlich werden wir von keinem Gewitter überrascht." Er weiß, dass ich Gewitter nicht mag, schon gar nicht, wenn ich nicht zu Hause bin. Deshalb erzählt er mir weiter: „Naja, falls doch, dann suchen wir die alte Waldhütte auf. Dort ist es zwar nicht sehr gemütlich, aber wir sitzen wenigstens im Trockenen."

Endlich haben wir den See erreicht, ich laufe erst mal zum Ufer um Wasser zu trinken und meine Füße abzukühlen. Langsam, damit ich nicht ins tiefe Wasser gerate, wate ich durch den Matsch, den meine Füße aufwirbeln. Ich mag es, wenn sich meine Zehen in den kühlen, weichen Untergrund graben. Genüsslich schlabbere ich die aufgewühlte trübe Brühe, sie schmeckt vorzüglich.

Felix lässt mich gewähren, er hat es längst aufgegeben mich zu ermahnen keine „Dreckbrühe", wie er es nennt, zu trinken. Dabei ist das die pure Natur.

Obwohl das Wasser noch ziemlich kalt ist wate ich ein Stück weiter aber nur so weit, bis mein Bauch nass wird. Einen nassen Pelz will ich nicht bekommen, deshalb drehe ich um und suche mir ein bequemes Fleckchen am Ufer. Der Sand ist von der Sonne ein klein wenig warm, genauso wie ich es mag. Ich lege mich hin und strecke meine Hinterbeine aus. Ach ist das schön, ich merke, wie sich meine Muskeln entspannen und lege den Kopf auf meine Vorderpfoten. So lässt es sich aushalten, nicht einmal die Mücken stören mich noch. Bevor ich die Augen zu einem kleinen Nickerchen schließe, schiele ich schnell zu Felix hin. Er sitzt auf einer Holzbank, zwischen seinen Lippen wippt ein langer Grashalm auf und ab und er schaut gedankenverloren über den See. Alles ist okay und ich schließe die Augen.

Etwas kitzelt mich am Kinn und ich hebe mit einem Brummen den Kopf. Vor mir im Sand liegt ein großer Käfer auf dem Rücken und rudert mit seinen dünnen Beinchen in der Luft. Ich stupse ihn so lange mit der Nase an, bis er wieder auf dem Bauch liegt. Er sammelt sich kurz, dann krabbelt er davon.

Felix hat sich auf der Bank zurückgelehnt, sein Kinn liegt jedoch auf seiner Brust. Weil er leise schnarcht weiß ich, dass er schläft. Ich gähne herzhaft und erhebe mich aus meinem sandigen Bett. Einmal kräftig geschüttelt und mein Fell sitzt wieder perfekt. Der feuchte Sand an meinem Bauch stört mich nicht, er wird abfallen sobald er trocken ist.

Hmmm, was tue ich solange Felix schläft? Ich will ihn nicht wecken, wer weiß, ob er heute Nacht zum Schlafen kommt. Was meine Gedanken wieder zu Lara und unseren Kindern führt, die bald geboren werden. Vielleicht sind ja schon einige da. Weil es Laras erste Trächtigkeit ist, konnte sie mir auch nicht sagen wie lange es wohl dauert, bis alle Welpen das Licht der Welt erblickt haben. Obwohl das genau genommen gar nicht stimmt, denn Welpen werden blind und taub geboren. Der Gedanke an Lara und die Welpen macht mich nervös, vielleicht hätte ich doch lieber bei ihr bleiben sollen. Aber nein, sie wollte mich ja gar nicht in ihrer Nähe haben, hat mir sogar mehrmals drohend die Zähne gezeigt wenn ich ihr zu nahe kam. Um mich auf andere Gedanken zu bringen beschließe ich ein Stückchen um den See zu laufen, ein bisschen schnüffeln ist gut gegen aufkeimende Nervosität. Ein letzter prüfender Blick zu Felix zeigt mir, dass er immer noch schläft. Gut so, gemächlich machte ich mich auf den Weg dicht am Ufer entlang.

Ach, was riecht doch die Wildnis so anders als ein Park oder gar die Stadt. Alles viel intensiver und aufregender. Meine Nase sagt mir wo ein Fuchs gelaufen ist und eine Kaninchenfamilie wohnt. Ich rieche Mäuse, Eidechsen, Marder und finde einen halb verfaulten Fisch, der richtig toll duftet. Gerade überlege ich, ob ich mich mal so richtig schön auf ihm wälzen soll, trotz des Bades mit Shampoo und allem Drum und Dran, das mir dann blüht.

Nein, Robin, das ist der kurze Moment des Duftrausches nicht wert, entscheide ich und will mich auf den Rückweg machen, da fährt ein sengend heißer Schmerz über meinen Rücken und ein lauter Knall ertönt. Ich schreie vor Schmerz und Schreck auf und renne voller Panik zu einem nahen Dickicht. Nur weg hier, hämmert es in meinem Kopf. Da knallt es noch einmal und dicht neben mir fährt etwas sirrend in einen dünnen Baumstamm. Ich überlege nicht was es sein könnte, sondern zwänge mich so schnell ich kann in die Sicherheit der dichten Büsche. Entfernt meine ich Felix schreien zu hören, doch ich traue mich nicht, zu ihm zurückzulaufen. Obwohl ich am liebsten jetzt bei ihm wäre. Eine Stelle auf meinem Rücken brennt wie Feuer und ich winsele leise, weil es so weh tut. Trotzdem kämpfe ich mich weiter durch das dichte Gestrüpp. Zweige ratschen durch mein Gesicht und Dornen kratzen meine empfindliche Nase blutig doch ich ignoriere alles. Nur weg hier, ruft alles in mir, weg von diesem gefährlichen Ort.

Felix kommt mir kurz in den Sinn. Wo mag er bloß sein, jetzt, wo ich ihn so dringend brauche? Wurde er vielleicht auch von diesem brennenden Ding überfallen? Dann ist er wohl ebenfalls in die nächste Deckung gerannt um sich zu verstecken. Aber dann fällt mir ein, dass ich ihn rufen gehört habe. Aus seiner Stimme habe ich Schrecken aber auch Wut gehört. War er etwa wütend auf mich?

Während mir konfuse Gedanken durch den Kopf gehen, kämpfe ich mich immer tiefer in das dornige Gestrüpp. Es wird immer mühsamer voran zu kommen und inzwischen schmerzen nicht nur mein Rücken und meine zerstochene Nase. Auch meine Pfoten tun bei jedem Schritt furchtbar weh, eigentlich tut mir mein ganzer Körper weh. Mein Hecheln klingt rasselnd und mein Herz klopft wild, ich kann es in meinen Ohren hören. Erschöpft halte ich inne, es hat sowieso keinen Sinn weiter-zukämpfen. Dieses Gestrüpp scheint endlos zu sein und immer dichter zu werden. Wie soll ich hier bloß jemals wieder heraus-kommen?

Zu allem Überfluss hat sich auch noch ein dorniger Ast unter mein Halsband geschoben, ich weiß nicht wie ich den wieder heraus bekomme. Ganz langsam setze ich mich hin, wenigstens ist das winzige Fleckchen Erde unter meinem Hintern frei von

Dornen. Meine Panik hat sich inzwischen in wilde Verzweiflung verwandelt und ich hebe den Kopf, soweit es der Ast unter meinem Halsband zulässt und stoße ein jammervolles Heulen aus. Felix, wo bist du? Komm bitte, bitte schnell und hol mich hier raus. Ich will nicht in diesem Dickicht sterben.

Ich heule so lange, bis ich nicht mehr kann aber niemand kommt. Es wird langsam dunkel und merklich kühler. Wird es etwa schon Nacht? Mein sonst so gutes Zeitgefühl lässt mich auch noch im Stich.

Aus der Ferne höre ich ein Grollen, das schnell näher kommt. Oh nein! Nicht auch noch ein Gewitter. Bleibt mir denn gar nichts erspart? Inzwischen bin ich überzeugt, dass ich sterben werde. Felix wird mich hier niemals finden. Und ich kann mich unmöglich selbst befreien, je verzweifelter ich es versuche, desto mehr verheddere ich mich in den dornigen Ästen.

Es fängt zu regnen an, erst höre ich die Tropfen nur auf das Blätterdach über mir fallen, doch es dauert nicht lange, da findet das Regenwasser seinen Weg zu mir. In wenigen Minuten bin ich total durchnässt und zittere vor Kälte und Angst. Das Gewitter ist nun genau über mir, Blitze zucken und es kracht fürchterlich. Wenn ich könnte würde ich weinen, so einsam, verlassen und mutlos habe ich mich noch nie gefühlt.

Lara fällt mir plötzlich ein, hat sie unsere Jungen inzwischen geboren? Ich hatte mich so darauf gefreut und nun werde ich meine Kinder niemals sehen. Voller Selbstmitleid winsele ich leise vor mich hin.

Aber was ist das? In meinem Kopf höre ich plötzlich eine vertraute Stimme. Das ist doch Tanja. Ich kann es kaum glauben, wie kommt die denn in meinen Kopf? Zuerst verstehe ich sie nicht, doch ihr Tonfall ist beruhigend. Ich schaue mich nach ihr um, doch sie ist nirgends zu sehen. Nur langsam dämmert es mir, dass sie wohl telepathisch mit mir spricht, so wie es mir Lara schon öfter erklärt hat.

Ich muss ihr antworten, ihr sagen, dass sie mich hier

herausholen soll. Ob sie mich auch hören kann? Was muss ich tun?

Erneut höre ich Tanjas Stimme, die mich fragt, wie es mir geht, ob ich laufen kann oder Schmerzen habe. Ich überlege nicht mehr lange, sondern sprudele meinen ganzen Kummer einfach heraus.

„Mir geht es ganz furchtbar, ich hänge fest und alles tut mir weh. Felix ist weg, ich weiß nicht, wo er ist. Ich habe so lange gebellt, bis ich nicht mehr konnte aber er hat mich nicht gehört. Er muss kommen, ganz schnell und mich befreien. Ich friere, bin ganz nass und irgendetwas hält mein Halsband fest. Mein Rücken tut weh und meine Nase und meine Pfoten. Ich will endlich wieder heim…"

„Ach, mein armer Robin, dir geht es ja ganz schlimm. Du musst dich unbedingt beruhigen, damit du mir sagen kannst, wo du bist. Dann kommt Felix so schnell er kann und wird dich befreien. Wo befindest du dich, Robin, weißt du das?"

Tanjas Stimme klingt ruhig und ich werde auch etwas ruhiger. Reiß dich zusammen, Robin, sage ich zu mir selbst, und denke nach. Es dauert ein bisschen, bis ich mich erinnere, wo ich hingelaufen bin. Tanja lässt mir Zeit.

Dann fällt mir ein, wohin ich nach dem Knall gelaufen bin. „Das große Dornengebüsch am See" erkläre ich Tanja und füge beschämt hinzu. „Das, welches mir Felix verboten hat, hineinzulaufen. Aber ich war so furchtbar erschrocken und mein Rücken tat plötzlich so weh. Da bin ich einfach hineingerannt um mich zu verstecken. Und nun komme ich nicht mehr heraus…"

„Bleib wo du bist, Robin. Felix ist schon auf dem Weg zu dir. Wenn er da ist wird er dich rufen, dann bellst du, damit er dich findet. Er hat eine große Heckenschere dabei, mit der wird er dich aus dem Gebüsch befreien. Du musst nur ruhig bleiben und warten. Hörst du? Versuche nicht, alleine herauszukommen. Felix holt dich da heraus."

Sie redet noch eine Weile auf mich ein und ich werde durch ihre liebevollen Worte etwas ruhiger. Und dann, endlich höre ich Felix rufen und pfeifen. Vor Freude würde ich am liebsten einen Satz machen aber das geht ja nicht. So fange ich einfach zu bellen an, so laut ich kann und höre erst auf, als Felix schon ganz nahe ist. Ich höre das Knacken der Schere mit der er die dornigen Äste abschneidet. Und dann seine Stimme, die ich schon lange nicht mehr so aufgeregt gehört habe.

„Beruhige dich, Robin", sagt er und klingt erschöpft dabei. „Jetzt habe ich es gleich geschafft. Mein Gott, wie bist du nur so tief in diese Büsche hineingekommen?"

Wenn ich das selbst noch wüsste. Panik verleiht vermutlich übernatürliche Kräfte. Ich hoffe nur, dass der Weg zurück einfacher sein wird. Wie ich ihn mit meinen wunden, zerstochenen Pfoten bewältigen soll, darüber will ich gar nicht nachdenken. Ich will nur noch eines, nämlich hier heraus. Zur Not werde ich auf dem Bauch kriechen.

Endlich sehe ich Felix' Kopf über dem Gestrüpp auftauchen und winsele vor Freude. Er mustert mich besorgt, während er die letzten Zweige abschneidet und zur Seite drückt. Hinter ihm erkenne ich eine Schneise, die er freigeschnitten hat.

Felix beugt sich über mich und sein Blick wandert erst einmal prüfend über meinen Körper. Wenn ich seine Mimik und sein scharfes Luft holen richtig deute, sehe ich fürchterlich aus. Aber ich fühle mich ja auch fürchterlich. In Felix' Stimme klingt Mitleid als er leise meint.

„Halt ganz still, mein Kleiner, ich muss erst noch diesen Ast abschneiden, der unter dein Halsband gerutscht ist." Vorsichtig setzt er die große Schere an und drückt sie zusammen. Mit lautem Knacken zerspringt das Holz und ich bin endlich frei. Voller Freude mache ich einen Hüpfer vorwärts und jaule sofort auf, weil meine Füße so wehtun.

„Komm, das hat keinen Sinn", höre ich Felix murmeln, dann spüre ich schon seine Hände unter Brustkorb und Po und werde in die Höhe gehoben. Ich wage kaum mich zu bewegen, getragen zu werden bin ich seit meiner frühen Jugend nicht mehr gewöhnt. Auch für Felix ist es nicht alltäglich einen Hund meines Kalibers zu schleppen. Ich höre an seinem schweren atmen, wie sehr er sich anstrengt. Doch er trägt mich unbeirrt die Schneise entlang, die er freigeschnitten hat. Ich starre von oben auf das schier undurchdringliche Gewirr der Sträucher und wundere mich, wie ich da hineingekommen bin. Als wir am Ende des Gestrüpps ankommen atmet nicht nur Felix auf, ich bin ebenfalls heilfroh da raus zu sein. Wie wir allerdings zum Auto kommen sollen ist mir rätselhaft. Denn der Weg zum See ist nur zu Fuß zu bewältigen. Doch mein liebster Felix hat an alles gedacht und den kleinen Bollerwagen mitgenommen, der schon ewig ungenutzt im Gartenhaus rumsteht. Sogar eine weiche Decke liegt darin auf der er mich nun vorsichtig absetzt. Ich vergrabe meine wunde Nase tief in dem Stoff, der nach Daheim riecht und bleibe erst einmal so liegen. Ich fühle mich im wahrsten Sinne des Wortes hundeelend. Felix' Hand legt sich sachte auf meinen Kopf und ich höre ihn murmeln:

„Bleib schön da liegen, Robin. Ich muss nochmal zurück und die Schere holen, dann machen wir uns sofort auf den Heimweg. Bin gleich wieder da."

Er ist dann auch gleich wieder zurück und legt die Schere neben mich. Nochmals tätschelt er mir beruhigend den Kopf. Dann packt er die Deichsel und zieht den Bollerwagen langsam über den Waldweg. Es ruckelt öfter, weil der Weg steinig und mit Wurzeln durchzogen ist. Die Decke puffert die schlimmsten Stöße jedoch einigermaßen ab, außerdem bin ich einfach zu kaputt um darauf zu achten. Mir tut sowieso jeder Muskel im Leib weh, von dem Brennen auf meinem Rücken und dem Pochen in meinen wunden Pfoten will ich erst gar nicht sprechen.

Irgendwann sind wir beim Auto und Felix hebt mich vom Bollerwagen auf den Rücksitz. Er ermahnt mich ruhig zu liegen, da er mich nicht anschnallen kann und fährt dann langsam los. Ich schließe die Augen und dämmere vor mich hin. Ich will nur noch heim und in mein Körbchen.

Doch als mich Felix aus dem Auto hebt merke ich sofort am Geruch dass ich nicht daheim bin sondern beim Tierarzt. Erschrocken seufze ich auf, doch Felix sagt eine Untersuchung und Behandlung meiner Wunden müsse sein. Wahrscheinlich hat er ja Recht, denke ich bei mir. Schlimmer wie momentan kann es mir nach dem Tierarztbesuch auch nicht gehen.

Die Praxis ist eigentlich bereits geschlossen, doch der Tierarzt hat schon auf uns gewartet und alles vorbereitet. Eine starke Lampe leuchtet über dem Behandlungstisch und sticht mir grell in die Augen. Ich schließe sie lieber, so kann ich auch nicht sehen, welche Instrumente der Doktor bereithält.

Während seine Finger vorsichtig meinen Körper abtasten unterhält sich der Tierarzt leise mit Felix. Ich höre nicht hin, ich bin so müde und möchte nur schlafen. So bekomme ich gar nicht mit, dass ich eine Spritze bekomme, ich werde nur plötzlich noch müder und kann nicht mehr wach bleiben. Mit einem Seufzer begebe ich mich ins Land der Träume.

Kapitel 4: Die Welpen sind da

Im Traum höre ich ein mehrstimmiges hohes Winseln, das ich so noch nie vorher vernommen habe. Verwundert will ich die Augen öffnen, was mir jedoch nicht so richtig gelingen will. Das Winseln und Jaulen zarter Stimmchen bleibt jedoch bestehen, so dass ich schließlich gewaltsam die Augen aufreiße. Ich liege zu Hause in meinem Korb, stelle ich erleichtert fest, eine leichte Decke ist über mich gelegt, die mich angenehm wärmt. Ich will mich ausgiebig dehnen und strecken, so wie ich es immer nach dem Erwachen tue, halte aber sofort wieder mit einem wehen Jaulen inne.

Die Haut auf meinem Rücken tut mir bei der kleinsten Bewegung weh, es ziept und brennt gleichzeitig. Überhaupt tut mir so ziemlich alles weh, stelle ich schnell fest. Was ist denn bloß los mit mir? So schlecht habe ich mich noch nie gefühlt. Jäh kommt die Erinnerung an mein schlimmes Abenteuer zurück und ich jaule ein bisschen mehr. Felix wo bist du? Ich brauche dringend deinen Trost und ein paar Streicheleinheiten.

Die Decke über meinem Kopf wird ein Stück angehoben und ich sehe statt Felix' Tanjas Gesicht über mir. Wo ist Felix? Anscheinend ist er nicht hier, aber Tanja kann mich ebenso gut trösten. Ich hechele ein wenig damit sie merkt, dass es mir nicht gut geht. Sie geht neben mir in die Hocke und streicht mir beruhigend über den Kopf „Na, Robin, mein Guter, bist du endlich wieder wach. Wie geht es dir, hast du Schmerzen?"

Tanja schaut mir prüfend in die Augen und ich seufze ein bisschen als sie mich mitleidig betrachtet. Es tut so gut mich wieder sicher im Schoß der Familie zu wissen, nach dem fürchterlichen Abenteuer in der Wildnis weiß ich das doppelt zu schätzen.

Tanja redet sanft auf mich ein, dann greift sie in die Tasche ihrer Weste und zieht eine Spritzenkanüle hervor.

Es ist keine Nadel drauf erkenne ich sofort und bin beruhigt. „Ich habe ein paar Bachblüten für dich gemixt, da fühlst du dich bald besser."

Bachblüten, die kenne ich schon und wehre mich nicht, als sie meine Lefze anhebt und ein paar Tropfen in mein Maul träufelt. Sie schmecken wie Wasser und sind so wenige, dass sich das Schlucken nicht lohnt.

„Das wird dir schnell helfen", sagt Tanja und tätschelt erneut liebevoll meinen Kopf. „Du hast sehr viel Glück gehabt, ein, zwei cm tiefer und dieser Mensch hätte dein Rückgrat durchschossen. Gott sei Dank ist es nur ein Streifschuss, der deine Haut verletzt hat. Der Doktor musste nähen aber es ist nicht schlimm. Tut halt nur ein bisschen weh aber das wird bald besser. Außerdem musste er dir einige Dornen aus den Pfoten und der Schnauze ziehen. Er versicherte aber, dass du in ein paar Tagen wieder vollkommen gesund bist."

Mir fällt ein Stein vom Herzen, nur ein paar Kratzer. Das macht einer Bulldogge doch nichts aus. Um es zu beweisen setze ich mich zuerst auf meinen Hintern und stehe dann ganz auf. Aua, meine Pfoten tun ganz schön weh, stelle ich fest und schnaufe laut. Und im Rücken ziept es auch immer noch. Aber da ich jetzt schon stehe verlasse ich meinen Korb und tapse langsam und vorsichtig ins Nebenzimmer, aus dem die seltsamen Geräusche und auch ein bisher nicht gekannter Geruch kommen. Tanja lässt mich gewähren, bleibt aber an meiner Seite.

„Geh nicht so nah ran", sagt sie leise zu mir als ich die Wurfkiste ansteuere. „Sonst machst du Lara nervös. Sie ist noch erschöpft von der Geburt."

Dann geht sie in die Hocke und legt leicht ihren Arm um mich. Herzlichen Glückwunsch, Robin", sagt sie mit einem Lächeln. „Du bist Vater von sieben entzückenden Kindern geworden."

Sieben Welpen! Das ist ja Wahnsinn, vor lauter Aufregung vergesse ich meine Schmerzen und wackele mit meinem Hinterteil. In solchen Augenblicken bedaure ich immer sehr, dass ich keinen Schwanz habe wie die meisten Hunde. Ich mache den Hals lang um einen Blick in die Kiste zu werfen. Wo sind sie, meine Kinder, ich will sie sehen.

Aber statt der Welpen sehe ich Lara, die den Kopf hebt und mich anschaut. Für einen Moment zieht sie die Ohren hoch und sieht stolz und glücklich aus. Doch schnell besinnt sie sich auf ihre neuen Mutterpflichten und kräuselt die Lefzen. Ein drohendes Knurren bedeutet mir, unseren Kindern nicht zu nahe zu kommen.

Unschlüssig bleibe ich stehen und schaue hilfesuchend zu Tanja hoch. Sie zuckt entschuldigend die Schultern und meint tröstend.

„Sie meint es nicht böse Robin und ganz bestimmt liebt sie dich noch, auch wenn es momentan nicht so ausschaut. Aber die ersten paar Tage möchte Lara ihre Jungen ganz für sich alleine haben. So sind alle Hundemütter. Du musst dich leider noch eine kleine Weile gedulden. Aber schon bald wird Lara dich in die Pflicht nehmen, damit du ihr bei der Erziehung der Welpen hilfst."

Ich schaue unschlüssig zwischen der Wurfkiste und Tanja hin und her. Wenn sie sagt, dass Lara bald wieder so wie früher wird, dann möchte ich ihr das nur zu gerne glauben. Ich wünsche mir so sehr die alten Zeiten herbei in denen wir unzertrennlich waren.

„Komm mit in die Küche", lockt mich Tanja. „Ich bereite dir ein Frühstück zu, das dich schnell wieder auf die Beine bringt. Du bist doch bestimmt hungrig."

Tanja mischt gekochte Hühnerherzen mit Gemüseflocken und gibt noch einen rohen Eidotter obendrauf. Dann stellt sie den Napf vor mich hin. „Lass es dir schmecken, Robin", sagt sie lächelnd.

Das lass ich mir nicht zweimal sagen und stürze mich auf das Futter. Mhhmm, wie köstlich es duftet, das Wasser läuft mir in der Schnauze zusammen. Trotzdem es in meinen Lefzen ein wenig piekt, weil sie ebenfalls von den Dornen zerstochen sind, leere ich den Napf in Rekordzeit. Danach schlecke ich ihn noch sorgfältig aus, schließlich darf kein Krümelchen dieses leckeren Fresschens verschwendet werden. Erst als ich mir sicher bin, dass ich nichts übersehen habe, verlasse ich meinen Futterplatz und trotte die paar Schritte zu meinem Korb. Mit einem wohligen Seufzer lasse ich mich auf mein Kissen sinken, nachdem ich zuvor noch einen kräftigen Rülpser gemacht habe. Das ist wichtig, weil ich sonst Magendrücken bekomme.

Ich bette mich so bequem wie möglich, lege den Kopf auf die Vorderpfoten und denke nach. Aus dem Nebenzimmer dringen noch immer die zarten Laute der Welpen an mein Ohr und ich kann hören, dass Lara sie abschleckt. Es klingt irgendwie friedlich, so dass ich zu dem Schluss komme, das Lara zu unseren Kindern wohl netter ist als zu mir. Ich seufze leise, vermutlich hat Tanja Recht, wenn sie sagt, dass Lara erst eine Weile die Welpen ganz für sich allein haben will. Die Natur hat das schon richtig eingerichtet. Über meinen Überlegungen bin ich wieder eingeschlafen und wache auf als sich der Schlüssel im Türschloss dreht. Felix ist zurück, mir war gar nicht aufgefallen, dass er nicht zu Hause war. Noch bevor ich mich erheben kann kommt er in die Küche und sofort auf mich zu. Er geht vor mir in die Hocke und streichelt vorsichtig meinen lädierten Kopf.

„Na, Robin, mein Guter", sagt er halblaut und mustert mich besorgt von den Ohren bis zu meinem Ringelschwänzchen. „Wie geht es dir? Hat du noch große Schmerzen?"

Mein lieber Felix, wie immer leidet er mit mir und traut sich kaum mich anzufassen, aus Angst, er täte mir weh. Er ist halt das beste Herrchen, das sich ein Hund wünschen kann. Ich schlabbere ihm beruhigend über die Hand. Ist schon okay, Felix, mir geht es bereits besser.

„Es geht ihm bereits besser, er hat schon sein Körbchen verlassen und auch eine riesige Portion Hühnerherzen mit Gemüseflocken verdrückt. Ich denke, er ist über den Berg."

Tanja erzählt es mit leichtem Lächeln und Felix grinst mich glücklich an.

„Na, eine Bulldogge haut doch so schnell nichts um, nicht wahr, Robin. Da muss man schon andere Geschütze auffahren, was?" Felix tätschelt mich nochmals, diesmal nicht ganz so zaghaft und ich grunze bejahend. Er erhebt sich und setzt sich an den Tisch, nachdem er sich einen Kaffee aus der Kanne eingegossen hat. Während er Milch und Zucker in die Tasse gibt und umrührt beginnt er Tanja zu berichten.

„Ich war zuerst bei Ben, dem Rechtsanwalt unseres Vereins, und habe mich von ihm beraten lassen. Er bestätigte mir, dass dieser Jagdpächter keinerlei Berechtigung hatte auf Robin zu schießen. Wir haben dann überlegt wie wir vorgehen sollen und sind übereingekommen, dass er die Sache in die Hand nimmt. Meine Rechtschutzversicherung übernimmt die Kosten, falls es zu einem Verfahren kommt. Das hat Ben bereits geregelt. Wir haben dann noch gemeinsam besprochen, was in die Anklageschrift gegen Neumann kommen soll, alles weiter macht Ben. Er hält mich auf dem Laufenden."

„Meinst du dieser Neumann wird es auf einen Prozess ankommen lassen?", fragte Tanja. Felix zuckte mit der Schulter.

„Zutrauen würde ich es ihm schon. Er ist ein verbohrter alter Mann, mit dem ich schon einige Male zusammengerasselt bin. Einmal ging es um einen angefahrenen Fuchs, den er partout erschießen wollte obwohl das Tier nur leicht verletzt war. Und außerdem habe ich schon vier Fallen in seinem Revier entdeckt, die verboten sind. Leider konnte ich ihm nicht nachweisen, dass er sie ausgelegt hat, zutrauen würde ich es ihm aber schon."

Ich habe Felix genau zugehört und schnaufe jetzt zustimmend. Ich kann den Jagdpächter auch nicht leiden, nicht nur, weil er vor einiger Zeit zu Felix mit einem abschätzenden Blick auf mich gesagt hat, was für einen hässlichen Köter er da bei sich hätte. Wenn er mich erschießen solle, so bräuchte Felix das nur zu sagen, er könne ihm statt meiner einen erstklassigen Jagd-hund verkaufen, den er selbst abgerichtet habe. Ich habe damals gemerkt wie es in Felix gebrodelt hat, dem Kerl die Meinung zu sagen. Er hat sich jedoch mühsam zurückgehalten, weil wir ja öfter im Jagdgebiet dieses Mannes spazieren gehen. Unser Haus liegt ja direkt darin und warum sollen wir erst weit fahren um Gassi zu gehen. Deshalb hat Felix nur gesagt, dass ich genau der Hund sei, der ihm gefalle und er für einen Jagdhund sowieso keine Verwendung hätte. Daraufhin sind wir weitergegangen, aber ich habe im Vorübergehen noch schnell mein Bein ge-hoben und diesem Widerling auf den Schuh gepinkelt. Felix hat zwar so getan als ob er es nicht bemerkt hätte aber ich habe ihn grinsen gesehen.

„Diesem Kerl werden wir es schon geben auf dich zu schießen, nicht wahr Robin. Vielleicht erreichen wir ja, dass er seinen Jagdschein abgeben muss. Das wäre für die Wildtiere in seinem Revier sicher auch nicht schlecht."

„Wuff", sage ich im Brustton der Überzeugung und blinzele Felix von unten her zu. Er und ich, wir werden das schon schaffen.

Kapitel 5: Welpenfreud und -leid

Endlich ist es soweit, ich darf mir die Welpen anschauen. Tanja ist mit Lara rausgegangen, damit sie ihr Geschäft erledigt. Zuerst wollte Lara ihre Kinder nicht verlassen und überhörte die Aufforderung ihres Frauchens. Doch die blieb unnachgiebig und nahm sie an die Leine. Schließlich gab Lara nach, da sie seit Beginn der Geburt nicht mehr draußen war, musste sie sicher ganz dringend.

Die Tür fällt hinter den Beiden ins Schloss, da schaut mich Felix auffordernd an.

„Willst du dir deine Kinder mal anschauen, Robin? Die Lara wird ein paar Minuten weg sein, da kannst du unbesorgt die Kleinen ansehen und einmal beschnuppern. Als Papa muss man doch wissen, wie die Kinder aussehen. Na, komm."

Das muss er mir nicht zweimal sagen, darauf warte ich schließlich schon den ganzen Morgen. Ich will wie immer aus meinem Korb springen, da fährt mir wieder dieser dumme Schmerz in den Rücken. Auch die Füße tun mir noch immer weh. Obwohl ich es nicht will schreie ich kurz auf. Felix ist sofort bei mir und geht neben mir in die Hocke.

„Immer noch so schlimm? Mein armer Junge. Wenn Tanja zurück ist, soll sie dir nochmal ein paar Globuli geben. Komm her, ich trag dich rüber, ist ja nur ein Katzensprung."

Er schiebt seine Hände unter meinen Bauch und die Brust und hebt mich hoch. Ich schaue besorgt nach unten, wird er mich überhaupt packen. Schließlich erzählt er mir immer, ich wäre zu schwer zum Tragen.

Er ächzt auch ein wenig, trägt mich aber tapfer ins Nebenzimmer und setzt mich vor der Welpen Kiste vorsichtig ab. Ein intensiver Geruch dringt mir in die Nase, der mich freudig erregt. Zaghaft schiebe ich meinen Kopf durch die Öffnung in der Kiste. Da liegen sie vor mir, meine Kinder. Sie haben sich zusammengekuschelt und fiepen leise. Ihre Köpfchen gehen suchend hin und her und manchmal versucht einer, an seinem Geschwisterchen zu nuckeln.

„Sie sind etwas aufgeregt weil ihre Mutter nicht da ist", erklärt mir Felix. Dann langt er in die Kiste und nimmt einen der Welpen heraus, hält ihn mir vor die Nase.

„Das ist einer deiner Söhne, der kräftigste von allen. Ich würde sagen, ganz der Papa."

Lächelnd hält er mir den Welpen auf beiden Händen hin, damit ich ihn ausgiebig beschnüffeln kann. Ich muss sagen so ein kleiner Welpe riecht einfach toll, ich kann gar nicht aufhören ihn zu beriechen. Der Kleine strampelt ein wenig und seine winzigen Krällchen berühren meine Nase. Es kitzelt und ich muss niesen.

„Er ist noch taub und blind", erklärt mir Felix. „Erst in etwa zwei Wochen kann er hören und sehen und dann beginnt er auch bald zu laufen. Möchtest du noch einen anderen Welpen begrüßen?"

Natürlich will ich und Felix legt den kleinen Rüden vorsichtig zu seinen Geschwistern zurück. Dann holt er den nächsten Welpen heraus und hält ihn mir hin. „Das ist ein Mädchen, es ist etwas kleiner und auch zierlicher."

Riecht aber nicht anders, stelle ich fest. Und in meinen Augen ist es auch in der Größe nicht anders als der Erste. Woran Felix wohl erkennt, dass das ein Mädchen ist? Na egal, Menschen wissen ja vieles, was uns Hunden verborgen bleibt. Für mich riechen und sehen alle Welpen, die er mir hinhält, gleich aus. Wichtig ist nur, dass sie einen großen Beschützertrieb in mir auslösen. Ich wäre bereit für diese Kleinen bis zum letzten Blutstropfen zu kämpfen.

Das Geräusch des sich im Schloss drehenden Schlüssels macht uns klar, dass Tanja und Lara zurück sind. Schnell packt mich Felix und schleppt mich in die Küche zurück, setzt mich im Korb ab. Keine Sekunde zu früh, wie ein Wirbelwind kommt

Lara ins Zimmer gefegt und hüpft sofort in die Wurfkiste zu ihren Jungen. Misstrauisch beschnuppert sie die Kleinen, vermutlich riecht sie, dass ich bei ihnen war. Dann dreht sie sich einige Male im Kreis und lässt sich zwischen ihren Kindern nieder. Es gibt ein kurzes Durcheinander weil alle Welpen gleichzeitig an die Zitzen ihrer Mutter wollen. Doch bald hat jeder seine Milchquelle gefunden und eifriges Schmatzen ist zu hören.

„Das hat gerade nochmal geklappt, was Robin?" Felix krault mir den Nacken und tätschelt mich dann. „Aber warte mal noch ein paar Tage, dann lässt Lara dich zu den Kleinen. Dann könnt ihr sie gemeinsam hüten. Bis dahin bist du auch wieder gesund.

Felix hat, wie meist, Recht mit seiner Prognose. Der Streifschuss auf meinem Rücken verheilt schnell und auch meine Füße tun nur noch weh, wenn ich über steinige Wege laufe. Also benutze ich bei unseren täglichen kleinen Gassierunden den Wegrand oder laufe in der Wiese. Bald spüre ich meine wunden Pfoten nur noch, wenn ich auf Schotter laufe. Wir Bulldoggen sind da nicht so empfindlich, aber das habe ich, glaube ich, schon einmal erwähnt.

Die Welpen wachsen so schnell, dass man ihnen dabei zusehen kann und sie werden zusehends munterer. Mit etwa zwölf Tagen haben sie alle ihre Äuglein geöffnet und seither ist richtig Leben in der Wurfkiste. Noch kriechen sie alle umher, aber nicht mehr ziellos. Bisher konnten sie das Gesäuge ihrer Mutter nur riechen, jetzt robben sie zielstrebig auf sie zu sobald sie sich in der Wurfkiste niederlegt.

Und tatsächlich ist auch Lara endlich wieder entspannter. Sie verlässt ihre Kinder schon mal unbesorgter um nach draußen zu gehen, bleibt aber noch nicht lange weg. Auch ihr Fressen nimmt sie nicht mehr, wie am Anfang in der Wurfkiste zu sich, jetzt sucht sie wieder ihren Fressplatz in der Küche auf. Ich beneide sie ein bisschen, weil sie fressen darf, so oft sie will.

Ihr Napf ist stets mit Trockenfutter gefüllt, zusätzlich bekommt sie noch frisches Futter.

Weil ich ihn verständnislos anblicke, erklärt mir Felix, dass säugende Hündinnen sehr gut ernährt werden müssen, da sie ja die Milch für die vielen kleinen, hungrigen Mäulchen liefern müssen. Das leuchtet mir natürlich ein. Ich darf jetzt zusehen, wenn die Kleinen bei ihrer Mutter trinken. Sie haben einen kräftigen Appetit. Ganz der Papa, muss ich da wohl zugeben.

Dennoch verlockt mich Laras stets gefüllte Schüssel doch hin und wieder. Aber Tanja passt auf damit ich nicht von ihrem Futter nasche. Sie sagt, das ist nur für säugende Hündinnen und für Welpen gedacht, für ausgewachsene Rüden ist es absolut tabu.

Ich verstehe es zwar nicht wirklich, denn eigentlich riecht es ähnlich wie mein Trockenfutter und was für die Kleinen und ihre Mama gut ist, kann doch für den Papa nicht schlecht sein. Aber ich füge mich, wenn auch widerwillig, als gut erzogene Bulldogge klaut man seinen Kindern nicht das Essen. Und der Kauknochen oder Ochsenziemer, den ich als kleines Trostpflaster bekomme, ist ja auch ganz gut. Mit etwa drei Wochen beginnen die Welpen damit, ihre ersten Schritte zu versuchen. Lara lässt mich jetzt dicht an die Wurfkiste heran. So kann ich zuschauen wie sich die Kleinen abmühen auf ihre kurzen, stämmigen Beinchen zu kommen. Sobald sie aufwachen, üben sie das Aufstehen, was sehr drollig aussieht. Sie purzeln oft wieder um, versuchen es aber hartnäckig weiter und schon bald machen Einige ihre ersten tapsigen Schritte in Richtung ihrer Mutter. Dort werden sie mit den besten Plätzen an der Milchbar belohnt und von Lara eifrig abgeschleckt.

Schon wenige Tage später wuseln die Kleinen emsig durch ihr kleines Reich, die Mutigsten üben sich im Hüpfen und fallen über ihre Geschwister her um mit ihnen zu raufen. Dabei geben sie zarte Belllaute von sich oder knurren sich mit hellen Stimmchen an. Es ist eine Wonne, ihnen zuzusehen.

Nur ein kleiner Rüde liegt noch immer die meiste Zeit auf der Seite. Er kränkelt schon seit ein paar Tagen, wollte plötzlich nicht mehr trinken und wurde deshalb von Tanja mit dem Fläschchen gefüttert. Einige Tage wollte er selbst das nicht annehmen, nur ihrer Hartnäckigkeit war es zu verdanken, dass er ab und zu doch ein paar Schlucke trank.

Tanja war mit ihm beim Tierarzt gewesen, doch der meinte, dass der Kleine selbst entscheiden müsse, ob er leben oder sterben wolle. Er lehnte es ab den Winzling mit Spritzen und Antibiotika zu behandeln und sagte, man solle der Natur nicht ins Handwerk pfuschen. Tanja, als Tierheilpraktikerin sieht es ähnlich. Deshalb entschloss sie sich, es dem kleinen Rüden selbst zu überlassen ob er weiterleben oder sterben wollte.

Der Kleine entscheidet sich letztlich für das Leben, er trinkt seine Fläschchen hungrig aus und gedeiht zusehends. Doch es gelingt ihm einfach nicht aufzustehen, obwohl er es unermüdlich versucht. Der Grund dafür stellt sich heraus als es Danny, so wurde er von Tanja getauft, endlich doch schafft auf die Beinchen zu kommen. Sein linkes Hinterbein hat keinen Halt im Kniegelenk. Anstatt nach vorn, drückt sich sein Knie nach hinten durch. Besorgt blicke ich über den Rand der Wurfkiste. Unter mir müht sich Danny hartnäckig ab, endlich zu laufen. Eines muss ich ihm zugestehen, er ist ein kleiner Kämpfer, immer wieder versucht er auf seinen drei gesunden Beinchen das Gleichgewicht zu halten, das vierte ist ihm dabei jedoch eher hinderlich, weil er anscheinend keinerlei Kraft darin hat. Immerhin macht er langsam Fortschritte, er steht immer länger und versucht schließlich die ersten Schritte. Seine Geschwister sind ihm dabei leider keine Hilfe, eher im Gegenteil. Für sie ist es ein Spiel, ihn immer wieder anzurempeln und umzuwerfen. Dann fallen sie zu mehreren über ihn her um ihn zu zwicken und zu piesacken.

Von Lara, die jetzt neben mir steht und ebenfalls dem ungleichen Kampf zuschaut, kann er keine Hilfe erwarten. Seit sie seine Behinderung bemerkt hat, versucht sie Danny abzusondern. Nicht etwa, weil sie ihm Ruhe gönnen will, nein, sie will ihn loswerden.

„Er ist nicht lebenstauglich, ich will ihn nicht haben", sagt sie und ich schaue erschrocken zu ihr hin. Ihre Augen blicken kalt auf den unglücklichen Welpen, der sich tapfer gegen seine Geschwister wehrt, knurrend mit seinen kleinen Zähnchen um sich schnappt um sich die Plagegeister vom Leib zu halten.

„Er ist doch genauso dein Welpe wie die anderen", werfe ich schockiert ein. „Wie kannst du ihn nicht mögen?"

„Er ist ein Krüppel und wird niemals richtig laufen können. Hätte ich es eher gemerkt, so hätte ich ihn gar nicht angenommen."

Sie seufzt ein wenig ehe sie weiterspricht. „Leider hängt Tanja sehr an ihm, warum auch immer. Sie will, dass ich ihn behandle wie die anderen auch. Aber in meinen Augen ist er wertlos, er wird nie zu einem vollwertigen Rudelmitglied werden. Im Gegenteil, die anderen müssen stets auf ihn Rücksicht nehmen. Ich habe versucht, es Tanja zu erklären, doch sie meinte nur, ich sei doch keine Straßenhündin, die ihre Welpen irgendwie durchbringen müsse. Dass sie für mich und meine Kinder sorgen würde, auch für Danny. Damit hat sie zwar Recht, ihre Beweggründe bleiben mir trotzdem unverständlich."

Ich bin von Laras Kaltherzigkeit schockiert. Würde sie wirklich ihr eigenes Kind verstoßen und dem sicheren Tod preisgeben? Sind alle Hundemütter so? Ich muss unbedingt mit Tanja darüber sprechen. Vielleicht kann sie mich ja über Laras Gefühlskälte aufklären.

Seit meinem schrecklichen Erlebnis in der Dornenhecke weiß ich, dass ich mit Tanja tatsächlich sprechen kann. Ich verstehe sie und sie versteht mich. Wie es geht ist mir noch immer ein Rätsel, aber es funktioniert. Seither habe ich es öfter versucht mit ihr zu reden und immer gab sie mir Antwort.

Mit Felix klappt es leider nicht, er versucht zwar auch die Tierkommunikation zu erlernen, doch sehr erfolgreich ist er darin
noch nicht. Ab und zu meine ich zwar, ihn in meinem Kopf zu
hören, doch zu einem richtigen Gespräch reicht es leider nicht.

Tanja hat sofort für mich Zeit als ich zu ihr gehe. Sie sitzt in
ihrem Behandlungsraum, hat aber keinen Patienten. Sie schaut
in diesen Kasten den sie PC nennt und tippt ab und zu etwas ein.
Als ich durch die Tür schlendere schaut sie auf und lächelt
mich an.
„Na Robin, hast du etwas auf dem Herzen? Du siehst etwas
verwirrt aus. Komm her, setz dich zu mir, dann reden wir ein
bisschen."
Ich setze mich auf den weichen Plüschteppich, der neben ihrem
Schreibtisch liegt und sie steht von ihrem Stuhl auf und setzt
sich zu mir. Jetzt sind wir fast auf Augenhöhe, naja, ein bisschen
muss ich noch nach oben schauen, da sie ja größer ist als ich.
Habe ich schon erwähnt, dass ich Tanja sehr liebgewonnen
habe? Und zwar nicht erst, seit sie mich aus der schrecklichsten
Situation meines Lebens gerettet hat. Nein, eigentlich liebe ich
sie schon seit ich sie kenne. So viel Herz und Verständnis für
Tiere habe ich bisher kaum bei einem Menschen erlebt. Außer
bei Felix natürlich. Deshalb passen er und Tanja auch wirklich
wunderbar zusammen. Und ich hoffe sehr, die Beiden werden
für immer ein Paar.
„Was hast du denn auf dem Herzen, Robin?" wiederholt Tanja
ihre Frage, doch diesmal höre ich sie in meinem Kopf und in
meiner Hundesprache. Ganz kurz rätsele ich wie das sein kann,
denn ich weiß, wenn ich ihr in meiner Sprache antworte, wird
sie es in der Menschensprache verstehen. Tierkommunikation
wird für mich wohl ein ewiges Geheimnis bleiben, doch sie
funktioniert. Und das ist ja die Hauptsache.
„Ich mache mir große Sorgen wegen Lara", beginne ich noch
ein wenig aufgeregt und muss hecheln. Aber Tanja legt

beruhigend ihre Hand an meinen Kopf und krault mich leicht hinter dem Ohr. Sie nickt wissend.

„Ich weiß, was du meinst, es geht um ihre Abneigung gegen den kleinen Danny, nicht wahr."

„Warum mag sie ihn nicht? Der Kleine ist doch so lieb, genau wie seine Geschwister. Aber sie sagt er sei ein Krüppel und möchte am liebsten, dass er stirbt. Warum ist sie so böse zu ihm?"

Tanja seufzt leise und schüttelt leicht den Kopf. „Das ist nicht so ungewöhnlich wie du denkst, Robin. Lara folgt nur ihrem Instinkt. Und der sagt ihr, dass Danny eine Gefahr für ihre übrigen gesunden Kinder ist. Dieser Instinkt geht weit zurück, bis in die Zeit, als Hunde noch Wölfe waren. Damals konnte es sich eine Hündin nicht leisten, einem behinderten oder kranken Welpen besondere Fürsorge zukommen zu lassen. Er war ein unnötiger Fresser, der sowieso nicht überleben oder zumindest ein Kümmerling bleiben würde. Er könnte später nicht zum Unterhalt des Rudels beitragen und müsste von den anderen versorgt werden. Lara folgt diesem Urinstinkt, auch wenn sie als Haushund gar nicht selbst für sich und ihre Welpen sorgen muss."

Ich muss einen Moment über das Gehörte nachdenken, dann sehe ich Tanja unsicher ins Gesicht.

„Und du und Felix, was habt ihr mit Danny vor? Ich habe gehört, wie du zu Felix sagtest, du willst ihn mit zum Tierarzt nehmen, wenn ich meinen nächsten Termin habe. Du willst den Kleinen doch nicht etwa einschl…" Ich bringe das furchtbare Wort nicht heraus und muss plötzlich heftig zu hecheln anfangen.

„Nein, nein, beruhige dich, Robin. Danny wird nicht eingeschläfert. Da hätte ich ihn nicht mühsam mit dem Fläschchen aufpäppeln brauchen. Nein, der Tierarzt soll ihn sich einmal anschauen und sagen, welche Möglichkeiten er für Danny sieht. Es gibt sicher die eine oder andere Behandlungsmethode, ihm trotz seines steifen Beinchens ein möglichst unbeschwertes Hundeleben zu bieten."

Mir fällt ein Stein vom Herzen, dankbar schlecke ich Tanja die Hände ab. Wegen meines fehlenden Schwanzes kann ich ja nicht vor Freude wedeln, doch das erwähnte ich ja sicher schon einmal.

Außerdem riechen und schmecken Tanjas Hände immer sehr gut, was bestimmt mit dem Öl zusammenhängt, das sie immer mit duftenden Kräutern vermischt und mit dem sie sich einreibt. Tanja wuschelt mich nochmals zwischen den Ohren, dann steht sie auf.

„Was hältst du von einem kleinen Imbiss, Robin?" fragt sie mich, jetzt wieder in ihrer menschlichen Sprache. Ich stelle erfreut die Ohren auf. Das Wort Imbiss ist mir nicht fremd, ich kenne die meisten menschlichen Worte, die etwas mit Essen zu tun haben. Grunzend stehe ich ebenfalls auf und laufe vor ihr zur Küche, wo ich erwartungsvoll vor meinem Napf stehen bleibe. Voller Vorfreude beginne ich zu sabbern als sie die Schranktür aufmacht und die Tüte mit meinen Lieblingskeksen herausnimmt. Sie legt mir drei in meinen Napf und tätschelt mich nochmals. „Lass dir's schmecken, mein Großer."

Das lass ich mir nicht zweimal sagen, gemütlich lege ich mich vor den Napf und knabbere bedächtig meine Kekse. Dabei denke ich nochmals über das Gespräch mit Tanja nach. Was wird der Tierarzt vorschlagen, gibt es tatsächlich eine Möglichkeit aus dem behinderten Danny einen gesunden Hund zu machen? Ich halte durchaus große Stücke auf unseren Tierarzt. Ich war schon öfter bei ihm, wenn ich krank war oder wenn Felix einfach meinte, dass etwas mit mir nicht stimmt. Er ist ja immer sehr besorgt um mich und fürchtet gleich dass es mir schlecht geht, wenn ich mal zu faul zum Aufstehen bin oder mein Essen nicht sofort verzehre. Was aber nur sehr, sehr selten der Fall ist. Wenn ich es mir recht überlege, bin ich dann tatsächlich krank.

Aber wo war ich stehengeblieben? Ach ja, beim Tierarzt. Ein sehr netter Mensch, der Tiere wirklich gern hat. Er macht zwar immer recht seltsame Dinge, die ich nicht verstehe. So hält er mir meist ein kleines rundes Ding an den Leib, das mit zwei Gummischläuchen bestückt ist, die er in seine Ohren steckt. Das runde Ding lässt er dann langsam über meinen Brustkorb und den Bauch gleiten. Dabei schaut er sehr konzentriert und ich darf nicht laut hecheln, wenn ich es doch tue, hält er mir kurz mein Maul zu.

Oder er drückt mit den Händen in meinen Bauch, zieht meine Augenlider runter oder meine Lefzen hoch und schaut durch ein beleuchtetes Glas in meine Ohren. Weh tut das alles nicht, er ist sehr sanft und vorsichtig. Aber trotzdem wird mir immer ein wenig gruselig dabei, besonders wenn er dann eine Spritze zückt.

Natürlich lasse ich mir nicht anmerken, dass ich davor Angst habe, schließlich sind wir Bulldoggen tapfere, unerschrockene Hunde. Mein Herz schlägt dann jedoch schneller und ich muss heftiger atmen. Dabei tut die Spritze kaum weh, besonders, wenn sie direkt unter meine Haut gestochen wird. Im Po spüre ich sie allerdings schon, weil sie dort in den Muskel gestochen wird, dann muss ich ein bisschen aufjaulen. Aber zum Glück ist es immer schnell vorbei.

Ob der kleine Danny auch eine Spritze bekommt? Ich kann mir allerdings nicht vorstellen, dass sein Beinchen davon gesund wird. Aber vielleicht kann der Tierarzt ja noch andere Sachen machen. Mir hat er ja auch geholfen, nachdem mich Felix aus der Dornenhecke befreit hat. Nur schade, dass ich so schnell eingeschlafen bin, sonst hätte ich ja mitbekommen was er alles bei mir gemacht hat.

Kapitel 6: Was wird aus Danny?

Über meine Grübeleien bin ich doch tatsächlich eingeschlafen und wache erst auf, als Tanja mich sacht streichelt. Noch immer müde hebe ich den Kopf. Sie hat sich zu mir heruntergebückt und hält mir etwas vor die Nase. Ich schnüffele kurz daran, dann bin ich sofort hellwach. Es ist der kleine Danny, den sie mir hinhält, er rudert in ihrer Hand mit seinen Vorderpfoten und quäkt ein bisschen. Aus seinem offenen Mäulchen strömt der typische Geruch kleiner Welpen. Ich kann nicht anders, ich muss ihn einfach abschlecken.

„Ich dachte, ich setze deinen Sohn eine Zeitlang in dein Körbchen, Robin. Ist dir das recht? Die Lara hat ihn angeknurrt, als ich ihn zu ihr setzen wollte und sich demonstrativ um ihre anderen Jungen gekümmert. Dabei braucht der Kleine unbedingt jemanden, der mit ihm kuschelt. Meinst du, du wirst mit ihm einig?"

Was für eine Frage, natürlich werde ich mit ihm einig. Bulldoggen sind die geborenen Väter. Sofort erhebe ich mich und trotte eilig zu meinem Korb um mich darin niederzusetzen. Tanja legt Danny neben mich und streicht ihm über den Rücken.

„So, Danny, du bleibst jetzt ein bisschen bei deinem Papa, da hast du es warm und kuschelig und deine Geschwister können dich nicht piesacken."

An mich gewandt redet sie weiter: „Ich hab ihm sein Fläschchen gegeben, damit er nicht an dir nach Milch sucht. Gepullert und ein Häufchen gemacht hat er auch, da dürfte nichts passieren. Ich schau in ein paar Minuten nochmal vorbei, ob ihr beiden Jungs miteinander klar kommt."

Auch ich bekomme noch einen Streichler ab, dann verschwindet Tanja im Nebenzimmer. Endlich kann ich den Kleinen mal richtig ausgiebig beschnüffeln und mach mich sofort ans Werk. Ich fange am Kopf an und untersuche den kleinen Körper von vorne bis hinten. Sein weißes Schwänzchen bewegt sich hin und her wie ein dicker Wurm. Richtig wedeln kann er damit noch nicht und bei genauem Hinsehen ist er an zwei Stellen leicht geknickt aber immerhin, er hat einen Schwanz. Den hat ihm Lara vererbt, denn ich habe ja leider nur diesen verkrüppelten Knoten. Zum Glück hat Lara all ihren Babys ein Schwänzchen vererbt.

Die meisten Menschen ahnen vermutlich nicht, wie wichtig ein Schwanz für einen Hund ist. Sonst hätte man uns Bulldoggen nicht diesen Krüppelschwanz angezüchtet. Und vor nicht allzu langer Zeit, so hat mir Felix einmal erzählt, hat man manchen Hunderassen den Schwanz sogar abgeschnitten. Bei dem Gedanken allein fröstelt es mich schon. Auch die Boxer bekamen bis vor einigen Jahren noch die Schwänze kupiert, noch früher sogar auch noch die Ohren. Und das nur, weil die Menschen das schöner fanden als die Schlappohren. Wie pervers ist das denn? Ich kann es nicht verstehen.

Seit wir Hunde uns euch Menschen angeschlossen haben, damals sollen wir noch Wölfe gewesen sein, habt ihr an uns herumgezüchtet. Habt uns größer, kleiner, lang- oder kurzbeinig gezüchtet, unser Fell und unsere Köpfe eurem seltsamen Schönheitswahn angepasst. Ihr habt uns zu Riesen oder zu Zwergen gemacht, uns so kurze Schnauzen beschert, dass wir kaum noch atmen können und so verformte Knochen, dass wir nicht mehr normal laufen können. Warum, um alles in der Welt habt ihr dann nicht auch Stehohren gezüchtet, wenn sie euch besser gefallen. Weil es einfacher war sie einfach abzuschneiden als zu züchten? Egal wie die vielen betroffenen Hunderassen darunter litten. Eigentlich bin ich ein sehr menschenfreundlicher Hund aber manchmal kann ich einfach nicht verstehen, warum wir uns euch damals, als wir noch Wölfe waren, so bedingungslos untergeordnet haben.

Aber ich schweife wieder einmal ab. Der kleine Danny guckt mich schon ganz ängstlich an, wohl, weil ihn mein leises

Knurren erschreckt. Schnell lecke ich ihm beruhigend über das weiße Köpfchen und er entspannt sich wieder. Wohlig legt er sich auf den Rücken und tappst mit seinen winzigen Pfoten nach meiner Nase. Eigentlich sieht er aus wie ein ganz normaler Welpe, wenn nicht sein rechtes Hinterbeinchen steif in die Luft ragen würde.

Ich schnuppere vorsichtig daran weil ich Angst habe ihm weh zu tun, doch das scheint nicht der Fall zu sein. Er kann es auch bewegen, wie er mir jetzt beweist, indem er mir an die Nase tritt. Ich muss niesen und schüttele den Kopf. Was wiederum Danny erschreckt, er wälzt sich herum und will davonlaufen. Der Rand des Korbs bremst ihn, er ist zu hoch für den kleinen Wicht. Danny setzt sich hin und schaut mich an, sein Beinchen gerade nach vorne gestreckt, so dass es aussieht als sei es zu lang. Es scheint ihn nicht allzu sehr zu behindern, denn er steht schon wieder und versucht über meine Pfoten zu steigen. Ich muss ihn bewundern, es macht ihm keine Schwierigkeiten mehr zu laufen und aufzustehen, er unterscheidet sich nur durch seinen humpelnden Gang von seinen Geschwistern. Das steife Hinterbein scheint nur wenig belastbar, eher nutzlos zieht er es nach und die kleinen Krällchen schleifen über den Boden. Ansonsten ist Danny ein lebhafter kleiner Welpe, nicht anders als seine Geschwister. Neugierig untersucht er meinen Korb, beißt in die Decke und schüttelt knurrend sein Köpfchen. Dann interessiert er sich für meinen Fuß und beißt mir in die Zehe.

Ich fiepe erschrocken auf und ziehe schnell meine Pfote zurück, der Kleine hat schon ganz schön spitze Zähnchen. Danny hat inzwischen schon wieder etwas Neues entdeckt, einen Quietsche-Igel, der halb unter der Decke vergraben liegt. Mit Feuereifer macht er sich daran, den Igel heraus zu zerren. Er quietscht nicht mehr, seit ich ihm die Nase abgebissen habe. Die Dinger halten auch gar nichts aus. Danny findet ihn jedoch hochinteressant. Er leckt ihn ab und versucht in die

Gumminoppen zu beißen, die Stacheln darstellen sollen. Dann findet er die Stelle, an der einmal die Nase war und jetzt nur noch ein Loch ist. Schniefend riecht er in den Igel hinein, dann versucht er mit seinen kleinen Zähnchen das Loch zu vergrößern.

Ich lege meinen Kopf auf die Pfoten und sehe ihm zu. Doch weil er nichts abbekommt verliert Danny schnell das Interesse und macht sich auf die Suche nach einem neuen Spielzeug. Nach längerem Suchen findet er einen Rest von einem Büffelhautknochen, den ich wohl übersehen habe. Ich überlege kurz, ob ich ihm das Stückchen abnehmen und selbst fressen soll, verzichte aber großzügig darauf.

Danny freut sich über das zerkaute Restchen, als hab er einen Schatz gefunden. Er macht es sich damit zwischen meinen Beinen gemütlich und beginnt es genüsslich zu benagen. Dabei legt er eine Beharrlichkeit an den Tag, die mich staunen lässt und ich ahne, dass mein Sohn ein kleiner Kämpfer ist.

Er wird sich durchsetzen, denke ich bei mir und fühle Stolz. Plötzlich bin ich mir sicher, dass er sein Leben meistern wird, gegen alle Widrigkeiten.

Ein paar Tage später sind wir auf dem Weg zum Tierarzt. Tanja begleitet uns, weil Felix einen anderen Termin hat. Ich sitze angeschnallt auf dem Rücksitz, Danny ist in eine Transportbox gesetzt worden, damit er gesichert ist und nichts anstellen kann. Durch das Gitter schaut er mich an und winselt leise, sein verkrüppeltes Beinchen steht in seltsamem Winkel ab, scheint ihn aber nicht zu schmerzen.

Im Wartezimmer des Tierarztes ist nur eine ältere Frau vor uns, die eine ziemlich fette Katze auf dem Schoß hält. Ängstlich schaut sie zu mir und fragt dann Tanja ob ich ein Kampfhund sei. Empört blase ich die Backen auf, ich ein Kampfhund. Wo ich die friedlichste Bulldogge in der ganzen Stadt bin. Ein Tierrettungshund.

Tanjas Hand greift in mein Nackenfell und beginnt mich zu kraulen. Sie redet beruhigend auf die alte Dame ein und ich hoffe, sie erzählt ihr, wie viele Tiere ich schon gemeinsam mit Felix gerettet habe. Auch Katzen, obwohl es alles andere als selbstverständlich ist, dass ein Hund Katzen rettet.

Tanja muss wohl die richtigen Worte gefunden haben, die Frau schaut mich jetzt jedenfalls nicht mehr ängstlich an. Sie wird auch gleich danach aufgerufen und verschwindet im Behandlungszimmer. Ich lege mich hin und stütze den Kopf auf meine Pfoten. Danny rumort in seiner Kiste, er will aus dem engen Kasten heraus und beginnt zu jammern. Tanja versucht ihn mit leiser Stimme zu beruhigen.

Dann sind wir an der Reihe. Ich trotte vor Tanja ins Behandlungszimmer, so als sei das die selbstverständlichste Sache der Welt. Aber mein Herz klopft ein bisschen schneller als normal und ich habe ein komisches Gefühl im Magen.

„Hallo Robin, alter Junge", begrüßt mich der Doktor leutselig und bückt sich zu mir herunter. „Na, wie geht es dir?" will er wissen und macht sich schon an meinem Rücken zu schaffen, dort wo mich die Kugel gestreift hat. Seine Finger tasten die verkrustete Narbe ab und er nickt zufrieden. „Das ist gut verheilt, da können wir heute die Fäden ziehen."

Fäden ziehen? Welche Fäden? Mir wird ganz heiß vor Aufregung und ich muss zu hecheln anfangen. Das wird doch hoffentlich nicht wehtun?

„Keine Angst, das tut nicht weh", beruhigt mich der Doktor, so als kenne er meine Ängste. Kann er etwa auch Tierkommunikation, so wie Tanja? Nein, wahrscheinlich nicht, ich hör ihn ja ganz normal mit den Ohren und nicht in meinem Kopf.

Ich werde auf den Tisch gehoben und die Sprechstundenhilfe stellt eine Schale neben mich, in der ein paar glitzernde, spitze Gegenstände liegen. Ein stechender Geruch steigt mir in die Nase und ich muss niesen als der Doktor mir mit einem nassen Wattebausch die Rückenwunde abtupft. Dann nimmt er die spitzen Gegenstände aus der Schale und seine Hände verschwinden damit aus meinem Blickfeld. Ergeben lasse ich den Kopf hängen und hechele aufgeregt. Doch es ziept nur dreimal leicht auf meinem Rücken, dann wird erneut der nasse Wattebausch aufgetupft.

„Schon fertig, Robin", höre ich den Tierarzt sagen.

„Nur noch kurz deine Pfoten anschauen, dann kannst du wieder runter."

Er hebt nacheinander meine Pfoten an und schaut darunter. „Alles sehr gut verheilt", höre ich ihn zufrieden sagen, dann hebt er mich vom Tisch und setzt mich auf dem Boden ab.

„Du hast sehr viel Glück gehabt, mein Junge, das hätte auch anders ausgehen können. Aber ich denke, ich kann dich jetzt gesundschreiben, Robin. Ab sofort darfst du wieder mit deinem Herrchen zur Arbeit gehen."

Na, das ist doch ein Wort. Erfreut hopse ich auf der Stelle. Hätte ich einen Schwanz, würde ich jetzt wedeln. So wackele ich halt nur mit dem Po und grunze ein bisschen.

„So, und wen haben wir denn da?" fragt der Doktor und nimmt Tanja die Box ab in der Danny sitzt. Er setzt sie auf dem Tisch ab und öffnet das Türchen. Danny hat es anscheinend mit der Angst bekommen und traut sich nicht heraus. So greift der Tierarzt hinein, hebt ihn vorsichtig heraus und setzt ihn auf den Tisch. Sofort fällt sein Blick auf Dannys Beinchen und er verzieht mitleidig das Gesicht. „Oh, das sieht aber gar nicht gut aus. Ach du armer Kleiner."

Konzentriert und vorsichtig untersucht er Danny von Kopf bis Fuß, erst ganz zum Schluss schaut er sich dessen Hinterbein genau an. Seine Meinung scheint bestätigt, er setzt Danny vor sich auf den Tisch und krault ihn am Köpfchen, während er Tanja erklärt, was er herausgefunden hat.

„Also, soweit ich feststellen kann ist der Kleine ein gesunder Welpe. Seine Entwicklung ist dem Alter entsprechend, er ist lebhaft und voller Lebenswille. Die Behinderung rechtfertigt es nicht, ihn einzuschläfern…"

„Um Gottes Willen, ich will ihn doch nicht einschläfern lassen!" Tanja schaut den Doktor entrüstet an.

Der hebt beschwichtigend die Hände. „Das habe ich auch nicht vermutet, keine Sorge. Aber es hätte ja sein können, dass sich diese Deformation nicht nur auf das Bein beschränkt, sondern auch andere lebenswichtige Organe beeinträchtigt. Das ist bei dem Welpen nicht der Fall. Ich bin mir auch nicht sicher, ob diese Fehlbildung angeboren ist, sie kann genauso gut durch einen Unfall entstanden sein. Dazu würde auch passen, dass er plötzlich zu kränkeln begonnen hat, obwohl er kerngesund zur Welt gekommen ist, wie sie mir sagten. Haben Sie diesbezüglich etwas bemerkt? Ist er vielleicht irgendwo herunter gefallen oder eingequetscht worden?"

Tanja runzelt die Stirn und überlegt. Dann meint sie nachdenklich: „Nein, keines von beiden war der Fall. Aber jetzt, wo sie es sagen fällt mir etwas ein… Es ist ja Laras erster Wurf und in den ersten Tagen war sie sehr unruhig. Besonders wenn sie Nachwehen hatte, wurde sie sehr nervös und drehte sich in der Wurfkiste wie wild im Kreis. Dabei ist sie schon das eine oder andere Mal auf ihre Jungen getreten. Ich habe ihr Bachblüten gegeben, damit sie ruhiger wird und nach ein paar Tagen hat sie es gelassen. Einmal, als sie sich so drehte hörte ich einen der Welpen aufschreien. Doch als ich nachschaute schien alles in Ordnung. Kurz darauf fing Danny dann allerdings zu kümmern an. Kann es sein, dass er von seiner Mutter so schwer verletzt wurde?"

Der Doktor wiegt nachdenklich den Kopf, bevor er meint: „Möglich wäre es schon. Die Knochen neugeborener Hunde sind zwar noch sehr weich und elastisch, sie brechen nicht leicht. Es kann jedoch durchaus sein, dass Sehnen oder Bänder gerissen sind wenn Lara auf Dannys Beinchen getreten ist. Das würde auch zu dem Krankheitsbild passen. Gebrochen ist jedenfalls nichts. Aber wie dem auch sei, es ist leider nicht rückgängig zu machen. Das Beinchen wird so instabil bleiben."

„Ja, aber gibt es denn überhaupt eine Möglichkeit, dass er sich damit fortbewegen kann? So, wie es jetzt ist, kann er nicht ein Hundeleben lang auf dem Bein laufen. Er kann es kaum anheben und seine Zehen schleifen über den Boden."

Ratlos schaut Tanja von Danny zum Tierarzt und plötzlich stehen Tränen in ihren Augen. Ich beginne zu fiepen, wenn Tanja traurig ist, dann macht mich das auch traurig. Doch der Doktor beruhigt sie schnell.

„Keine Sorge, es gibt schon Möglichkeiten, dem Kleinen ein fast unbeschwertes Leben zu ermöglichen. Allerdings wird er um eine Operation nicht herumkommen. Dabei kann man das Bein versteifen oder es amputieren. Die letzte Option scheint mir dabei die bessere zu sein. Momentan ist er dazu jedoch noch zu jung."

„Amputation?" Tanja schüttelt skeptisch den Kopf. „Wird er denn auf drei Beinen zurechtkommen. Was, wenn er nicht auf drei Beinen laufen kann?"

„Keine Sorge, das wird er lernen. Er kann jetzt das Beinchen ja auch kaum belasten und läuft auf den anderen drei. Er wird sich nach der OP kaum Gedanken darüber machen, wo sein viertes Bein geblieben ist. Und es sicher nicht vermissen. Solche Vorurteile finden nur in den Köpfen der Menschen statt. Die Hunde machen sich darüber keine Gedanken."

Er schaut Tanja fragend an. „Wollen sie den Kleinen eigentlich behalten oder haben sie schon einen Interessenten für ihn?"

Tanja zuckt unsicher mit den Schultern. „Darüber haben wir uns noch gar keine Gedanken gemacht. Allerdings wiederstrebt es mir, Danny in fremde Hände zu geben. Andererseits wären drei große Hunde ein bisschen viel… Ich glaube, da muss ich mich erst mit meinem Partner beraten."

„Ja, tun Sie das. Ein paar Wochen wird Danny ja noch bei seiner Mutter bleiben, auch wenn die ihn ablehnt, wie Sie sagen.

Es kann aber sein, dass sie ihn akzeptiert, sobald seine gesunden Geschwister nicht mehr da sind. Aber das muss man abwarten."
Wir sind fertig und können endlich den Heimweg antreten. Danny jammert lauthals in seiner Kiste und lässt sich nicht beruhigen, vermutlich hat ihn der Tierarztbesuch hungrig gemacht. Zum Glück müssen wir nicht lange fahren. Als wir in die Hofeinfahrt einbiegen sehe ich schon Felix' Auto da stehen. Und er kommt uns aus der Haustür entgegen. Aufgeregt trippele ich auf der Stelle und kann es kaum abwarten, bis er die Autotür aufmacht und mich herauslässt. Hoffentlich erzählt ihm Tanja gleich das Wichtigste, nämlich, dass ich wieder mit ihm zur Arbeit gehen darf. Als sie aussteigt setze ich mich vor sie hin und blicke erwartungsvoll zu ihr hoch.

Sie lächelt mich an und sagt an Felix gewandt: „Ab morgen steht dir dein wichtigster Mitarbeiter wieder zur Verfügung. Dr. Schirmer hat Robin gesundgeschrieben, er ist wieder voll und ganz einsatzfähig."

Erwartungsvoll schaue ich nun zu Felix. Wie wird er die freudige Nachricht aufnehmen? Natürlich ganz so, wie ich es erwartet habe. Er geht in die Hocke, damit wir einigermaßen auf einer Augenhöhe sind und klopft mir erfreut den Rücken.
„Na super, darauf habe ich schon gehofft. Ohne dich komme ich nur halb so gut zurecht, Aber ab morgen sind wir wieder ein Team, nicht wahr Robin. Da können sich die gemeinen Tier-quäler warm anziehen, wenn wir ihnen wieder gemeinsam auf den Pelz rücken."
Jawohl, das können sie. Voller Vorfreude stelle ich mich mit den Vorderpfoten auf Felix' Knie und schlecke ihm einmal herzhaft übers Gesicht. Er prustet und wehrt lachend meine nächste Attacke ab. Bevor er aufsteht klopft er mir nochmal auf meinen Po und meint:
„Na, dann geh mal rein und schau in deinen Napf. Ich hab dir da was reingelegt, damit du morgen Kraft für die Arbeit hast."

Na, das ist doch ein Wort. Eilig trotte ich zur offenen Haustür um nachzuschauen, was er mir Gutes mitgebracht hat. Mein Felix, wie sehr ich ihn liebe. Er ist sicher das tollste Herrchen, das ein Hund je haben kann.

Schon vor der Küchentür rieche ich es. Dieser Duft, einfach himmlisch. Mir läuft das Wasser im Maul zusammen und ich beschleunige meinen Schritt. Und da liegt es vor mir, saftig und duftend, ein großes Stück frischer Blättermagen. Meine Leib- und Seelenspeise. Ich lege mich gemütlich vor den Napf und fange an zu fressen.

Kapitel 7: Hundegespräch

Am nächsten Morgen fahre ich endlich wieder mit Felix zur Arbeit. Wie ich es nicht anders erwartet habe, werde ich von allen Kollegen mit Hallo empfangen. Ich werde geklopft, gekrault, gestreichelt und der Eine oder Andere steckt mir augenzwinkernd ein Leckerchen zu. Auch meine Hundekumpels freuen sich, mich wiederzusehen.

Heute ist Konferenztag, das heißt für uns Hunde, wir können uns auf der Spielwiese vergnügen während unsere Herrchen und Frauchen im Konferenzsaal sitzen und die aktuellen Fälle besprechen. Das ist für Hunde zu langweilig, so dass wir nur bei Regenwetter oder im Winter, wenn es draußen zu kalt ist, mit in den Saal müssen. Dann lungern wir meist auf den bereitgelegten Decken vor den großen Fenstern herum, dösen oder schauen hinunter in den verregneten oder verschneiten Garten. Heute ist das Wetter schön, ideal für ein Spielchen oder auch einfach nur zum Faulenzen im Gras. Einige Kumpels spielen am Wasser und zwei der jüngeren Hunde raufen um einen längst kaputten Ball, während ich mich mit meinem alten Freund Buddy in den Schatten eines Buschs lege. Buddy ist ein Bullterrier, der zu den sogenannten Listenhunden gehört. Was für ein blödes Wort: Listenhund.
Früher hat man Kampfhund gesagt, was meiner Meinung nach noch unsinniger ist. Aber Buddy hatte ein Kampfhund werden sollen, das hat er mir schon vor längerem erzählt. Er war in einem dunklen Stall zur Welt gekommen und noch viel zu jung von seiner Mutter getrennt worden. Sein neuer Herr hatte ihn von Anfang an misshandelt und gequält. Er sollte bissig werden, doch Buddy war eine Seele von Hund. Er wehrte sich nicht gegen seinen brutalen Herrn und später auch nicht gegen den Hund, mit dem er kämpfen sollte. Letztendlich wurde er, völlig

zerbissen und kaum noch am Leben, irgendwo aus dem Auto geworfen. Mehr tot als lebendig lag er am Straßenrand.

Irgendwann hielt ein Auto an, der Fahrer verständigte die Polizei und die rief bei unserer Organisation an. Sein jetziges Herrchen Marco hob Buddy von der Straße auf und trug ihn zum Auto, dann fuhr er ihn zur nächsten Tierklinik. Buddy wurde operiert und schwebte viele Tage zwischen Leben und Tod. Eigentlich wollte er nicht mehr leben, zu schlimm war das gewesen, was er erlebt hatte. Doch Marco, der ihn jeden Tag besuchte, sprach ihm gut zu, er beschwor ihn, wieder gesund zu werden. Und er versprach Buddy, dass er bei ihm leben dürfe, sobald er gesund sei. Buddy überlegte lange, doch dann entschloss er sich zu leben. Er wollte es wagen Marco zu vertrauen, dem ersten Menschen, der gut zu ihm war.

Und Marco hielt Wort, sobald Buddy die Tierklinik verlassen durfte, zog er bei ihm ein. Welchen Kampf es den jungen Tierschützer kostete, den Kampfhund behalten zu dürfen, ahnte Buddy nicht. Er wurde unter der Obhut seines Herrn gesund und kam wieder zu Kräften. Zum ersten Mal erfuhr er, dass ein Hundeleben schön und aufregend sein konnte. Willig machte er alles mit, was Marco ihm beibrachte. Die Tests und Prüfungen, die sie absolvieren mussten, waren für Buddy eine Spielerei. Er ahnte nicht einmal, dass seine Zukunft davon abhing.

Schließlich hatten sie alle Prüfungen mit Bravur bestanden und Marco durfte Buddy behalten. Er erreichte sogar, dass er den Hund ohne Maulkorb und Leine laufen lassen konnte. Erst nach und nach begriff Buddy, was sein Herrchen für ihn getan hatte. Und er revanchierte sich auf seine Weise.

Als Marco bei der Befreiung von weiteren Kampfhunden von dem Betreiber des Pits bedroht wurde, biss Buddy das erste und einzige Mal zu und rettete dadurch seinem Herrn das Leben. Seitdem sind die beiden ein unzertrennliches Team.

„Ach diese Jungspunde, immer müssen sie raufen", sagt Buddy zu mir und lässt sich lässig auf die Seite fallen. Er streckt sich und gähnt herzhaft, dann zwinkert er mir zu. „Wenn die mal in unserem Alter sind, werden sie auch ruhiger werden. Ich für mein Teil habe noch nie viel für Raufereien übrig gehabt. Du sicher auch nicht, oder?"

Ich schaue ihn an, sehe die vielen Narben auf seinem Körper und schüttele bedächtig den Kopf. „Nein, ich habe noch kaum einmal gerauft. Wir Bulldoggen sind sowieso viel friedlicher als unser Ruf. Wenn ich an so manche Leute denke, die mir auf meinen Spaziergängen begegnen. Da reißen sie ihren kleinen Hunden bald den Kopf ab, um sie aus meiner Nähe zu ziehen. Dabei denke ich nicht mal daran, die kleinen Fifis überhaupt anzuschauen, denn deren hysterisches Gekläffe tut nur meinen Ohren weh."

„Ja, ich kenn das. Ich hab mir auch längst abgewöhnt zu fremden Hunden Kontakt zu suchen. Deren Menschen sehen in mir oft nur eine Bestie. Da hilft auch mein schönstes Bullterrier Grinsen nichts."

Er hebt den Kopf und kräuselt seine Lippen um seine prächtigen Zähne zu zeigen. Dabei funkeln seine schrägen Augen vor Vergnügen.

Nun ja, denke ich bei mir, dieses Grinsen ist wirklich nichts für schwache Nerven. Buddy ist sowieso ein ungewöhnlich anzuschauender Hund. Der Körper nur mäßig groß aber vor Kraft strotzend, mit einem Kopf, dessen Form in der Hundewelt ziemlich einzigartig sein dürfte. Dass er das Gemüt eines Engels hat, ist ihm wirklich nicht anzusehen.

„Wie geht es eigentlich deiner jungen Familie?", will er jetzt wissen und wälzt sich wieder auf den Bauch um mich anzusehen. „Hast dich ganz schön ins Zeug gelegt, wie ich hörte. Ich hoffe doch, die Babys sehen ihrer schönen Mama ähnlich und nicht dir."

Er grinst über seinen dürftigen Witz, doch ich meine in seinem Gesicht ein bisschen Neid zu erkennen. Denn eine Hundefamilie wird er nie besitzen können. Eine der Auflagen, die

Marco erfüllen musste um Buddy behalten zu dürfen war es, ihn kastrieren zu lassen.

„Zumindest die Mädels kommen ganz nach ihrer Mama", erwidere ich ungerührt um seine Wehmut zu vertreiben. „Die drei Jungs sehen mir allerdings schon ähnlich. Aber bei Rüden kommt es ja auch nicht so sehr auf Schönheit an, da zählen andere Werte. Uns beide hat man schließlich auch nicht wegen unserem Aussehen ausgesucht, nicht wahr."

Er seufzt zuerst theatralisch, dann lacht er rau. „Aber auch nicht wegen unserer Werte", gibt er zu bedenken. „Mich hat man wohl damals ausgesucht, weil ich aussah als könne ich kämpfen. Und dich hat dein Züchter vermutlich aus irgendeinem Grund aussortiert. Warum sonst wärst du bei einem Landstreicher gelandet."

Darüber hatte ich auch schon öfter nachgedacht, ohne jedoch zu einem befriedigenden Ergebnis zu kommen. Und Buddy scheinen ähnliche Gedanken durch den Kopf zu gehen.

„Ach pfeif doch auf Züchter und frühere Besitzer", brummt er schließlich unwirsch. „Wichtig ist nur, dass wir die richtigen Menschen gefunden haben. Und in der Beziehung haben wir beide unglaubliches Schwein gehabt."

Da kann ich ihm nur zustimmen.

Wir quatschen noch eine Weile belangloses Zeug um die trüben Gedanken aus unseren Köpfen zu vertreiben und schauen dabei unseren spielenden Kumpels zu. Langsam werden sie müde und einer nach dem anderen sucht sich ein ruhiges Plätzchen um auszuruhen. Der kaputte Ball liegt vergessen auf der Wiese.

Auch Buddy und ich dösen unter unserem schattigen Busch und bald zeigt mir ein rhythmisches Schnarchen an, dass er eingeschlafen ist. Ich kann nicht schlafen, zu viele Gedanken gehen mir durch den Kopf. Auf der Wiese sind zwei Raben gelandet, die sich für den Ball interessieren. Sie hüpfen darum herum und picken ihn an, ob er vielleicht fressbar ist. Schließlich lassen sie enttäuscht von ihm ab und erheben sich mit lautem Krächzen in die Luft. Ich verfolge sie mit den Augen bis sie am Horizont verschwinden.

Meine Gedanken kehren zurück zu Buddy, der jetzt im Schlaf zu winseln anfängt und heftig mit den Beinen strampelt. Er träumt. Hoffentlich ist es kein schlimmer Traum, er hat mir erzählt, dass er noch oft von der Zeit träumt, als ihn sein ehemaliger Besitzer zum Kämpfen abrichten wollte. Die meiste Zeit musste er in einem dunklen Verschlag eingesperrt verbringen. Futter war ihm nur unregelmäßig hingeworfen worden, so dass er immer hungrig war. Manchmal wurde er herausgeholt, aber nur, um in einen kleinen Käfig gesperrt zu werden. Sein Besitzer brachte dann einen anderen Hund heran, den er auf Buddy hetzte. Dieser Hund war wild und böse und attackierte Buddy, der jedoch durch den Käfig einigermaßen geschützt war. Auf der anderen Seite des Käfigs stand sein Herr und stieß mit einem Stock nach ihm. Er wollte, dass Buddy sich wehrte, was der jedoch nicht tat. Stattdessen kauerte er sich im Käfig zusammen, vor Angst zitternd. Nach einiger Zeit merkte sein Besitzer, dass Buddy nicht zum Kämpfen taugte, er wurde wertlos für ihn. Ein letztes Mal holte er ihn aus seinem Verschlag und sperrte ihn zu einem Hund in den Zwinger, den er sich neu angeschafft hatte. Dieser Hund stürzte sich sofort auf Buddy und verbiss sich in ihn. In Todesangst versuchte er sich zu wehren, doch der andere Hund war ein abgerichteter Kämpfer und ließ ihm keine Chance. Er ließ erst von ihm ab, als Buddy sich nicht mehr rührte. Sein Besitzer zerrte ihn aus dem Zwinger, warf ihn in den Fußraum seines Kleinlasters und fuhr mit ihm weg. Vermutlich hielt er Buddy für tot und wollte ihn einfach entsorgen, denn er warf ihn auf einer abgelegenen Straße aus dem Auto und fuhr weg. Wäre nicht zufällig kurz darauf ein Waldarbeiter den Weg entlanggefahren, der anhielt um nachzusehen, was da am Straßenrand lag, Buddy hätte den Tag nicht überlebt. So aber nahm sein Schicksal zum ersten Mal in seinem Leben einen gnädigen Verlauf und brachte ihn mit Marco zusammen.

Als Buddy mir vor langer Zeit seine Geschichte erzählte konnte ich gar nicht glauben, dass Menschen zu Tieren so grausam sein können. Ich war damals erst kurze Zeit bei unserem Verein und hatte noch nicht an Einsätzen teilgenommen. Und mir selbst war eigentlich im Kontakt mit Menschen nichts so Schlimmes passiert, was mich ihnen misstrauen ließ. Dass ich zu früh von meiner Mutter weggenommen wurde und auch von dem Landstreicher nicht allzu gut behandelt worden war, daran kann ich mich nicht mehr erinnern, ich war einfach noch zu klein gewesen.

Inzwischen habe ich leider schon mehrfach mitbekommen, zu was Menschen Tieren gegenüber fähig sind. Aber ehrlich gesagt kann ich es noch immer nicht nachvollziehen, denn mir ist ein wirklich böser Mensch noch nie begegnet. Wenn wir vernachlässigte oder gequälte Tiere retten ist meist der Verursacher nicht zugegen. Da begegne ich Polizisten, den Leuten unserer Organisation und manchmal auch sonstigen Helfern. Alles nette, freundliche Menschen, deren Bestreben es ist den Tieren zu helfen.

Deshalb will ich fast behaupten, mir ist noch niemals ein böser Mensch begegnet. Naja, von dem Jäger, der auf mich geschossen hat einmal abgesehen. Aber den habe ich ja nicht einmal bemerkt.

Dabei möchte ich zu gern wissen, ob man einen bösen Menschen irgendwie erkennen kann. Vielleicht sieht er anders aus oder riecht böse.

Ich muss wohl laut gedacht haben, denn Buddy hebt den Kopf und setzt sich dann hin. Nachdem er sich kräftig geschüttelt und hinterm Ohr gekratzt hat, bemerkt er lakonisch. „Sie sehen nicht anders aus als jeder Mensch und riechen auch nicht anders, das kann ich dir sagen. Mein ehemaliger Herr sah sogar sehr gut aus, zumindest war er bei den Frauen sehr beliebt. Er hatte immer andere dabei, die ihn anhimmelten. Wie gemein er mit seinen Hunden umsprang bemerkten sie nicht, oder es interessierte sie nicht. Sie hatten nur Augen für ihn."

„Du meinst, es gibt auch Frauen, die Tieren schlimme Dinge antun?" Das war mir neu, bisher dachte ich nur Männer würden so etwas tun. Bei den Fällen mit denen ich konfrontiert wurde war immer von Tätern die Rede.

Buddy schaute mich irritiert an und überlegte einen Moment bevor er antwortete. Dann meinte er langsam: Na ja, ich denke, ganz so schlimm sind sie nicht. Hat vielleicht was damit zu tun, dass Frauen mehr dazu da sind Kinder zu kriegen und zu betreuen. Da haben sie vermutlich ein anderes Gemüt als Männer. Viele Frauen benehmen sich ja auch ganz seltsam, wenn ihnen zum Beispiel ein Baby begegnet. Dann fangen sie an in einer komischen Sprache zu reden und grinsen übers ganze Gesicht. Dabei ist es ihnen egal ob das Baby ein Menschen- oder Hundekind ist. Also ich denke, vermutlich ist es tatsächlich so, dass Frauen zu nicht ganz so schlimmen Dingen fähig sind wie Männer. Aber Marco hat mir zu Anfang unserer Freundschaft mal erklärt, dass die meisten Menschen harmlos sind und weder anderen Menschen, noch Tieren was zu Leide tun. Damals war ich mir nicht sicher ob ich ihm das glauben konnte, inzwischen bin ich jedoch der gleichen Meinung."

„Aber wir haben doch ständig mit bösen Menschen zu tun", warf ich ein. „Fast jede Woche müssen wir Tiere befreien, denen übel mitgespielt wurde."

Buddy schaute mich über seine gebogene Nase an wie ein Klugscheißer, dann grinste er.

„Das, mein lieber Robin liegt vermutlich daran, dass es unser Beruf ist diesen Tieren zu helfen. Wenn dein Felix zum Beispiel bei der Müllabfuhr arbeiten würde bekämst du nie mit, was Tieren manchmal angetan wird. Dafür würdest du denken, dass die meisten Menschen Schweine sind, weil sie die Häufchen ihrer Hunde nicht wegmachen."

Er lachte, als hätte er einen großartigen Witz gemacht, was mich ärgerte. Deshalb brummte ich beleidigt und erhob mich mit leichtem Ächzen, weil die Narbe auf meinem Rücken zwickte. Wenn Buddy meinte, den Oberlehrer spielen zu müssen, dann ohne mich.

Ich wollte gehen, doch er hielt mich zurück. „Komm, sei doch nicht gleich eingeschnappt, ich habe doch nur einen kleinen Scherz gemacht. Du kennst mich lange genug um zu wissen, dass mich das, was wir immer wieder zu sehen bekommen, nicht kalt lässt. Ich leide vermutlich mehr als jeder andere Hund in unserem Verein mit diesen armen Geschöpfen mit. Denn ich weiß, wie es sich anfühlt."

Seine bittere Stimme lässt mich stehenbleiben und ich drehe mich zu ihm um. Er schaut mich traurig an als er leise sagt: „Weißt du, Robin, wenn ich nicht ab und zu einen Scherz machen kann, müsste ich mich vielleicht zu Tode weinen."

Kapitel 8: Ein neuer Fall

Um den bitteren Nachgeschmack unseres Gesprächs wegzu-
spülen schlendern Buddy und ich gemächlich zu dem kleinen
Bächlein, das durch unsere Hundewiese fließt. Da es ein
warmer Tag ist waten wir ein Stück im kaum mehr als
knöcheltiefen Wasser entlang und trinken uns satt. Ich liebe
Bachläufe die seicht und ein bisschen sandig sind. Dann quillt
der Sand beim Waten sanft zwischen den Zehen durch, einfach
ein tolles Gefühl. Außerdem schmeckt mir das Bachwasser am
besten, wenn ein bisschen aufgewirbelter Schlick darin ist.
Wenn Felix mich dabei beobachtet neckt er mich oft mit den
Worten: „Na, Robin, nimmst du wieder deinen Hundetee zu
dir?"
Buddy legt sich, so lang er ist, in das flache Wasser und lässt
sich umspülen. „Einfach herrlich so ein Bad" schwärmt er und
grunzt zufrieden. Ich bin froh ihn wieder glücklich zu sehen.
Mir war nie so richtig bewusst geworden, dass ihm seine
schlimmen Erfahrungen nach all den Jahren noch immer so sehr
zu schaffen machen. Immerhin ist er schon acht Jahre alt und
die Sache liegt inzwischen fast sieben Jahre zurück.
Jetzt scheint er wieder ganz der alte, draufgängerische Bullterrier zu sein, so wie ich ihn seit meinen Anfängen bei MfTN
kenne. Er hat mich ahnungslosen Jungspund damals unter seine
Fittiche genommen. „Wir Bullys müssen zusammenhalten",
hatte er gemeint. Ich habe damals wohl blöd geguckt, denn er
hatte mich grinsend aufgeklärt: „Auch wenn unsere Kopfform
nicht unterschiedlicher sein könnte, so gehören wir doch beide
der Rasse der Bulldoggen an. Hast du das nicht gewusst?"
Damals hatte ich noch wenig Ahnung von Hunderassen im
Allgemeinen und den Bulldoggen im Besonderen. Ein anderer
Hund war einfach nur ein Hund für mich. Heute kenne ich mich
natürlich bestens aus - naja zumindest besser. Sogenannte

„Kampfhunde" habe ich inzwischen einige kennen gelernt, denn seit es die „Liste gefährlicher Hunde" gibt, werden immer wieder Vertreter dieser Rassen ausgesetzt. Wenn ihnen nicht noch Übleres passiert.

Es soll auch immer wieder Leute geben, die sich blauäugig einen Listenhund anschaffen aber dann die Auflagen nicht erfüllen können oder wollen. Dann kommt der arme Hund eben ins Tierheim. Und dort sitzt er oft jahrelang, manche bis zu seinem Tod. Unschuldig lebenslang hinter Gittern, obwohl er nie in seinem Leben irgendjemanden etwas zu Leide getan hat. Ist das nicht ein schreckliches Los?

Buddy hat einfach wahnsinniges Glück gehabt, dass er zu Marco kam und der bereit war alle Auflagen zu erfüllen, damit er ihn behalten durfte.

Auch ich wurde hin und wieder schon einmal für einen Kampfhund gehalten. Ich, eine original englische Bulldogge. Haben die Leute keine Augen im Kopf? Naja, es ist auch möglich, dass ich eine Old englische Bulldogge bin, wie ich, glaube ich, schon einmal erwähnt habe, bin ich ein bisschen größer und schwerer als eine durchschnittliche englische Bulldogge. Aber was machen acht läppische Kilo und zehn Zentimeter schon aus? Ist doch ein Klacks.

Denn ansonsten sehe ich sehr englisch aus, auch wenn ich in Holland geboren wurde. Ein großer, breiter Kopf, kräftiger, wohlgerundeter Leib, kurze, stämmige Beine und ein Ringelschwanz. Nicht zu vergessen meine gemächliche Art und natürlich mein Gemüt. Ein Engländer durch und durch.

Aber ich schweife ab. Wo war ich stehengeblieben?

Ein Schwall Wasser bringt mich endgültig aus dem Konzept. Buddy hat sein Bad beendet und sich kräftig geschüttelt, natürlich genau neben mir. Er zwinkert mir mit seinen schrägstehenden Augen belustigt zu, dann wirft er sich im Gras auf den Rücken um sich mit ruckenden Bewegungen trocken zu rubbeln. Dabei stößt er Laute aus, die sich wie ein stöhnendes Grunzen anhören.

Endlich ist er fertig, springt behände auf die Beine um sich nochmals zu schütteln. Dann setzt er sich hin und schaut mich an. „Über was denkst du denn schon wieder nach? Wenn ich deinen Gesichtsausdruck richtig beurteile, dann grübelst du über all die Ungerechtigkeiten dieser Welt nach. Stimmt's?"

„Naja, so ähnlich", gebe ich widerstrebend zu. Ich will Buddy nicht erzählen, dass ich auch über ihn und sein Schicksal nachgedacht habe. Ich weiß, er mag es nicht, bedauert zu werden. Deshalb erkläre ich halbherzig:

„Ich habe darüber nachgedacht, welche Einsätze wir gemeinsam mit unseren Menschen schon gemeistert haben. Und was wohl als nächstes auf uns zukommt. Nach meiner langen Krankenzeit würde ich schon gerne mal wieder einen richtig interessanten Einsatz haben. Es gibt mir immer ein gutes Gefühl, wenn wir Tiere retten können. Dir etwa nicht?"

Buddy legt sich gemütlich ins Gras und schleckt kurz an seiner Pfote. Dann grinst er mich ein bisschen spöttisch an. „Robin Huth, der Retter aller gequälten Tiere. Dein Felix hat dir den richtigen Namen gegeben."

„Häh", mache ich und schaue ihn irritiert an. „Was ist an meinem Namen so besonders?"

Buddy schaut mich jetzt mit dem belehrenden Blick an, mit dem er mich gern in Verlegenheit bringt. Denn er weiß sehr viel über alle möglichen Dinge, von denen ich noch nie gehört habe.

„Hat dir Felix noch nie von Robin Hood erzählt? Das ist ein englischer Held, der vor langer Zeit gelebt haben soll. Er hat den Reichen ihr Vermögen geraubt und es unter den Armen verteilt. Dafür haben ihn die einfachen Leute geliebt aber von den Reichen wurde er gehasst und verfolgt. Sie wollten ihn aufhängen."

„Und, was ist mit ihm geschehen? Wurde er aufgehängt?"

Das würde mir leidtun, nicht nur, weil dieser Held denselben Namen trug wie ich.

Aber Buddy beruhigte mich. „Nein, keine Angst. Er konnte ihnen entkommen und durfte sogar die Frau heiraten, die er liebte."

„Genau wie ich", warf ich begeistert ein. Warum hatte mir noch niemand diese tolle Geschichte von meinem Namensvetter erzählt. Das war doch höchstinteressant. „Haben sie auch Kinder bekommen, so wie Lara und ich?"

„Vermutlich schon, aber bestimmt nicht gleich sieben auf einen Streich", meint Buddy lachend. „Doch darüber ist nichts konkretes bekannt. Aber nun komm, wir wollen mal nachsehen ob unsere Menschen schon fertig sind mit ihrer Besprechung. Ich hab ein bisschen Hunger und würde gerne ein paar Kekse knabbern. Du doch sicher auch, oder?"

Klar, ein paar Kekse gehen bei mir immer. Also erheben wir uns und traben gemächlich aufs Haus zu.

Heute ist Sonntag, was ja eigentlich nichts Besonderes ist. Doch heute kommen Tanjas Eltern zu Besuch. Ich hab sie erst einmal gesehen, damals waren wir zu ihnen gefahren. Sie wohnen weit weg von uns, wir sind lange gefahren, mindestens zwei Stunden, wenn ich mich richtig erinnere. Wobei ich eigentlich nicht genau weiß, wie lang zwei Stunden sind. Ich wurde irgendwann vom aus dem Fenster schauen müde und bin eingeschlafen. Als ich wieder aufwachte waren wir da, also müssen es zwei Stunden oder so gewesen sein.

Aber egal, heute kommen sie zu uns. Ich freu mich riesig, denn die Beiden sind große Hundefreunde und waren ganz verrückt mit mir. Ganz sicher bringen sie auch das eine oder andere Leckerchen für mich mit. Und natürlich auch für Lara, ich hoffe sie haben genug für uns beide dabei.

Lara hat mir einmal erzählt, dass sie bei Tanjas Eltern geboren wurde, die damals eine kleine Boxerzucht betrieben. Tanja hatte

sich sofort in die kleine weiße Hündin mit dem braun ge-
sprenkelten Ohr verliebt und sie mitgenommen als sie einige
Zeit später in unser Städtchen zog. Vor etwa einem Jahr war Laras Mutter Sina gestorben, sie war
fast dreizehn Jahre alt geworden. Die Sommers waren so traurig
über Sinas Tod, dass sie sich keinen anderen Hund mehr angeschafft haben. Doch das würde sich vielleicht bald ändern, denn
Tanjas Eltern sind zu uns gekommen um sich Danny anzusehen.
Selbstverständlich wissen sie um Dannys Beinchen Bescheid,
Tanja hat es ihnen schon längst am Telefon erzählt. Trotzdem
wollen sie sich Danny einmal ansehen. Ich hoffe sehr, dass sie
ihn zu sich nehmen. Bei ihnen wäre das kleine Hinkebein in
guten Händen und wir würden dann immer erfahren, was es
Neues von ihm gibt.

Endlich klingelt es und Lara und ich rennen zur Eingangstür
und bellen aufgeregt. Tanja scheucht uns weg und öffnet die
Tür um ihre Eltern einzulassen. Während sich die Menschen begrüßen, stehen Lara und ich dabei, ungeduldig wartend, dass
wir endlich an die Reihe kommen.
Nachdem auch wir gebührend begrüßt worden waren läuft Lara
stolz ins Wohnzimmer voraus um den Ankömmlingen ihre
Kinder zu zeigen. Ich trotte gemächlich hinterher und beobachte
aus der Ferne. Als Vater hat man in Hundekreisen kaum ein
Mitspracherecht, was den Nachwuchs betrifft. Das hat mir Lara
schon mehrmals unmissverständlich klargemacht. Ich darf mit
den Kleinen spielen und sie auch hüten, wenn es der Mama gerade mal passt, doch sonst gehen mich die Kleinen nichts an.
Sagt Lara. Sie war ja schon damals ziemlich unwirsch, als ich
mich einmischte, als sie Danny verstoßen wollte.
Nun, inzwischen hat sie sich einigermaßen mit dem kleinen
Unglückswurm abgefunden. Was wohl dem ernsthaften Gespräch, das Tanja mit ihr geführt hatte, zuzurechnen ist. Und da
sie genauso wie ich über den Zweck des Besuches informiert

wurde, ist Lara heute ganz lieb zu Danny, wohl in der Hoffnung, dass er bald aus ihrem Leben verschwindet.

Wie wir alle insgeheim gehofft haben, wenn auch aus unterschiedlichen Gründen, sind Tanjas Eltern ganz vernarrt in Danny. Er bemüht sich auch mit allen Kräften ihnen zu gefallen. Vielleicht ahnt er ja trotz seiner Jugend, dass von diesem Besuch sein weiteres Schicksal abhängt. So, wie es aussieht, stehen seine Chancen nicht schlecht.

Danny und seine Geschwister sind nun sieben Wochen alt und haben sich alle prächtig entwickelt. Bis auf einen Rüden waren sie alle bereits vermittelt und werden im Lauf der nächsten Woche ausziehen. Danny wird noch etwas länger bleiben, da Tinas Eltern einen Urlaub gebucht haben, sie werden ihn gleich danach bei uns abholen. So hat Adrian, sein Bruder, auch noch Gesellschaft, bis auch er einen Besitzer gefunden hat.

Es macht mich schon ein wenig traurig, dass die Welpen uns bald verlassen, obwohl ich natürlich weiß, dass es an der Zeit für sie ist. Die zukünftigen Besitzer haben Felix und Tanja sehr sorgfältig ausgesucht, so dass kein schaler Nachgeschmack bleibt, was ihre Zukunft betrifft.

Lara sieht den baldigen Auszug ihrer Kinder viel lockerer als ich. Sie hat sie bereits entwöhnt und reagiert sehr gereizt, wenn einer der Kleinen es wagt an ihren Zitzen zu saugen. Wenn sie mit ihnen spielt, so sind das eher Lehrstunden und hin und wieder behandelt sie ihre Kinder recht derb. Besonders die kleinen Hündinnen. Die versucht sie ständig zu gängeln und zu maßregeln und ist dabei nicht zimperlich. Da ist kaum noch was zu spüren von der mütterlichen Hingabe, mit der sie ihren Wurf großgezogen hat, damals als alle Kleinen nur nach Welpe gerochen haben. Inzwischen kann selbst ich am Geruch erkennen, was ein Rüde oder eine Hündin ist

Ich habe Tanja gefragt, ob so das normale Verhalten einer Hundemutter sei. Sie hat mir versichert, es sei vollkommen normal, zumindest bei den Bulldoggen, zu denen ja auch der

Boxer gehört. Da seien die Mütter oft nicht ganz so fürsorglich wie das bei manchen anderen Rassen der Fall ist.

Als uns Tanjas Eltern am späten Nachmittag verlassen steht fest, dass Danny auf jeden Fall bei ihnen einzieht. Sie wollen gleich morgen mit ihrem Tierarzt besprechen, was mit seinem Bein geschehen soll.

Es freut mich sehr für den kleinen Wicht, dass er so nette Menscheneltern bekommt. Ich weiß, sie werden alles tun, damit er ein glückliches und sorgloses Hundeleben führen kann. Und was mich ebenfalls freut, ich werde noch ein bisschen Zeit mit meinem Sohn verbringen können. Ich hoffe, dass Lara nicht doch noch Muttergefühle für ihn entwickelt und mir einen Strich durch die Rechnung macht. Aber das ist eher unwahrscheinlich, sie freut sich jetzt schon auf ihre wiedergewonnene Freiheit.

Zwei Tage später werden Felix und ich mit einem neuen Fall betraut. Es geht um illegalen Welpen-Handel. Das berührt uns beide besonders, nicht nur, weil wir selbst Welpen zu Hause haben. Das mit unschuldigen Hundekindern dreckige Geschäfte gemacht werden ist leider keine Seltenheit. Im Internet werden inzwischen Welpen aller Rassen zu Spottpreisen verschleudert. Sie werden meist im Ausland produziert und zusammengepfercht in winzigen Käfigen ohne Futter und Wasser durch halb Europa gekarrt. Das einige Welpen diese Tortur nicht überstehen wird von der Welpen-Mafia billigend in Kauf genommen. Für diese Menschen gilt das Leben eines kleinen Hundes weniger wie der Dreck unter ihren Fingernägeln.

Bereits seit Jahren kämpfen Tierschützer vergeblich gegen diese grausamen Machenschaften. Aufrufe, diese Welpen nicht zu kaufen, auf Plakaten, in Zeitungen oder im Fernsehen scheinen nichts zu bringen.

Felix und ich hatten schon öfter mit den Opfern der Welpen-Mafia zu tun und es tut uns jedes Mal in der Seele weh, wenn wir die Welpen zu retten versuchen, die von der Polizei in dunklen Bäuchen von Kleinlastern entdeckt werden. So auch heute. Auf einem Autobahnrastplatz winken uns zwei Polizisten zu einem schrottreifen Sprinter, der im Schatten einiger Bäume geparkt ist. Die Türen des Wagens sind weit geöffnet, so dass Luft ins Innere kommt. Es ist ein heißer Tag und Felix presst die Lippen zusammen, als wir neben dem Sprinter halten. Ich merke ihm an, wie angespannt er ist und auch mir ist mulmig zumute. Was wir wohl diesmal zu sehen bekommen?

Die Gesichter der Polizisten sind ernst, was nichts Gutes verheißt. Sie haben schon damit begonnen, das Auto auszuladen. Auf dem Bordstein, im Schatten einiger Bäume stehen Käfige. Ein strenger Geruch liegt in der Luft und ein vielstimmiges Jaulen und Wimmern ist zu hören. Ich gehe näher heran um in die Käfige zu blicken. Eng gedrängt hocken Welpen darin und schreien ihre Not heraus.

Ich sehe mich nach Felix um. Er ist bereits dabei, weitere Käfige aus dem Sprinter zu holen. Gemeinsam mit den Polizisten holt er immer neue Gitterbehälter aus dem stickigen Innenraum und stellt sie zu den anderen in den Schatten. Je weiter hinten die Hunde im Auto verstaut waren, desto schlimmer ist ihr Zustand. Einige liegen übereinander, haben kaum Kraft, ihre Köpfe zu heben. Und andere liegen völlig still.

Inzwischen sind auch einige Tierärzte eingetroffen, die sich sofort daran machen, die Welpen zu untersuchen. Auch von unserer Organisation ist ein LKW angekommen und die Helfer holen geräumige Wannen heraus. Sie werden neben den Käfigen aufgestellt, die nun von den Ärzten geöffnet werden. Die Welpen, die noch einigermaßen lebendig wirken, kommen erst einmal in die Wannen, wo sie mit Wasser versorgt werden. Die sich in schlechtem Zustand befinden, werden von den Tierärzten notversorgt. Danach kommen sie in separate Boxen. Und leider wird auch die Wanne immer voller, in der die toten Welpen abgelegt werden.

Der Geruch des Todes zieht mich zu der Wanne hin und ich schaue hinein. Leider kann ich nicht zählen aber es sind mehrere tote Welpen darin. Einige davon sind viel größer als andere, da sie verschiedenen Rassen angehören. Es tut mir weh sie so liegen zu sehen, manche mit geöffneten Mäulchen, als würden sie noch im Tod um Hilfe rufen. Allen gleich ist, dass sie noch viel zu jung sind, um von ihren Müttern getrennt zu sein.

Ich erschrecke, als ein Schatten über mich fällt. Ein Helfer legt zwei weitere tote Welpen in die Wanne. Er schaut mich ernst an und tätschelt mir kurz den Kopf ehe er sagt: „Du solltest hier nicht sein, Robin. Den Kleinen kannst du nicht mehr helfen. Geh lieber zu Felix und hilf ihm, die Welpen zu beruhigen, die es nicht so schlimm erwischt hat. Die können den Zuspruch eines Artgenossen sicher gut gebrauchen."

Er hat ja Recht, denke ich und trotte nach einem letzten traurigen Blick in die Wanne zurück zu Felix. Er ist gerade dabei, Wasser unter den Welpen zu verteilen. Die Schälchen sind sehr flach, damit jeder der Winzlinge daraus trinken kann. Trotzdem muss Felix immer wieder eingreifen um einem Welpen zu zeigen wo das Wasser ist, oder einen zu retten, der kopfüber in die Schüssel gepurzelt ist. Der Zustand der Kleinen ist alles andere als gut, auch wenn sie noch besser dran sind, als die, die von den Tierärzten versorgt werden müssen.

Ich strecke meinen Kopf über den Wannenrand um besser sehen zu können. Ein stechender Geruch nach Urin und Kot dring mir in die Nase. Die Welpen sehen schmutzig aus aber immerhin werden sie durch die Wassergabe etwas lebhafter. Einige bemerken mich und versuchen an der glatten Wannenwand hochzuklettern. Vielstimmiges Winseln begrüßt mich und einige wackeln mit ihren kleinen Schwänzchen. Sie erinnern mich an meine eigenen Kinder, die wohlgeborgen daheim in ihrer Wurfkiste sitzen und ihre Mama ärgern.

Diese Welpen würden ihre Mütter nie mehr sehen obwohl sie noch dringend der mütterlichen Zuwendung bedürften. Warum nur waren sie so früh ihren Müttern abgenommen worden? Die Menschen, die sie züchteten müssen doch wissen, dass so junge Hunde noch nicht verkauft werden können. Aber immer wieder tun sie es. Felix hat mir einmal zu erklären versucht, dass dies nur aus Geldgier geschehe. Die Menschen, die diese Hundebabys in Massen züchten, wollen so wenig wie möglich in sie investieren, weder für anständiges Futter und schon gar nicht für eine tierärztliche Versorgung der Kleinen. Deshalb werden sie ihren Müttern weggenommen, sobald sie nicht mehr nur von deren Milch leben können. Dass dies oftmals den Tod für die kleinen Hunde bedeutet, ist den skrupellosen Vermehrern egal. Auch, dass ahnungslose Käufer oft einen todkranken Welpen bekommen, der die nächsten Tage nicht übersteht oder sein Leben lang Dauerpatient beim Tierarzt ist.

Zum Glück sind aber nicht alle dieser Wühltischwelpen, wie sie auch abwertend genannt werden, so krank. Manche haben einfach Glück oder auch eine stabilere Gesundheit und es werden ganz normale, gesunde Hunde daraus. So wie ich zum Beispiel, mein Start ins Leben soll ja ähnlich dramatisch verlaufen sein. Trotzdem bin ich eine stattliche Bulldogge geworden, wie man unschwer erkennen kann.

Ob wenigstens einige dieser Welpen das gleiche Glück haben werden, das ich hatte? Was wird wohl weiter mit all den Hundebabys geschehen, die von uns gerettet worden sind?

Ich weiß, dass wir sie mitnehmen und in ein Tierheim bringen, wo sie aufgepäppelt werden. Aber wäre es nicht besser, sie zurückzubringen zu ihren Müttern? Oder noch besser, die Hundemamas zu ihren Kindern bringen? Sie grämen sich doch sicher furchtbar, weil ihre Jungen nicht mehr bei ihnen sind. Aber wir wissen ja noch nicht einmal, wo die Welpen herkommen. Wie ich gehört habe kommen sie aus einem Land das Polen heißt, doch wo das liegt, keine Ahnung. Sicher ist es sehr groß, mit vielen Städten. Wie soll man da den Ort finden, wo diese Welpen herstammen?

Je länger ich darüber nachdenke, desto verwirrter werde ich. Deshalb bin ich dankbar, dass jetzt alle Welpen untersucht sind und erneut verladen werden. Doch diesmal werden sie in ihren geräumigen Kisten in unseren LKW gehoben. Darin ist es hell und luftig. Die einzelnen Wannen stehen nebeneinander, so dass die Welpen freie Sicht haben. Ganz zuletzt werden die Einzelboxen eingeladen, in denen die kranken Hündchen sind. Sie kommen in eine Tierklinik, wo die Ärzte rund um die Uhr für sie da sind. Die restlichen Welpen werden auf drei Tierheime in der Umgebung verteilt.

Ich stehe neben Felix und wir schauen dem abfahrenden LKW nach. Für die meisten dieser Welpen wird es eine Fahrt in ein glückliches, sorgloses Leben werden. In den Tierheimen werden sie aufgepäppelt und medizinisch versorgt werden. In einigen Wochen werden sie zu freundlichen Menschen ziehen, bei denen sie ein zufriedenes Hundeleben führen werden. Ich belle dem Lastwagen hinterher. „Viel Glück, Hundejungs und -mädels. Haltet die Öhrchen steif."

Für Felix und mich bleibt eine weniger schöne Aufgabe. Hinter uns steht noch die Wanne mit den armen Welpen, die dieses Abenteuer leider nicht überlebt haben.

„Na, dann wollen wir es angehen, Robin", höre ich Felix bedrückt murmeln. Er geht mit schleppenden Schritten auf die Wanne zu und ich trotte hinter ihm her. Es ist später Nachmittag und die Hitze hat ein wenig nachgelassen. Aus der Wanne dringt schwer der Geruch des Todes, es wird Zeit, dass die unglücklichen Welpen ihren Ruheplatz finden.

Eigentlich müsste Felix die toten Tiere zur Körperverwertung im Schlachthof bringen, ich weiß aber aus Erfahrung, dass er das nicht tun wird. Genau wie ich findet er es würdelos, die Hündchen in einer Blechtonne zu entsorgen, damit sie später mit anderen toten Tieren verwertet werden. Deshalb fahren wir nicht zum Schlachthof sondern schlagen den Weg zum Wald ein. Dort gibt es einen Platz, an dem ein halblegaler Tierfriedhof ist. Halblegal, weil ihn bisher niemand erlaubt, aber auch keiner verboten hat. Hier begraben die Menschen schon seit Jahrzehnten ihre toten Haustiere. Das hat sich so eingebürgert und der Förster hat auch nichts dagegen, er weiß dadurch sicher, dass keiner sein totes Tier heimlich irgendwo im Wald vergräbt. Felix nutzt diesen Platz auch, wenn, wie heute, der Tod von Tieren zu beklagen ist. Manchmal gibt es auch Fälle, wo die Tiere noch untersucht und aufgeschnitten werden müssen um die Todesursache festzustellen. Die kommen dann in die Tierklinik oder die Pathologie.

Weil er im Auto einen Klappspaten dabei hat, geht Felix gleich ans Werk und hebt unter einem Baum eine Grube aus. Dann nimmt er die kleinen Welpen und legt sie dicht nebeneinander in das Grab. Ich steh leise hechelnd daneben und sehe ihm zu. Nachdem auch das letzte Hündchen in der Grube liegt, legt Felix ein paar grüne Zweige und Waldblumen darüber. Erst dann schaufelt er die Erde wieder in das Grab. Zum Schluss kommen noch ein paar große Steine und Äste darauf, damit keine wilden Tiere die Welpen wieder ausgraben.

Wir stehen noch eine Weile stumm da und blicken auf das Grab, dann meint Felix: „Mehr können wir leider nicht für die Kleinen tun, Robin. Jetzt heißt es Daumen drücken, dass die anderen Welpen alle durchkommen. Für einige sieht es leider nicht so gut aus."

Ich winsele mitfühlend und schau zu ihm hoch. Wenn alle Menschen so wären wie mein Felix, dann wäre die Welt in Ordnung, denke ich bei mir. Doch leider gibt es viel zu viele Leute, für die ein Tier nur ein lebendiger Gegenstand ist, mit dem man Geld verdienen kann. Das Tiere ebenfalls leiden und fühlen ist ihnen egal. Ich frage mich, ob sich das irgendwann ändern wird.

„Komm Robin, fahren wir nach Hause", höre ich Felix sagen. Ich folge ihm langsam zum Auto und freue mich auf den Ort, an dem die Welt in Ordnung ist.

Kapitel 9: Lara in Gefahr

In den nächsten Tagen habe ich nicht viel Zeit über den tragischen Einsatz nachzudenken. Aber ich erfahre, dass es den Welpen, die in die Tierklinik gebracht wurden, besser geht. So, wie es aussieht werden sie wahrscheinlich alle durchkommen. Ich freue mich wirklich unbändig darüber und muss gleich zu meinen eigenen Kindern gehen um ihnen beim Spielen zuzusehen. Mir wird etwas wehmütig zumute, weil sie nicht mehr lange bei uns sein werden. In den nächsten Tagen werden die ersten von ihren neuen Herrchen und Frauchen abgeholt werden um mit ihnen in die Zukunft zu starten.
Ich freue mich aber auch für die Kleinen, sie werden viel Neues kennenlernen und hoffentlich ein langes, schönes Hundeleben führen.
Momentan sind sie draußen in dem Auslauf, den Felix extra für sie gebaut hat. Dort haben sie Licht und Sonne, aber es gibt auch schattige Plätze und eine Hundehütte, in die sie sich zurückziehen können. Der Boden ist teilweise von Gras bewachsen, der andere Teil besteht aus Steinen, Erde und Baumwurzeln, ganz natürlich alles.
Unsere Welpen sind alle ein schönes Stück gewachsen und haben sich prächtig entwickelt, ich bin wirklich stolz auf sie. Von der Fellfarbe sind sie überwiegend weiß, wie ihre schöne Mama, einige haben jedoch braune Flecken. Sie sehen fast wie Boxer aus, jedoch sind ihre Beine etwas kürzer und ihre Köpfe, besonders die der Rüden, kräftiger. Aber alle besitzen sie einen schönen geraden Schwanz, worüber ich besonders glücklich bin. Ich hätte meinen Kindern nur ungern meinen verkümmerten Ringelschwanz vererbt.
Sie haben mich noch nicht bemerkt, so vertieft sind sie in ihr Spiel mit einem alten derben Kartoffelsack, den sie als Beute ansehen. Jeder Welpe hat sich in ein Stück verbissen und sie

zerren nach Leibeskräften daran. Zu meiner Freude befindet sich Danny mitten unter ihnen, sie haben ihn endlich akzeptiert. Sein steifes Beinchen scheint ihn beim Spielen nicht zu stören, er hüpft und rennt genau wie seine Geschwister. Eigentlich fällt seine Behinderung am meisten auf, wenn er langsam läuft, dann merkt man, dass ihn das Hinterbein nicht trägt und im Kniegelenk zur Seite wegknickt.

„Bist du stolz auf sie, deine Nachkommen?", höre ich Lara neben mir sagen. Ich dreh mich erschrocken zu ihr, ich habe sie gar nicht kommen hören.

„Natürlich bin ich stolz, ist doch ein gelungener Wurf, den wir Beide da gebracht haben. Du bist es doch sicher auch. Obwohl du in letzter Zeit ein wenig angespannt wirkst. Geht es dir gut?" Meine Frage ist berechtigt, Lara wirkt seit einiger Zeit müde und ist auch öfter gereizt. Das ist nicht nur mir aufgefallen, sondern auch Tanja. Sie betrachtet Lara schon einige Tage mit wachsender Besorgnis. Hat ihr auch schon einige Mittel von ihrer homöopathischen Medizin gegeben, doch anscheinend ohne viel Erfolg.

„Ich fühle mich nicht so gut", bestätigt Lara meine Vermutung. Sie wirkt steif, als sie sich neben mich setzt und stöhnt unterdrückt. „Irgendwas ist mit meinem Bauch nicht in Ordnung, es zieht und schmerzt immer stärker. Ich hab es Tanja gesagt, sie vermutet eine Gebärmutterentzündung. Das kann schon mal vorkommen, hat sie gesagt. Deshalb hat sie einen Termin bei Dr. Schirmer gemacht, wir fahren nachher zu ihm hin."

„Gebärmutterentzündung", murmele ich betroffen. „Das klingt nicht schön. Meinst du, es ist was Gefährliches?"

Lara schaut mich erst an. „So, wie es wehtut meine ich schon, dass es was Schlimmes sein könnte. Vielleicht hätte ich eher zeigen sollen, wie schlecht es mir geht, dann wären wir eher zum Tierarzt gefahren. Ich dachte aber, das sei normal nach einer Geburt, ich wollte niemand beunruhigen."

Sie schaut mich ängstlich an und mir wird bange. War sie

deshalb so schlecht gelaunt gewesen? Weil sie Schmerzen hatte? Und ich dachte, die Welpen würden ihr auf die Nerven gehen, und ich. Warum habe ich nicht bemerkt, wie krank sie ist? Zerknirscht senke ich den Kopf.

Sie schleckt mir beruhigend über die Nase weil sie merkt, wie ich mich fühle. „Du brauchst dir keine Schuld zu geben, Robin. Es ist meine eigene Schuld, ich wollte keine Schwäche zeigen, wie gesagt, ich dachte, die Bauchschmerzen wären normal. Und es heißt ja: Ein Boxer kennt keinen Schmerz. Das hab ich geglaubt und deshalb auch Tanja vorgespielt, es ginge mir gut. Jetzt bin ich klüger, ein Boxer fühlt genauso Schmerz wie jeder andere Hund auch."

Ach, diese dummen Sprüche, die über jede Hunderasse verbreitet werden. Da kann man nur den Kopf schütteln. Aber ich kann Lara verstehen, sie ist eine junge, wunderschöne Boxerin, aber eben mit einer Fehlfarbe. Sie muss mit dem Vorurteil leben, das die weißen Boxer nichts taugen. Ich habe schon öfter bemerkt, dass sie das insgeheim wurmt. Weshalb sie unbedingt zeigen will, dass sie genauso gut, wie ihre normalfarbigen Rassegenossen ist.

Lara schaut jetzt zu ihren Jungen, die im Auslauf noch immer um den Sack kämpfen und sich dabei gegenseitig spielerisch anknurren. „Ich bin froh, dass jeder von ihnen ein schönes Zuhause gefunden hat. Viel länger hätte ich mich nicht um sie kümmern können. Sie werden jetzt richtig anstrengend."

Ich will etwas sagen, doch sie kommt mir zuvor. „Du warst ihnen ein wundervoller Papa, Robin. Auch wenn ich es zuerst nicht anerkennen wollte. Ich dachte, ich müsse es ganz allein schaffen, so wie früher die Wölfe, weißt du. Und da wir ja angeblich vom Wolf abstammen…"

„Aber die Wölfinnen haben ihre Welpen auch nicht allein großgezogen", wandte ich ein. „Die hatten ihr ganzes Rudel hinter sich, das ihnen dabei geholfen hat. Und ich, Tanja und Felix sind dein Rudel, du wolltest dir bloß nicht von uns helfen lassen."

„Ja, das war dumm von mir", gab sie widerstrebend zu. „Heute weiß ich es besser. Beim nächsten Wurf werde ich es anders machen. Versprochen."

Aber einen nächsten Wurf wird es für Lara und mich nicht geben. Gleich heute früh musste sie erneut zum Tierarzt und wurde operiert. Dr. Schirmer hat eine Gebärmuttervereiterung diagnostiziert, die umgehend behandelt werden musste. Was bedeutet, dass ihre Gebärmutter entfernt werden musst.
Ich bleibe mit Felix zu Hause und Tanja fährt mit Lara in die Praxis. Das ist nun schon zweieinhalb Stunden her, ich werde immer nervöser und kann einfach nicht in meinem Korb liegen bleiben. Hechelnd laufe ich immer wieder zur Tür um zu horchen ob sie nicht bald kommen.
Meine Lara, warum hat sie mir nicht gesagt, wie schlecht es ihr geht? Oder zumindest Tanja hätte sie es verraten können. Wenn sie eher zu Dr. Schirmer gebracht worden wäre, dann hätte sie vielleicht nicht operiert werden müssen. Warum muss sie nur immer so stolz sein? Gerade in gesundheitlicher Situation ist Stolz nicht angebracht.
Hoffentlich kostet sie ihr Stolz nicht das Leben. Dass die Operation nicht einfach ist, hat Tanja uns gestern schon erklärt. Zum Glück ist Laras allgemeiner Gesundheitszustand gut, das hat zumindest Dr. Schirmer gesagt. Dennoch, eine so große Operation ist immer ein Risiko.
Felix versucht mich zu beruhigen, doch ich merke, dass er selbst nervös ist. Er fragt mich, ob wir einen kleinen Spaziergang machen wollen aber ich überhöre die Frage. Ich kann nicht spazieren gehen, wenn meine Lara so schwer krank ist. Mir geht unser Disput um die Welpen, besonders um Danny, nicht aus dem Sinn. Warum habe ich da nur so unverständig reagiert? Vermutlich hatte sie schon Schmerzen und sich deshalb

überfordert gefühlt. Jetzt wundere ich mich nicht mehr, dass sie sagte sie sei froh, wenn die Jungen aus dem Haus sind.

Nach einer Zeit, die mir endlos vorkam höre ich endlich Tanjas Auto in die Einfahrt fahren. Jaulend renne ich erneut zur Tür, diesmal kommt Felix hinterher und öffnet. Ich zwänge mich durch den Spalt ohne abzuwarten, bis die Tür ganz offen ist. Hastig renne ich zum Auto, aus dem Tanja gerade aussteigt. Ich forsche in ihrem Gesicht wie ihre Stimmung ist, nein Traurig sieht sie nicht aus, nur ein wenig abgespannt.

„Es geht ihr gut, Robin, hab keine Angst. Lara hat die Operation gut überstanden, sie ist aber noch sehr müde von der Narkose. Du weißt doch sicher noch, wie man sich danach fühlt."

Mir fällt ein ganzer Felsblock vom Herzen, es geht Lara gut, sie muss sich nur noch ausruhen. Anubis sei Dank.

Felix ist schon beim Auto und gemeinsam mit Tanja hebt er Lara aus dem Fond. Sie liegt auf einer Decke und hängt ein bisschen durch als die Beiden sie zum Haus tragen. Im ehemaligen Welpenzimmer wird sie mitsamt der Decke auf eine Schaumstoffmatte gelegt und gut zugedeckt. Obwohl es nicht kalt ist, läuft die Heizung auf niederer Stufe. Frischoperierte frieren leicht, das weiß ich aus eigener Erfahrung.

Von Laras Kopf guckt nur ihre kurze Schnauze aus den Decken hervor. Doch sie ist wach, wenn auch noch nicht ganz klar. Aber sie merkt dass ich neben ihr stehe und hebt ein wenig den Kopf, damit sie mich ansehen kann.

„Robin, du bist da", murmelt sie schwach. „Dann bin ich also noch nicht über die Regenbogenbrücke gegangen."

Sie versucht zu kichern, doch es klingt sehr dünn und schwach. Immerhin kehrt ihr ironischer Humor schon zurück, denke ich bei mir. Ich bin erleichtert, das ist ein gutes Zeichen. Ich gehe näher heran um sie besser betrachten zu können. Ihre Augen sind geschlossen und sie atmet gleichmäßig, sie ist schon wieder eingeschlafen. Schnell beuge ich mich zu ihr und drücke meine Schnauze auf ihre. Ihre Lider flattern leicht, sie wacht aber nicht auf.

Ein Cocktail aus allen möglichen Gerüchen dringt unter ihrer Decke hervor in meine Nase. Ich rieche Blut, Desinfektionsmittel und Medikamente. Es kitzelt mir in der Nase und ich fürchte, ich muss niesen. Deshalb laufe ich schnell in Richtung Küche, wo ich dann kräftig lospruste.

Mir ist ein wenig schwindelig von den Ängsten der letzten Stunden, deshalb lege ich mich in mein Körbchen um meine Gedanken zu sortieren. Doch das strengt mich jetzt zu sehr an, ich gähne herzhaft und schließe die Augen zu einem kleinen Schläfchen.

Gegen Abend geht es Lara schon wieder gut. Sie hat die Narkose ausgeschlafen und will in den Garten, um ihr kleines Geschäft zu erledigen. Ich beobachte sie aus einiger Entfernung, weiß ich doch genau, dass sie recht grantig werden kann, wenn es ihr nicht gut geht. Und ich will einem Streit aus dem Weg gehen.

Doch als sie mich bemerkt, kommt sie langsam auf mich zu und bleibt vor mir stehen. Ihre Augen schauen noch ein wenig trüb und sie steht breitbeinig, so als hätte sie Angst umzufallen.

„Geht es dir gut?", frage ich sie und sie nickt leicht.

„Noch ein bisschen verschwommen im Kopf aber die Luft tut mir gut. Ich habe Durst, meine Zunge klebt mir im Maul."

Sie geht langsam weiter bis zur Tür, wo Tanja steht und sie beobachtet. Jetzt streicht sie ihr liebevoll über den Kopf und lobt sie leise, weil sie schon so tapfer in den Garten gelaufen ist. Ich bekomme ebenfalls ein Lob, dafür, dass ich sie begleitet habe. Wir gehen gemeinsam ins Haus und Lara leert in der Küche den halbgefüllten Wassernapf. Dann trottet sie zurück ins Wohnzimmer und lässt sich langsam auf ihrer Decke nieder. Mit einem kleinen Seufzer legt sie den Kopf auf die Vorderpfoten und schließt die Augen um den Rest der Narkose auszuschlafen.

„Meinst du, sie hat Schmerzen?", fragt Felix Tanja, die sich zu ihm auf die Couch setzt. Ich trotte hinter ihr her und hüpfe ebenfalls hinauf um es mir neben den Beiden gemütlich zu machen. Tanjas Hand legt sich auf meinen Nacken und beginnt mich zu kraulen, während sie antwortet.

„Nein, Doktor Schirmer hat ihr ein Langzeitschmerzmittel gespritzt, das bis morgen früh anhält. Dann bekommt sie eine Tablette, wenn es nötig sein sollte. Spätestens in zwei, drei Tagen dürfte sie wieder ganz die Alte sein. Dann werden bloß die abrasierten Haare an ihrem Bauch an die Operation erinnern."

Sie hält einen Moment inne um dann fortzufahren: „Ich bin wirklich sehr froh, dass wir noch rechtzeitig gemerkt haben, was mit ihr los ist. Leider verheimlichen Hunde gerne ihr Leiden und man merkt es manchmal erst, wenn es zu spät ist. Obwohl sie seit Jahrtausenden domestiziert sind, halten sie an diesem Erbe ihrer wilden Vorfahren fest. Was in der Natur durchaus von Vorteil sein kann, hätte in Laras Fall schlimm enden können. Obwohl auch eine wilde Wölfin eine Gebärmuttervereiterung vermutlich nicht überlebt hätte."

„Na, zum Glück hast du die Symptome ja rechtzeitig bemerkt" höre ich Felix murmeln und ich brumme zustimmend. Aber Tanja scheint anderer Meinung. Sie klingt etwas bitter, als sie sagt: „Ich mache mir schon Vorwürfe, dass ich es nicht eher gemerkt habe, dann hätte man es eventuell mit Medikamenten in den Griff bekommen und Lara wäre um die OP herumgekommen. Dr. Schirmer hat mir die entfernte Gebärmutter gezeigt, sie war ziemlich groß und mit eitriger Flüssigkeit gefüllt. Wenn sie geplatzt wäre,..."

Sie verstummt und ich merke, dass sie mit den Tränen kämpft. Deshalb lege ich ihr tröstend meine Pfote aufs Bein und beginne ihre Hand abzuschlecken. Auch Felix ist bemüht sie zu trösten und legt seinen Arm um sie. Er versichert ihr, dass sie alles richtig gemacht hat und ja alles noch einmal gut ausgegangen ist. Das ist auch meine Meinung und ich winsele zustimmend. Schließlich lächelt Tanja unter Tränen, wuschelt mir mit einer Hand über den Kopf und mit der anderen zerstört sie Felix' Frisur.

„Ach, meine beiden Männer", sagt sie mit einem letzten Schniefen. „Was täte ich bloß ohne euch."

Kapitel 10: Kätzchen in Not

Lara erholt sich zum Glück recht schnell von der Operation und ist bald wieder ganz die Alte. Fröhlich und übermütig spielt sie mit ihren verbliebenen zwei Söhnen, die noch nicht von ihren Besitzern abgeholt wurden. Sie ist jetzt auch nett zu Danny, der darüber sehr glücklich ist. Als auch noch sein Bruder von seinen neuen Besitzern abgeholt wird gesellte sich Danny ganz selbstverständlich zu Lara und mir, anscheinend ist er der Meinung, dass er bei uns bleiben kann.

Mir wird wehmütig ums Herz, da ich weiß, dass er nur noch einige Tage hier ist. Andererseits könnte er keinen besseren Platz bekommen als den bei Tanjas Eltern. Wir können ihn dort auch mal besuchen oder er kommt mit ihnen zu uns. Vermutlich wird er der einzige unserer Kinder sein, den wir nicht aus den Augen verlieren.

Lara wird ein bisschen nachdenklich, als ich darauf zu sprechen komme, denn dieser Wurf wird ihr einziger bleiben. Aber sie kommt schnell darüber weg und meint, es gäbe für sie auch noch andere Dinge als Babys zu bekommen. Zur Zuchthündin hätte sie sich sowieso nicht berufen gefühlt. „Es war eine wunderschöne Erfahrung, die ich nicht missen möchte", sagte sie mir. „Aber nun ist es vorbei und das Leben hält hoffentlich noch viele tolle Erfahrungen für mich bereit. Warum also traurig sein."

Tja, so ist sie halt, meine Lara. Eine kühle und starke Boxerdame, die ihre wahren Gefühle für sich behält. Denn ich bin mir sicher, dass sie nicht ganz die Wahrheit sagt. Es ist nun mal ihre Art, mit der Kastration fertig zu werden.

Als wenige Tage später Danny abgeholt wird, ist sie nirgendwo aufzufinden. Ihre Gefühle ihm gegenüber sind noch immer zwiespältig, das habe ich gemerkt. Die nachdenklichen Blicke, wenn er durch den Garten streift und sein Beinchen unbeholfen hinterher zieht, ich kann ihre Zweifel darin entdecken. Andererseits war sie dem natürlichen Charme des heranwachsenden Hundes gegenüber nicht immun. Seine Lebensfreude, seine Neugier und sein Wille wie ein ganz normaler Hund zu leben beeindruckt sie ebenso wie mich.

Erst als das Auto mit dem Danny in sein neues Leben fährt nicht mehr zu sehen ist, kommt sie langsam aus dem hintersten Winkel des Gartens angeschlendert. Sie tut, als sei nichts Besonderes geschehen und ich sage nichts dazu. Aber sie weiß, wenn sie das Bedürfnis hat darüber zu reden, bin ich für sie da.

Unser Leben gestaltet sich schnell wieder so, wie es vor der Geburt der Welpen war. Lara leistet Tanja bei ihrer Arbeit Gesellschaft und ich bin mit Felix unterwegs um Tiere zu retten. Von den geretteten Welpen gibt es zu berichten, dass es nur einer nicht geschafft hat, alle anderen konnten die Tierklinik gesund verlassen und warten in den Tierheimen auf neue Besitzer. Felix und ich werden deshalb aber leider nicht arbeitslos, denn Tierquälereien passieren immer wieder.

Ich liege im Garten und döse vor mich hin. Tanja und Lara sind noch nicht daheim und Felix sitzt vor seinem Computer um irgendwelchen Schreibkram zu erledigen. Es herrscht bestes Bulldoggen-Wetter, sprich, es ist nicht allzu warm und die Sonne versteckt sich meist hinter Wolken. Beste Voraussetzungen um ein erholsames Schläfchen unter meiner Lieblingsbirke zu halten. Sie ist nicht sehr hoch und ihre Zweige senken sich bis fast zur Erde, der ideale Platz für mich. Ich liege hier geschützt vor neugierigen Blicken, kann aber den Garten bis zum Tor überblicken. Das ist wichtig, ich will ja nicht die Heimkehr unserer Frauen verpassen, denn dann gibt es Abendessen.

Wohlig wälze ich mich auf den Rücken und schubber mein Fell an den Grasbüscheln. Ach, wie gut das tut, ich grunze vor

Wohlbehagen. Es geht doch nichts über einen faulen Nachmittag im Garten.

Da höre ich ein seltsames Geräusch aus der Dornenhecke in der Nähe meines Baumes. Ärgerlich wälze ich mich auf den Bauch und lausche. Da ist es wieder, ein leises Maunzen wie die Laute kleiner Katzen.

Och, nee, denke ich. Eine Katzenfamilie hier an meinem Lieblingsplatz, das muss nun wirklich nicht sein. Hat man denn nirgends seine Ruhe?

Nach einer kleinen Weile erhebe ich mich um nachzusehen, warum die kleinen Katzen keine Ruhe geben. Nach ein paar Schritten bin ich bei dem Gestrüpp und schiebe vorsichtig meinen Kopf zwischen die dornigen Zweige. Ganz wohl ist mir nicht dabei, ich erinnere mich noch zu gut an das Dornengestrüpp, aus dem ich nicht mehr allein herauskam. Aber vielleicht sind die kleinen Katzen ja in ähnlicher Not wie ich damals. Als Tierschutzhund bin ich verpflichtet nachzuschauen ob es ihnen gut geht.

Zuerst sehe ich nur ein Gewirr aus Zweigen und dürren Grasbüscheln, dann mache ich eine kleine Bewegung aus. Tatsächlich, in einem plattgedrückten Nestchen aus Gras und welken Blättern erkenne ich kleine graue Körperchen und Köpfchen die sich suchend hin und her bewegen. Die Kleinen jammern leise nach ihrer Mama. Aber wo ist die? Ich kann sie weder sehen noch riechen. Hoffentlich ist ihr nichts passiert.

Nachdem ich eine Weile nachgedacht und dabei die Kätzchen beobachtet habe, komme ich zu dem Schluss, dass sie schon länger ohne Mutter und dementsprechend hungrig sind. Aber ich komme mit meiner etwas fülligen Figur nicht weiter in das Gestrüpp hinein. Zumindest nicht ohne Gefahr zu laufen, erneut steckenzubleiben.

Deshalb entschließe ich kurzerhand, zum Haus zu laufen und Felix zu Hilfe zu holen. Er wird schon irgendwie zu den Katzenbabys vordringen. In etwas schnellerem Trab laufe ich zum

Haus und stürme ins Büro, wo ich Felix noch immer vermute. Er ist auch da, hat aber Besuch. Der Mann muss just in dem Moment gekommen sein, als ich in das Gebüsch eingedrungen bin. Sonst hätte ich ihn gehört und gesehen.

„Ach Robin, da bist du ja. Ich wollte dich gerade rufen", sagt Felix zu mir. „Na, was ist denn los mit dir, du bist ja ganz aufgeregt."

Ich ignoriere den Besucher, den ich mir unter normalen Umständen genauer angeschaut hätte. Aber das kann ich auch noch später tun, jetzt gehen die Kätzchen vor. Deshalb stelle ich mich vor Felix hin und belle drängend. Dann dreh ich mich um und laufe zur Tür, wo ich erneut stehenbleibe und wieder belle.

Felix kapiert schnell, dass ich ihm etwas zeigen will, wir sind halt ein eingespieltes Team. Er entschuldigt sich knapp bei dem Besucher und folgt mir eilig durch den Garten. Vor dem Gebüsch bleibe ich stehen und winsele, wobei ich meinen Kopf in die kleine Lücke zwischen den Zweigen stecke. Dann gehe ich einen Schritt zurück, damit Felix auch gucken kann.

„Was hast du denn darin entdeckt?", murmelt er und biegt die stacheligen Zweige vorsichtig auseinander.

„Oh, was ist denn das?", fragt er dann und dehnt die Lücke weiter aus, bis er sich hineinzwängen kann. Das Gebüsch ist nicht allzu tief, so dass er gleich bei den Kätzchen ist. Er bückt sich und hebt eines vorsichtig auf um es genauer anzusehen.

„Ziemlich mager, das kleine Ding", urteilt er mit Kennerblick und bückt sich erneut um die anderen Babys ebenfalls aufzuheben. Als er rückwärts aus den Büschen kommt hat er vier kleine Kätzchen in den Händen.

„Denen hast du wohl das Leben gerettet, Robin. Die haben schon lange keine Milch mehr bekommen. Vermutlich ist ihrer Mutter etwas zugestoßen." Er bückt sich und hält mir die winzigen Babys vor die Schnauze. Ich berieche sie eingehend, dann schlecke ich ein paarmal beruhigend mit der Zunge über die Kleinen.

Ein Schatten fällt über uns und wir gucken beide hoch. Der Besucher ist uns gefolgt und schaut jetzt ebenfalls auf die Kätzchen. „Der Hund hat Sie zu ihnen geführt, damit sie die kleinen Katzen retten?", fragt er ungläubig und schüttelt den Kopf. „So was habe ich auch noch nicht erlebt."

„Ich sagte Ihnen doch, dass Robin ein ganz besonderer Hund ist. Er mag alles was kreucht und fleucht und würde niemals einem Tier Schaden zufügen. Deshalb ist es vollkommen absurd, dass er gewildert hat. Das hat dieser saubere Herr Neumann nur behauptet, um den abgegebenen Schuss auf Robin zu rechtfertigen."

Aha, es geht um diesen Kerl, der auf mich geschossen hat. Neugierig setze ich mich hin um den Besucher genauer zu betrachten. Ich kenne ihn nicht und frage mich was er wohl hier will. Die Sache ist doch schon eine ganze Weile her, ich habe sie schon fast vergessen.

Aber Felix läuft mit den Kätzchen schon Richtung Haus und der Fremde folgt ihm abermals. Da mich interessiert was weiter passiert, sowohl mit den Kätzchen als auch mit dem Besucher, laufe ich ebenfalls hinterher. Wir landen alle in der Küche, wo Felix die Kätzchen erst einmal in Dannys ehemaliges Körbchen legt, das noch verwaist herumsteht. Wie passend, denke ich, verwaiste Katzenbabys in ein verwaistes Körbchen. Die Kleinen kriechen ziellos durcheinander und maunzen jämmerlich. Sie haben die Augen noch geschlossen und bewegen sich instinktiv immer im Kreis, so wie es die Natur vorgesehen hat, damit sie sich nicht weit von ihrer Kinderstube entfernen können.

Ich strecke meinen Kopf näher zu ihnen hin, damit ich sie intensiv beriechen kann. Beruhigt erkenne ich, dass sie zwar sehr hungrig sind, aber ansonsten vital. Ich kann keinen Todesgeruch an ihnen wahrnehmen, so wie vor kurzem an einigen der Welpen aus dem Transporter. Sie haben ihre Mutter vor noch nicht allzu langer Zeit verloren, sonst wären sie schwächer.

Hinter mir fängt der Wasserkocher zu brodeln an und ich höre, wie Felix im Vorratsschrank herumsucht. An seinem freudigen Ausruf erkenne ich, dass er gefunden hat, was er sucht. Ich dreh mich zu ihm um, damit ich sehe, was es ist. Er hat eine Dose in der Hand und studiert gerade, was darauf geschrieben steht. Vorn auf der Dose ist ein Welpe zu erkennen und da Felix in der anderen Hand ein kleines Fläschchen mit Sauger darauf hält, weiß ich, dass er den Katzenbabys Milch machen will. Danny hat als Welpe von Tanja seine Fläschchen bekommen. Jetzt kommt das übrig gebliebenen Milchpulver den kleinen Katzen zugute.

Während er die Milch zurecht macht, verabschiedet sich der Besucher und geht zur Tür. Er hatte zuvor noch ein paar Sätze mit Felix gewechselt, deren Sinn ich allerdings nicht verstanden habe. Das macht mir jedoch keine Sorge wenn es mich betrifft, so wie ich vermute wird es mir Felix oder Tanja später erklären. Ich schaue zu wie Felix die Kätzchen nacheinander füttert und ihnen dann mit einem weichen, feuchten Tuch vorsichtig den Popo abwischt. Das soll die Zunge ihrer Mama ersetzen, denn ohne Massage können die Babys nicht ihr Geschäft machen. Das ist alles genauso wie es auch bei meinen Kindern war. Bloß hat es da Lara übernommen.

Gerade wie ich an sie denke, geht die Haustür auf und Lara kommt in die Küche gelaufen. Tanja zieht erst im Flur ihre Jacke aus und wechselt die Schuhe gegen bequeme Latschen, dann kommt sie ebenfalls in die Küche. Alle beide stehen jetzt vor Dannys Körbchen, um neugierig die Katzenwelpen zu bestaunen. Lara sträubt zuerst ihre Nackenhaare und grollt missbilligend. Katzen in ihrer Küche, das kommt ja gar nicht in Frage. Doch ein scharfes Wort von Tanja genügt, dass sie kleinlaut wird und dann die Babys intensiv bereicht. Als ihre Rute zu wackeln beginnt ist das Eis gebrochen und Lara beginnt die Kleinen gründlich zu putzen. Anscheinend sind ihre Mutterinstinkte neu erwacht.

Später, nach dem Abendessen gehen Felix und ich noch eine Runde. Lara will nicht mit, sie bleibt lieber bei den kleinen Katzen, die sie nacheinander in ihr eigenes Körbchen getragen hat. Dort liegen sie, eng an Laras Leib gekuschelt, und schlafen satt und zufrieden. Auch Lara scheint zufrieden, ihre Augen schauen so glücklich wie schon lange nicht mehr. Kein Zweifel, die Katzenkinder tun ihr gut.

Inzwischen ist es dunkel geworden, doch das macht weder mir noch Felix etwas aus. Er hat eine kleine Taschenlampe dabei, die ihm den Weg beleuchtet, ich brauche derlei Hilfe nicht, Hundeaugen sehen nachts recht gut, außerdem habe ich noch meine Nase und mein Gehör. Schweigend trotten wir die Straße entlang und hängen unseren Gedanken nach. Mir geht die Katzenmutter nicht aus dem Kopf. Sie hat ihre Babys in meinem Garten bekommen, also fühle ich mich für sie verantwortlich. Ich kann mich dunkel erinnern, dass ich öfter einmal eine Katze durch den Garten streifen sah, allerdings war sie so scheu, dass sie immer floh wenn ich mich ihr nähern wollte. Ob sie tatsächlich die Mutter der Kleinen ist weiß ich nicht, ich vermute es aber schon. Wo ist sie nur abgeblieben?

Auch Felix hält Ausschau nach der Katzenmutter, ich merke es daran, wie er immer wieder den Straßenrand ableuchtet. Wir hoffen jedoch beide, dass wir sie hier nicht finden, denn dann wäre sie wahrscheinlich tot. Dunkle Landstraßen sind für Katzen sehr gefährlich. Zum Ende unserer Runde biegen wir wieder in die Seitengasse ab, die zu unserem Haus führt. Die wenigen Nachbarshäuser stehen weit auseinander, dazwischen gibt es ein paar Felder und Gärten. Als wir an einem Geräteschuppen vorbei gehen, höre ich ein leises Geräusch. Ich bleibe stehen und neige den Kopf zur Seite um es besser zu orten. Da ist es wieder, ein kaum wahrnehmbares Jammern, das sich für mich nach den klagenden Lauten einer Katze anhört.

Sofort gehe ich dem Geräusch nach, das von der anderen Seite des Schuppens kommt. Felix folgt mir ohne zu zögern nach und leuchtet mit seiner Taschenlampe den Gartenweg aus. Auf der Rückseite angekommen hören wir es deutlich, die matten Schreie einer Katze. Sie kommen von weiter oben, ich hebe den Kopf und Felix leuchtet mit der Lampe. In ihrem Schein sehen wir die Katze. Sie hängt mit dem Vorderkörper aus einem länglichen gekippten Fenster und kommt weder vor noch zurück. Vermutlich war sie versehentlich in dem Schuppen eingesperrt und hat versucht, durchs gekippte Fenster zu entkommen.

Ihre Lage ist lebensgefährlich, das erkennt Felix sofort und eilte los, ich ihm dicht auf den Fersen. Das Fenster ist schmal und nicht sehr hoch angebracht, Felix kann mühelos die Katze erreichen und versucht sofort, sie zu befreien. Was gar nicht so einfach ist, denn der Spalt, durch den sie sich zwängen wollte ist sehr schmal. Und da sie sowohl mit den Vorder- als auch mit den Hinterpfoten an der glatten Glasscheibe keinen Halt findet, kommt nicht heraus und auch nicht mehr hinein. Eine lebensgefährliche Situation, die die Katze schon sehr viel Kraft gekostet hat.

„Hoffentlich hast du dir nichts abgeklemmt", murmelt Felix, während er sich abmüht den Katzenkörper durch die schmale Lücke zu ziehen. Was gar nicht so einfach ist, denn der Spalt ist wirklich eng. Zu seinem Glück wehrt sich die Katze nicht, als Felix sie vorsichtig auf die Seite dreht, damit sie besser durchpasst. Vermutlich ist sie durch ihre vergeblichen Bemühungen zu erschöpft um zu kratzen oder zu beißen. Sie starrt aus großen Augen ohne zu blinzeln und hechelt aus weit geöffnetem Mäulchen.

Endlich ist sie draußen. Felix legt sie erst einmal ins Gras und leuchtet mit der Taschenlampe über sie. Eine Verletzung ist nicht zu entdecken und sie atmet gleichmäßig, rührt sich aber nicht. Deshalb nimmt Felix sie vorsichtig hoch und bettet sie in seine Armbeuge, dann verlässt er eilig das Grundstück. Ich folge ihm nach und schaue immer mal hoch, ob die Katze noch lebt. Eigentlich sehe ich sie aus meiner Perspektive nicht, doch ihr Schwanz, der herunterhängt zuckt ein wenig.

Endlich sind wir bei uns zuhause, doch Felix geht nicht ins Haus sondern zum Auto. Er öffnet die hintere Klappe und legt die Katze hinein. Ich hüpfe ebenfalls hinein und lege mich neben sie. Ich weiß, wir fahren zum Tierarzt oder in die Klinik, Felix ruft bereits bei Dr. Schirmer an. Der Doktor ist zu Hause und sagt wir sollen sofort kommen.

Während der Fahrt lege ich meinen Kopf dicht an den der Katze. Es ist übrigens die aus meinem Garten, jetzt, da ich sie in Ruhe betrachten kann erkenne ich sie. Sie ist bei Bewusstsein und schaut mich aus ihren grünen Augen lange an. Dann beginnt sie matt zu sprechen. „Meine Kinder, sie sind im Garten unter dem Dornenbusch…"

Da ich ihre Schwierigkeit, zu sprechen bemerke, brumme ich beruhigend. „Die habe ich schon gefunden, sie sind in Sicherheit und werden gefüttert. Dich bringen wir jetzt zum Tierarzt, der wird dich wieder gesund machen. Dann kannst du wieder zu deinen Kindern."

„Tierarzt?" fragt sie unsicher. „Was ist ein Tierarzt?"

Aha, eine wilde Katze, stelle ich fest. Vermutlich muss sie sich und ihre Kinder allein durchschlagen, ohne menschliche Freunde und Hilfe. Nun, wenn sie überlebt, so wird sich das ändern. Wie ich Felix und auch Dr. Schirmer kenne, werden sie jemanden suchen, der sich der Katzenfamilie annimmt. Vielleicht bleiben auch alle bei uns. Mir wär es recht, ich hatte noch nie eine eigene Katze.

Dr. Schirmer wartet bereits auf uns und nimmt Felix die Katze gleich ab. Wir stehen daneben als er sie untersucht und warten gespannt auf seine Diagnose. Endlich dreht er sich zu Felix um ihm die Lage zu erklären. „Mit ein wenig Glück wird sie durchkommen", sagt er, während er sich die Stöpsel seines Stethoskops aus den Ohren zieht. „Sie weist keine Lähmungserscheinungen auf, das gibt Hoffnung. Allerdings muss sie eine

Weile hierbleiben, damit ich sie unter Kontrolle habe. Jetzt bekommt sie erst einmal eine Infusion…"

Mir fällt ein Stein vom Herzen und Felix atmet hörbar aus, auch er ist erleichtert. Während er noch mit dem Doktor spricht, stelle ich mich am Behandlungstisch auf die Hinterbeine um noch ein paar Worte mit der Katze zu wechseln. Lang kann ich so jedoch nicht stehen, deshalb erkläre ich ihr nur kurz, was weiter mit ihr geschehen wird und dass sie keine Angst zu haben braucht. Auch nicht um ihre Kinder, für die wäre gesorgt, bis sie wieder gesund ist.

Sie haucht ein „Danke", dann fallen ihr die Augen zu, weil ihr der Doktor ein Beruhigungsmittel gespritzt hat. Aufatmend lasse ich mich auf die Vorderpfoten fallen und setze mich erstmal hin. Meine Hinterbeine sind eindeutig nicht dazu geeignet mein Gewicht zu tragen. Ich habe schon öfter mal Hundekumpels gesehen, die auf den Hinterbeinen hüpfen oder sogar laufen können und sie darum beneidet. Aber keiner von denen hat halt den schweren Kopf und Brustkorb einer Bulldogge. Wir Bullys stehen halt mit allen vier Pfoten fest im Leben.

Kapitel 11: Entscheidungen

Es ist schon spät bis wir endlich zu Hause eintreffen. Tanja schläft schon, Felix hat sie vom Tierarzt aus angerufen und Bescheid gegeben. Auch Lara liegt in ihrem Korb, gemeinsam mit den Katzenbabys, die zwischen ihren Pfoten liegen und schlafen. Lara wedelt zur Begrüßung nur kurz mit dem Schwanz und schaut entschuldigend. Ich kann leider nicht aufstehen, ihr wisst schon, die Kleinen.

Felix und ich setzen uns in die Küche, nach dem aufregenden Abend müssen wir erst abschalten bevor wir zu Bett gehen. Felix trinkt ein spätes Bier aus der Flasche und ich bekomme ein ordentliches Stück Fleischwurst in maulgerechte Häppchen geschnitten als Belohnung für meinen Einsatz.

Selbstverständlich hätte ich auch so nach der Katzenmutti gesucht, doch die Fleischwurst ist eine nette Geste von Felix. Er weiß, dass ich total auf Fleischwurst abfahre, sie gehört zu meinen absoluten Favoriten unter den Leckerbissen, genauso wie Leberwurst, Blutwurst, Gelbwurst, Schinkenwurst und wie die Sorten alle heißen. Wenn ich es mir genau überlege, so mag ich Würste in allen Geschmacksrichtungen. Sogar Käsewürstchen. Aber ich schweife wieder mal ab, was mir beim Thema Leckerbissen schnell passiert. Eine große und kräftige Bulldogge wie ich ist eben immer an Fressen interessiert.

Nachdem Felix sein Bier ausgetrunken hat gehen wir schlafen. Ich trotte zuerst hinter Felix her zum Schlafzimmer, dann überlege ich es mir anders und lege mich auf die flauschige Decke im Gang. Von hier aus habe ich alle Zimmer im Blick und kann über alle wachen, die mir lieb und teuer sind.

Ein paar Tage später scheint etwas Spannendes im Busch zu sein. Felix hat sich den Vormittag freigenommen und zieht sich im Schlafzimmer um. Statt der Jeans trägt er heute eine Stoffhose und ein Hemd dazu, das auf mich farblos wirkt.

Wir Hunde sehen Farben ja nicht so wie Menschen sondern blasser. Das hat jedenfalls der Tierarzt einmal erklärt als ich eine böse Augenentzündung hatte. Ich weiß nicht mehr, wie er und Felix auf das Thema gekommen sind, ich hatte ihnen nur halb zugehört, weil mein Auge so schmerzte. Trotzdem habe ich das Gesagte verstanden und im Gedächtnis behalten. Seit ich mich öfter mal mit Tanja telepathisch unterhalte, versuche ich auch gesprochene Worte zu verstehen. Dazu muss ich natürlich bewusst hinhören, wenn Menschen etwas sagen, was ich vorher eher nicht getan hatte. Früher hörte ich nur hin, wenn Felix mich zuvor mit meinem Namen ansprach. Heute ist das anders, denn ich habe festgestellt, dass es ganz spannend sein kann, was Menschen so reden.

Besonders wenn sie über uns Hunde reden ist es meist interessant, denn es scheint nur zwei Meinungen über uns zu geben. Entweder ist man totaler Hundefreund und -kenner oder eben das Gegenteil. Dazwischen scheint es kaum etwas zu geben.

Aber ich wollte von den Farben erzählen, die wir angeblich nicht sehen. Also mir ist meine Welt bunt genug, der Himmel ist blau, das Gras grün, alle restlichen Farben sind zart pastellfarben. Knallbunt kann ich nicht erkennen und rot gibt es für uns Hunde nicht, das sehen wir grau. Ich kann dafür sehr gut Konturen unterscheiden und sehe in der Nacht viel besser als ein Mensch, vorausgesetzt, es gibt noch etwas Restlicht, etwa Mondschein.

Doch da fällt mir wieder ein, eigentlich wollte ich ja etwas ganz anderes erzählen. Zu dumm, dass ich immer wieder abschweife. Also Felix ist gerade dabei sich so anzuziehen als würde er zu einer Festlichkeit gehen. Und das an einem ganz gewöhnlichen Werktag um zehn Uhr in der Frühe. Ich sitze unter der Tür und schaue ihm zu. Da ich merke dass er aufgeregt ist fange ich ein bisschen zu hecheln an, aus Solidarität sozusagen. Er schaut zu mir und lächelt.

„Du weißt wohl, dass es um dich geht, oder?"

Ich schaue verdutzt. Nein, das weiß ich nicht. Aber interessant, erzähl doch mal.

„Na, wird schon schiefgehen", brummelt Felix eher zu sich selbst. „Du hast ja neulich einen guten Eindruck hinterlassen. Ich hoffe, dieser Richter ist auf unserer Seite und Hans Neumann bekommt endlich mal eine ordentliche Strafe aufgebrummt."

Ah, ich verstehe endlich. Es geht um diesen unsympathischen Jäger, der mir eins übergebrannt hat und schuld daran war, dass ich eine ganze Nacht in dem Dornenhaufen gefangen war. Will Felix den etwa treffen? Da muss ich mit, der Mann ist zu allem fähig. Wer auf harmlos spazierengehende Bulldoggen schießt, der kann auch sonst gefährlich werden.

Auffordernd schaue ich zu Felix hoch, doch der schüttelt den Kopf. „Nein, du kannst nicht mit, Robin. Es geht in der Verhandlung zwar um dich, doch du bist nicht eingeladen. In Gerichtssälen herrscht Hundeverbot."

Och, das ist aber gemein. Ich wäre zu gerne dabei, wenn dieser Tiermörder endlich seine gerechte Strafe bekommt. Aber Felix tätschelt mir nur entschuldigend den Nacken, dann zieht er eine Jacke über und geht. Ich schaue ihm ein bisschen enttäuscht nach, dann tappe ich ins Wohnzimmer wo Lara noch immer die kleinen Katzen bemuttert.

Sie liegt auf der Seite und lässt es zu, dass die Kleinen auf ihrem Leib herumkrabbeln und in ihr Fell beißen. Sie sind schon ein Stück gewachsen und längst nicht mehr so hilflos. Auch ihrer Mutter geht es wieder besser, doch der Tierarzt hatte gemeint es wäre besser, wenn sie nicht mehr mit ihren Jungen zusammen käme, da sie diese vermutlich nicht mehr annehmen würde. Sobald Resi, wie er die Katzenmama getauft hat, fit genug ist würde er sie kastrieren und dann behalten. Seine alte Katze war vor einigen Wochen gestorben und Resi hat im Nu sein Herz erobert.

Für die jungen Katzen sucht er über seine Praxis nach netten Leuten. Er ist sich sicher, dass er sie alle vermittelt bekommt. Bis dahin bleiben sie bei uns, worüber sich Lara sehr freut.

Ich setzte mich zu Lara und sofort kommt ein kleiner Kater zu mir, furchtlos wirft er sich vor mir auf den Boden und häkelt mit seinen Vorderpfoten nach meiner Nase. Seine winzigen Krallen sind ganz schön spitz als sie meine Lefzen streifen.

„Ganz schön forsch, die Kleinen", sage ich zu Lara. „Und ihre Krallen sind spitz wie Nadeln. Wird Zeit, dass du sie nach draußen bringst, damit sie das Klettern lernen."

Das hat Lara aber nicht im Sinn, ihr ist es lieber die Kätzchen bleiben in der Stube, wo sie unter ihrer Kontrolle sind. Fast kommt es mir vor, als wenn sie für die kleinen Katzen mehr Gefühle hegt, wie für ihre eigenen Jungen.

„Ich sehe dir genau an, was du denkst. Aber es ist falsch", unterbricht Lara meine Gedanken. Erschrocken blicke ich sie an, kann sie jetzt auch schon Gedanken lesen? Doch bevor ich etwas stammeln kann, kommt sie mir zuvor.

„Du weißt, dass ich durch die Geburt unserer Babys sehr krank wurde, ich hatte Schmerzen und die Versorgung der Kleinen ging fast über meine Kräfte. Zuerst habe ich gedacht das wäre normal und versuchte meine Schwäche zu überspielen. Bis es dann nicht mehr ging. Ich habe meine Kinder geliebt aber der Gedanke, sie vielleicht nicht groß zu bekommen nagte in mir. Deshalb hatte ich auch den kleinen Danny so vehement abgelehnt. Ich konnte die Kraft nicht aufbringen, ihm die zusätzliche Fürsorge zukommen zu lassen, die er gebraucht hat. Deshalb dachte ich, soll er lieber gleich sterben, nicht langsam dahinsiechen. In meiner Schwäche und meinem Schmerz habe ich gar nicht bedacht, dass ich doch ein umsorgter Haushund bin und meine Familie jederzeit einspringen würde, sollte ich es nicht allein schaffen.

Da ist mir erst wieder bewusst geworden als ich nicht mehr konnte. Heute mache ich mir die gleichen Vorwürfe wie Tanja sie sich macht. Dabei ist es allein meine Schuld, ich habe alles getan, ihr zu verheimlichen wie schlecht es mir ging."

Sie schaut mich verlegen an, fährt aber tapfer fort.

„In uns Haushunden steckt vermutlich doch noch mehr wilder Wolf als wir es selbst denken. Denn wie eine wilde Wölfin hatte ich nur den Gedanken niemand darf erfahren wie schlecht es mir geht und ich muss durchhalten bis zum letzten Atemzug, damit wenigstens ein paar meiner Kinder durchkommen. Wie dumm von mir."

Sie bleibt eine Weile stumm, dann spricht sie weiter, diesmal eher leichthin: Nun, es ist ja alles noch mal gut gegangen. Die Welpen sind alle prächtig gediehen und ich bin auch wieder ganz gesund. Aber ich vermisse den Spaß, den Hundemütter normalerweise mit ihren Kindern haben. Deshalb kamen mir diese vier Katzenkinder gerade recht. Ich kann den Spaß mit ihnen nachholen ohne mich um das andere kümmern zu müssen. Sie werden von Tanja oder Felix gefüttert und sind schon alt genug, selbstständig ihr Geschäft zu erledigen. Ich spiele mit den Kleinen und schmuse mit ihnen, ersetze ihnen so ihre Mutter. Und sie vertrauen mir und schenken mir ihre Zuneigung, auf diese Weise haben wir alle was davon."

Jetzt, da sie mir ihr Geheimnis anvertraut hat, wird sie wieder die alte fröhliche Lara. Ich höre das Lachen in ihrer Stimme als sie mir anbietet: „Wenn du auch ein bisschen Spaß haben möchtest, du kannst gerne mit uns spielen."

Kurz vor Mittag kommt Felix heim. Sowohl Tanja, die noch am Kochen ist, als auch ich schauen ihn erwartungsvoll an. Um die Spannung zu vergrößern schleicht Felix ein wenig um den heißen Brei, natürlich bildlich gesehen, denn Brei gibt es bei uns eigentlich nie zu essen. Aber Menschen haben nun mal so seltsame Ausdrucksweisen.

„Jetzt sag schon endlich", fordert ihn Tanja auf und droht ihm dabei mit dem Kochlöffel. „Muss unser Robin nun ins Gefängnis oder kann er bei uns bleiben?"

Hä, wie denn jetzt? Entsetzt blicke ich zu Felix auf. Ich bin der ehrlichste und beste Hund, den es überhaupt gibt. Wieso soll ich ins Gefängnis kommen? Ich bin es doch, auf den geschossen wurde. Vor Aufregung beginne ich hektisch zu hecheln.

Mein Felix erkennt sofort meine Sorge und hockt sich vor mich hin, streicht mir tröstend über den Kopf. „Keine Angst, Robin, ich würde doch nie zulassen, dass man dich ins Gefängnis steckt. Nicht einmal ins Tierheim. Du hast alles richtig gemacht, das hat der Richter betont. Dein Einsatz für die kleinen Kätzchen hat ihn schwer beeindruckt und natürlich auch deine anderen Heldentaten, von denen ich ihm erzählt habe.

Dafür kommt dieser saubere Herr Neumann nicht so gut weg. Dass er auf dich geschossen und dich verletzt hat, eigentlich in der Absicht dich zu töten, hat ihm der Richter besonders angekreidet. Dazu noch die anderen schlimmen Sachen, die er sich im Lauf der Zeit hat zuschulden kommen lassen. Da konnte ihm auch sein teurer Anwalt nicht mehr helfen, der ihn als edlen Waidmann und Tierschützer darstellen wollte.

Leider hat Neumann keine Gefängnisstrafe bekommen oder vielmehr nur auf Bewährung. Aber wenn er nochmals unangenehm auffällt, dann muss er für eineinhalb Jahre ins Gefängnis. Seinen Jagdschein muss er auf jeden Fall abgeben und auch noch eine Strafe zahlen, die einem Tierheim zu Gute kommt. Das ist doch immerhin etwas."

Er nimmt meinen Kopf in beide Hände und schüttelt ihn leicht, wobei er mich glücklich angrinst.

„Das ist zum großen Teil dein Verdienst, Robin. Ich bin sehr stolz auf dich. Du bist die beste Bulldogge der Welt."

Mir wird ganz schwummerig zumute, nicht nur vom Kopfschütteln. Natürlich habe ich schon immer geahnt, dass ich ein toller Bully bin. Aber es so enthusiastisch von Felix bestätigt zu bekommen ist natürlich das Größte. Ich nutze die günstige Gelegenheit die sich mir bietet und schlecke meinem besten Freund einmal kräftig übers Gesicht, das hat er sich verdient.

Felix prustet lachend und steht schnell auf, wobei er sich mit der Hand das bisschen Sabber von der Wange wischt. Ich nehme es ihm nicht übel weil ich weiß, dass Menschen auf feuchte Hundeküsse so reagieren. Vermutlich wollen sie so ihre Rührung vor uns verbergen. Obwohl das gar nicht nötig ist.

Auf jeden Fall hat mich die freudige Nachricht hungrig gemacht und ich drehe mich hoffnungsvoll zu Tanja um. Vielleicht hat sie ja für ihren tapferen Bulldoggen-Rüden eine Extrawurst in der Pfanne. Verdient hätte ich sie allemal.
Ich werde nicht enttäuscht, Tanja zaubert zwar nicht aus der Pfanne aber aus dem Kühlschrank eine Fleischwurst hervor. Felix schneidet einen ordentlichen Ranken davon ab und teilt ihn in maulgerechte Häppchen. Genüsslich nehme ich Happen für Happen aus seiner Hand und kaue sie bedächtig ehe ich sie hinunterschlucke. So etwas Gutes muss man langsam genießen.
Lara kommt wie zufällig in die Küche geschlendert, für Fleischwurst lässt sie ihre kleinen Pfleglinge gerne mal allein. Ich gönne ihr die Happen, sie hat sie ebenso verdient. Und schließlich ist genug Fleischwurst für uns beide da.

Kapitel 12: Hurra, endlich Urlaub

Seit ein paar Tagen herrscht bei uns freudige Aufregung. Der Grund: Wir machen Urlaub an der Nordsee. Am Samstag geht es los. Nach all den schönen und nicht so schönen Vorkommnissen der letzten Zeit müssen wir mal gründlich ausspannen. Sagt jedenfalls Felix und Tanja nickt lachend dazu.

Die Beiden sind jetzt fast neun Monate zusammen aber mir kommt es vor, als wären Tanja und Lara schon immer bei uns. Ich finde wir vier passen prima zusammen und insgeheim hoffe ich, unsere Menschen gründen ein Rudel.

„Du Dummkopf, Menschen gründen eine Familie, kein Rudel", weist mich Lara spöttisch zurecht. Seit die kleinen Katzen neue Besitzer gefunden haben, verbringt sie wieder mehr Zeit mit mir.

Der Abschied von ihren Ziehkindern verlief unproblematischer als ich gedacht hatte. Die Kätzchen wurden immer lebhafter und kletterten arttypisch auf den Möbeln und an den Vorhängen herum. Schließlich beschloss Lara, die Rabauken in den Garten zu führen, damit sie sich dort besser austoben konnten. Was die Kleinen auch taten, sehr zum Schrecken ihrer Ziehmama suchten sie sich den Apfelbaum als Lieblingsspielplatz aus. Bald waren sie so gewandt im Klettern, dass sie die höchsten Äste erklommen.

Für Lara war das Stress pur, sie lief jaulend unter dem Baum hin und her, voller Angst, eines oder alle würden herunterfallen. Seit die Katzen fort sind wird sie von Tag zu Tag ruhiger. Und ich auch, denn ich mache mir um Lara Sorgen.

„Familie oder Rudel, das ist doch das Gleiche", brummele ich. „Du weißt doch, was ich meine. Und gib es zu, dir wäre es doch auch am Liebsten." Ich lasse mich neben ihr auf den Boden plumpsen und drehe mich auf den Rücken. Ach, es ist herrlich hier im Garten, faul im Gras liegen und sich die Nachmittagssonne auf den Bauch scheinen lassen, was kann es Schöneres für eine Bulldogge geben. Leise grunzend reibe ich meinen Rücken im Gras.

Lara schaut mir von oben ins Gesicht, dann drückt sie ihre Schnauze für einen viel zu kurzen Moment auf meine und ihre Zunge schlappt über meine Nase. Ein Hundekuss, mmh, lecker. Doch dann zieht sie den Kopf wieder zurück. Schade.

„Manchmal muss ich dich einfach knutschen", sagt sie und ihre honigfarbenen Augen strahlen mich an. Ich liebe diesen Blick an ihr.

Aber schnell kommt sie wieder auf unser Thema zurück. „Natürlich bin ich auch dafür, dass unsere Menschen eine Familie bilden. Und soll ich dir ein Geheimnis verraten, das mir Tanja anvertraut hat…?"

Natürlich soll sie das. Ich liebe Geheimnisse, besonders wenn sie Tanja betreffen. Eilig wälze ich mich auf den Bauch zurück und schaue Lara erwartungsvoll an. Sie nützt meine Neugier aus, mich erst ein bisschen schmoren zu lassen. Frauen, denke ich genervt, sage aber nichts sonst ziert sie sich noch länger.

Endlich rückt sie mit der Sprache heraus, nachdem sie sich lange genug an meiner Ungeduld geweidet hat. Doch für das was sie sagt hat sich die Warterei gelohnt.

„Tanja ist schwanger, sie bekommt ein Baby!", platzt Lara heraus. Dabei schaut sie mich ähnlich an wie damals, als sie mir verraten hatte, dass wir Welpen bekommen.

Ich bin platt und stammle verdattert: „Ein Baby? Tanja? Aber von wem…?"

Lara ist entrüstet und äfft mich nach: „Von wem…? Natürlich von Felix, du Dummkopf. Von wem denn sonst?"

Ich bin immer noch verdattert aber gleichzeitig erleichtert. Mein Felix wird Papa. Trotz meiner Freude darüber kann ich es nicht ganz verstehen. Ehrlich gesagt habe ich mich noch nie für die Paarungsgewohnheiten der Menschen interessiert, aber irgendwie war es für mich selbstverständlich, dass es zumindest ähnlich wie bei uns Hunden abläuft. Doch das scheint ein Irrtum zu sein. Verstohlen schaue ich Lara von der Seite an. Ob ich sie fragen soll…? Auf die Gefahr hin, dass sie mich erneut einen Dummkopf nennt? Aber ich will es unbedingt wissen, deshalb druckse ich ein wenig herum.

Doch diesmal scheint Lara Verständnis für mein Unwissen zu haben und klärt mich auf. „Ich habe auch nicht gewusst, dass es sich bei den Menschen anders verhält wie bei uns Hunden", beginnt sie, wobei ich meine, eine Spur von Verlegenheit aus ihrer Stimme zu hören. Für mich ist das auf jeden Fall beruhigend. Aber ich sage nichts und höre nur zu.

Sie erzählt: „Tanja hat mir erklärt, wie es bei Menschen abläuft. Die Frauen werden nicht läufig, so wie ich und du gedacht haben. Sie haben etwa alle vier Wochen einen Tag, an dem der Eisprung stattfindet. Wenn sie an dem Tag Sex – so nennen sie den Deckakt - haben, kann es sein, dass sie schwanger werden."

„Aber wie weiß denn der Mann, wann dieser Tag ist? Seltsam, ich habe noch nie bemerkt, dass Felix und Tanja - Sex – hatten. Du etwa?"

„Nein", gibt Lara zu. „Ich habe auch nie etwas bemerkt. Aber Tanja sagte das spiele sich bei Menschen meist nachts ab, im Bett. Und da wir Beide im Wohnzimmer schlafen, bekommen wir das natürlich nicht mit. Nun gut, auf jeden Fall ist Tanja jetzt schwanger."

„Und wann wird es kommen, das Baby?" frage ich irritiert. „Können wir denn da überhaupt noch in Urlaub fahren?"

„Ja, stell dir vor, eine Menschenfrau trägt neun Monate lang ihr Kind aus. Und dabei ist es meist bloß eins."

Jetzt ist es an Lara, verständnislos den Kopf zu schütteln.

„Wir Hündinnen brauchen nur neun Wochen. Und können sechs bis zwölf Welpen bekommen."

Das ist zwar interessant, beantwortet jedoch nicht meine Frage. Deshalb stelle ich sie nochmal. „Weißt du, wann das Kind kommen soll? Hoffentlich nicht so bald. Ich habe mich so auf den Urlaub gefreut."

Wieder einmal spielt Lara die Allwissende und lässt mich zappeln bis sie antwortet. „Nein, so bald kommt es nicht, erst in ein paar Monaten. Deswegen haben die Beiden ja so kurzfristig noch den Urlaub gebucht. Jetzt ist das Baby noch winzig klein und bis auf die morgendliche Übelkeit spürt Tanja noch nichts davon. Du brauchst dir keine Sorgen zu machen, unser Urlaub startet auf jeden Fall übermorgen. Und jetzt komm, ich möchte mir ein paar Spielsachen aussuchen, die ich mitnehmen will. Du doch sicher auch."

Ohne meine Antwort abzuwarten steht sie auf und läuft in Richtung Haus. Ich schaue ihr nach, wie sie leichtfüßig dahintrabt. Wieder einmal bewundere ich ihre eleganten Bewegungen, die mich an ein edles, trabendes Pferd erinnern. Dagegen sind meine unbeholfen und plump. Kaum zu glauben, dass eine englische Bulldogge die Urmutter der Boxer gewesen sein soll.

Mit einem Seufzer wuchte ich mich hoch und folge ihr zum Haus. Die Hauptsache ist schließlich, dass sie mich liebt, meine Lara, trotz meiner kurzen Beine und meinem rundlichen Körperbau.

Heute mussten wir alle früh aufstehen, denn es ist eine ziemlich lange Fahrt bis an die Nordsee. Sieben bis acht Stunden hat Felix gemeint, und das auch nur, wenn wir in keinen Stau kommen. Mir ist das erst einmal egal, Hauptsache Urlaub. Und außerdem bin ich der perfekte Auto-Hund, wie mir Felix immer wieder bestätigt. Ich kann stundenlang im Auto hocken.

Lara ist nicht so begeistert von der langen Strecke, sie möchte sich lieber öfter die Beine vertreten, wie sie mir sagt. Eine komische Redewendung, sinniere ich, für mich klingt das eher nach Schmerzen. Tanja scheint jedoch zu wissen was sie damit meint, sie hat Felix gebeten, mindestens alle zwei Stunden anzuhalten.

Felix, schon ganz der besorgte werdende Papa, hat ihr natürlich versprochen öfter anzuhalten. Was er auch tut, immer wenn ich gerade im schönsten Autoschläfchen bin hält er an einem Rastplatz an und wir verlassen alle das Auto. Da nützt es mir auch nichts, wenn ich mich tief schlafend stelle, die Leine wird an meinem Geschirr eingeklinkt und raus geht es aus dem Auto. Dann trabt Felix mit mir und Lara an den Leinen den Grünstreifen entlang, während sich Tanja in Richtung eines der kleinen Häuschen entfernt, die auf jedem Rastplatz stehen.

„Das sind die Toiletten", klärt mich Felix auf, wenn ich Tanja besorgt hinterherstarre. „Dort dürfen Hunde nicht mit rein."

Ich schaue hechelnd zu ihm auf. Warum lässt er Tanja in dieser Gegend allein in ein düsteres Häuschen gehen? Hat er keine Angst, dass ihr irgendetwas geschieht oder sie unser Auto nicht mehr findet? Ich würde sie nicht einfach in eine andere Richtung laufen lassen. Felix scheint jedoch unbesorgt und zupft an meiner Leine um mich zum Mitgehen zu bewegen. Auch Lara scheint nicht besorgt um ihr Frauchen, sie möchte lieber ein Stück spazieren gehen. Widerstrebend schlurfe ich hinter den Beiden her, schaue mich aber immer wieder um.

„Jetzt komm schon Robin, lauf ein bisschen schneller. Wir gehen ja bald zum Auto zurück." Felix ruckt erneut an meiner Leine. Aber jetzt hab ich genug, ich setze mich auf meinen Hintern und bin nicht mehr zu bewegen auch nur noch einen Schritt zu machen, höchstens in die entgegengesetzte Richtung. Dabei schaue ich in Richtung der Toiletten und beginne zu jaulen. Endlich scheint Felix zu begreifen, er geht neben mir in die Hocke und legt seine Hand auf meinen Kopf.

„Du musst keine Angst haben, Robin, die Tanja ist gleich wieder da, wir verlieren sie schon nicht. Ich wusste gar nicht, dass du so sehr an ihr hängst."

Ich schaue ihn empört an. Nicht an ihr hängen? Mann, ich verehre diese Frau, seit ich ihr das erste Mal begegnet bin. Und das nicht nur weil sie Lara in mein Leben gebracht hat.

Und nun, wo sie ein Baby erwartet, werde ich sie notfalls mit meinem Leben beschützen. Genau aus diesem Grund mache ich hier keinen Schritt mehr, bis sie wieder bei uns ist.

Zu unser aller Erleichterung kommt Tanja in diesem Moment aus dem Häuschen und läuft auf uns zu. Jetzt können wir uns gerne gemeinsam ein wenig die Beine vertreten, wenn das denn so wichtig ist.

Mein kleiner Streik hat zur Folge, dass wir jetzt bei jeder Rast bei den Toiletten auf Tanja warten und dann gemeinsam ein paar Minuten laufen, bevor wir uns wieder ins Auto setzen.

Es ist schon später Nachmittag als wir endlich in die Einfahrt unseres Ferienhäuschens einbiegen. Felix steigt aus und dehnt sich erst einmal kräftig, bevor er alle Autotüren öffnet. Auch Tanja steigt etwas steif aus dem Auto um sich erst einmal umzuschauen. Lara ist schon unterwegs um den Garten zu inspizieren, sie ist brennend daran interessiert, welche Hunde vor uns hier waren.

Ich steige als Letzter aus, bleibe vor dem Auto stehen und dehne zuerst einmal ausgiebig meine Glieder. Ich bin doch nicht mehr der Jüngste, stelle ich mit einem Seufzer fest, meine Muskeln sind während der Fahrt ziemlich eingerostet. Ich sehe mich kurz um und recke die Nase in die Luft um die fremden Gerüche einzuatmen. Die Luft riecht salzig, das Meer kann nicht allzu weit entfernt sein. Mhhhm, Meeresluft, ich liebe diesen Geruch nach Salz, Tang und totem Fisch, am liebsten würde ich sofort loslaufen, hin zum Strand. Aber Tanja und Felix sind bereits dabei unsere Sachen aus dem Auto zu räumen. Bis der ganze Kram im Haus verstaut ist, das kann dauern.

Während unsere Menschen sich im Haus einrichten inspizieren Lara und ich den Garten, der das gesamte Haus umgibt. Wir können überall die Hunde riechen, die vor uns in dem Ferienhaus Urlaub gemacht haben. Die vielen fremden Gerüche sind ungewohnt aber auch spannend. Wir schnüffeln uns satt, bis uns Tanja ins Haus ruft.

Dort ist alles sehr wohnlich eingerichtet, unsere Menschen haben bereits alles verstaut, was wir mitgebracht haben. Unsere Näpfe stehen neben der Spüle in der Küche, gefüllt mit einem kleinen Imbiss und Wasser.

„Heute Abend gibt es mehr Futter für euch", erklärt Tanja uns. „Wir wollen gleich noch zum Strand laufen um uns dort umzusehen, da stört euch ein voller Magen nur."

Ich könnte auch mit vollem Magen zum Strand laufen, aber der kleine Imbiss tut es für den Anfang auch. Da ich mich sehr auf den Strand freue, verputze ich eilig meine Ration und stelle mich dann neben die Tür. Von mir aus kann es sofort losgehen.

Auch Lara kann es kaum erwarten, im Gegensatz zu mir war sie noch nie am Meer und ist sehr gespannt ob alles so toll ist, wie ich es ihr beschrieben habe. Da die Badesaison bereits vorüber ist, ist das Hundeverbot am Strand aufgehoben und wir dürfen ohne Leine laufen. Felix hat kaum die Gartentür geöffnet, da rasen Lara und ich schon an ihm vorbei und rennen auf den Strand zu. Obwohl wir noch nie hier waren sagen uns unsere Nasen wo's langgeht. Tanja und Felix folgen uns lachend aber langsamer. Natürlich ist Lara eher als ich am Wasser, ihr schlanker Körper scheint über den Sand zu fliegen und ich muss wieder einmal ihre Anmut und Grazie bewundern. Ich komme mir richtig unbeholfen vor, wie ich ihr so hinterher trampele. Aber wenn sie es bemerkt, so scheint es sie nicht zu stören, sie schaut mich mit verträumten Augen an als ich sie endlich erreicht habe.

„Es ist toll hier, so habe ich es mir nicht vorgestellt. Diese endlose Weite des Wassers, ich kann mir gar nicht vorstellen, dass es irgendwann verschwunden sein soll."

Ich hatte ihr von den Gezeiten erzählt, von Ebbe und Flut und dass das Wasser oft kilometerweit weg ist. Jetzt ist Flut, das Wasser geht bis zum Strand. Ich kann mich nicht beherrschen und trinke ein paar Schlückchen des salzigen Meerwassers.

Irgendwie mag ich den Geschmack, obwohl ich aus leidvoller Erfahrung weiß, wie gefährlich es sein kann.

Ich erinnere mich noch zu gut an meinen ersten Urlaub am Meer. Es war damals mein erster Urlaub überhaupt und natürlich mit Felix. Ich war noch jung und unerfahren, aber übermütig und von mir überzeugt. So wie heute durfte ich ohne Leine am Strand laufen und kostete das erste Mal von der salzigen Brühe. Sie schmeckte seltsam aber irgendwie auch gut, trotz Felix' Warnungen schleckte ich immer wieder vom Meerwasser.

Nach etwa einer Stunde wurde mir fürchterlich schlecht, da waren wir glücklicherweise schon auf dem Heimweg. In einem Schwall spie ich einen Teil des Wassers in den Sand, aber es war immer noch eine Menge in meinem Magen. Kaum saß ich im Auto ging es erneut los, wäre Felix nicht so besorgt um mich gewesen er hätte mich sicher ausgeschimpft, weil ich die ganze Rückbank durchnässte. Heiliger Anubis, war mir damals übel gewesen.

In unserer Unterkunft angekommen, legte ich mich in den Garten und spie immer weiter Meerwasser aus. Felix war die Panik anzusehen, er lief ins Haus um vielleicht die Telefonnummer eines Tierarztes zu finden. Am Samstagnachmittag in einer abgelegenen Ferienwohnung kein leichtes Unterfangen.

Endlich war mein Magen leer und mir wurde schnell besser, bis auf den schlimmen Durst, der mich plötzlich plagte. Ich schleppte mich ins Haus und soff meinen Wassernapf bis auf den letzten Tropfen aus. Dann legte ich mich daneben und schlabberte die nächste Stunde im Fünfminutentakt noch zwei weitere Näpfe leer. Felix wich nicht von meiner Seite und sorgte für ständigen Frischwassernachschub. Er gab sich die Schuld an meinem Zustand, dabei hatte ich quasi hinter seinem Rücken immer wieder vom Meerwasser genascht.

Am Abend ging es mir dann endlich wieder so gut, dass ich meine Futterschüssel bis auf den letzten Krümel leeren konnte.

Auch Lara versucht das Meerwasser, verzieht aber nur angewidert das Gesicht und schüttelt sich. Ich belasse es ebenfalls bei ein paar Schlückchen, schließlich will ich den Urlaub genießen. Wir laufen am Strand entlang, der fast menschenleer ist. Nur hin und wieder sehen wir in der Ferne Leute, die ebenfalls den schönen Nachmittag zu einem Strandspaziergang nutzen. Auch ein paar Hunde sind unterwegs, jedoch zu weit entfernt um sich mit ihnen bekannt zu machen.

Lara ist total begeistert vom Sandstrand, sie findet es herrlich, wie er unter ihren Füßen nachgibt. Immer wieder macht sie Sprünge und gräbt dann die Pfoten tief in den warmen Sand. Mir gefällt auch, wie die Sandkörnchen durch meine Zehen rieseln, zu Sprüngen lasse ich mich dadurch jedoch nicht hinreißen. Ein bisschen Wühlen bringt fast denselben Effekt.

Nach einer Weile machen es sich Tanja und Felix in einer der Dünen gemütlich. Dicht aneinander geschmiegt schauen sie aufs Meer und reden leise miteinander. Dann umarmen und küssen sie sich, das ist für Lara und mich das Signal, die Beiden eine Weile allein zu lassen. Gemeinsam rennen wir zum Wasser, naja, zumindest Lara rennt, ich komme ihr etwas gemütlicher hinterher. Schließlich habe ich Urlaub.

Das Meer zieht sich langsam zurück, am Strand bleiben allerlei Dinge liegen, die die Flut mitgebracht hat. Für uns Hunde sind diese Überbleibsel sehr interessant, sie werden ganz genau inspiziert. Die Nasen dicht am nassen Sand stöbern wir uns durch die duftenden Schätze des Meeres. Neben unzähligen Muscheln und Krebsschalen sind auch sehr viele Dinge angespült worden, die Menschen als Unrat bezeichnen. Da liegen alle nur möglichen Behälter aus Plastik herum, Flaschen, Dosen, Tüten und noch anderes Zeug, dass ich nicht identifizieren kann, wurde vom Meer an den Strand gespült.

Das Plastikzeug interessiert weder Lara noch mich, wir finden nur sonderbar, wie es ins Meer gekommen ist. Schöner wird der

Strand dadurch jedenfalls nicht, deshalb kommen jeden Tag Menschen mit LKWs an, um den Dreck wieder wegzuräumen.

Für Lara und mich sind andere Sachen viel spannender und riechen auch besser. Holz zum Beispiel, das auch in größeren Mengen angespült wird. Je nachdem, wie lange es im Meer war, riecht und schmeckt es salzig, gar nicht mehr wie Holz. Meist ist es durchweicht und man kann gut darauf herumkauen. Ich suche mir ein besonders schönes Stück heraus und lege es etwas abseits, das will ich mir später mitnehmen.

Als mich Lara verwundert anschaut, erkläre ich ihr, dass ich das Holz heute Abend im Garten genüsslich zerknabbern will. Die Idee gefällt ihr, sie sucht sich ebenfalls ein Holzstück und legt es zu meinem. Dann gehen wir weiter auf Erkundung.

Lara findet einen toten Fisch, der schon in Verwesung übergegangen ist. Wir beschnuppern ihn intensiv und Lara überlegt, ob sie sich darauf wälzen soll. Ich rate ihr ab, obwohl der Fisch auch mich sehr zum Wälzen anregt. Aber ich weiß aus leidiger Erfahrung, dass darauf unweigerlich ein warmes Duschbad mit viel Shampoo folgt, dann können wir das Holzkauen im Garten für heute vergessen.

Das sieht auch Lara ein, nach einem letzten wehmütigen Blick auf den Fisch setzen wir unseren Strandgang fort. Wir finden noch mehr tote Tiere, Krebse, ein paar Seevögel und ein paar weitere Fische, die schon von Möwen angepickt waren. Möwen gibt es hier jede Menge und in allen Größen. Sie fliegen kreischend über uns hinweg und zanken sich um jeden toten Fisch. Wir machen uns den Spaß, sie ein wenig zu jagen aber sie sind Hunde am Strand gewöhnt. Kaum fliegen sie einen Meter hoch um sich sofort wieder hinter uns auf ihr Fressen zu stürzen.

Nach einer Weile ertönt Felix' Pfiff, das Zeichen, dass wir zurückkommen sollen. Artig drehen wir beide um und laufen zu unseren Menschen zurück, jedoch nicht ohne vorher unsere Holzstücke aufzulesen. Wir werden freudig empfangen und bekommen einen kleinen Zwischensnack in Form von ein paar Leckerchen. Da Seeluft ja bekanntlich hungrig macht.

Nicht nur hungrig, auch müde, stelle ich nach dem Abendessen fest. Außerdem ist es draußen ziemlich kühl geworden, weshalb ich das Holzknabbern auf morgen verlege.

Tanja und Felix schauen noch einen Krimi im Fernsehen. Lara liegt schon in ihrem Korb und schnarcht leise, also gehe ich auch schlafen. Mit einem wohligen Grunzen rücke ich mich in meinem Bett zurecht und schließe die Augen. Schließlich dient der Urlaub ja zur Erholung, denke ich zufrieden. Und nichts erholt mich so sehr, wie ein ausgiebiges Schläfchen. Ach ja, Urlaub ist was Wunderbares.

Kapitel 13: Besuch bei Danny

Es ist ein ruhiger Urlaub, so richtig zum Abschalten und Erholen. Felix sagt, Tanja und das winzige Baby in ihrem Bauch brauchen Ruhe, damit die Schwangerschaft gut verläuft. Tanja ist es öfter mal übel, besonders morgens nach dem Aufstehen. Sie sagt das sei ganz normal und es würde ihr auch schnell wieder besser. Trotzdem besteht Felix darauf, dass sie sich auf keinen Fall anstrengt. Deshalb gehen wir viel spazieren, oft am Strand aber auch über die Deiche. Das gefällt mir besonders gut, von dort oben kann man weit schauen, auf der einen Seite aufs Meer und auf der anderen weit ins Land hinein. Zugegeben, was man da sieht ist nicht sehr abwechslungsreich. Grüne Wiesen, soweit das Auge reicht, nur unterbrochen von ein paar weit verstreut liegenden Bauernhöfen. Auf den Wiesen grasen Schafe, Kühe und ab und zu Pferde. Aber mir gefällt es die endlos langen Deiche entlang zu laufen. Besonders wenn es windig ist und das ist es auf den Deichen oft. Dann wehen meine Ohren im Wind, was ich gerne mag.

Lara mag den Wind nicht so sehr, besonders wenn er von hinten kommt. Dann rennt sie manchmal los, so als versuche sie ihm zu entkommen. Ich bewundere sie immer sehr, wenn sie den Deich entlang rennt, ihre weiße, schlanke Silhouette scheint zu fliegen. Das bringt mir immer zu Bewusstsein, wie schön sie ist. Meine wunderschöne Gefährtin, was ein Glück ich doch habe.

Felix scheint ähnlich zu denken wie ich, was seine Tanja angeht. Er sieht sie oft verliebt an und sie erwidert seinen Blick ebenso. Zuhause ist mir gar nicht aufgefallen, wie verliebt die Beiden sind. Mir kommt plötzlich in den Sinn wie dankbar ich dafür bin, dass wir vier so gut miteinander harmonieren. Ich wünsche mir das wird immer so sein.

„Hallo, Robin, was ist los? Magst du nicht mehr laufen?"
Felix' leicht besorgte Stimme reißt mich aus meinen Gedanken

und ich bemerke, dass ich mitten auf dem Deich sitze und aufs Meer starre. Ein wenig verlegen erhebe ich mich und trabe den anderen eilig hinterher.

Das Wetter meint es gut mit uns, es ist angenehm warm und Regen ist auch für die nächsten Tage nicht vorausgesagt. Behauptet zumindest Felix, der jeden Abend im Fernsehen den Wetterbericht verfolgt. Woher das kleine Männchen in dem Kasten das so genau weiß bleibt mir ein Rätsel, immerhin hatte er bisher Recht mit seiner Prognose.

Um außer Erholung auch etwas Abwechslung in unseren Urlaub zu bringen, fahren wir manchmal in eines der meist kleinen Städtchen der Umgebung. Dort bummeln wir die Straßen entlang und unsere Menschen bleiben öfter stehen um sich irgendwelche Häuser zu betrachten oder auch zu fotografieren. Lara und ich haben uns schon abgewöhnt, darüber verwundert zu sein. Häuser sind für Hunde total uninteressant, was Menschen daran toll finden, bleibt uns ein Rätsel. Denn für die wirklich spannenden Stellen an den Gebäuden, nämlich die Ecken, an denen sich andere Hunde verewigt haben, verschwenden Menschen keinen Blick.

Na ja, was soll's, Hauptsache Lara und ich kommen bei unseren Städtetouren auch auf unsere Kosten. Während Felix fotografiert oder Tanja in die Schaufenster guckt, bleibt für uns genügend Zeit, die neuesten Hundenachrichten zu lesen. Hin und wieder hebe ich mal mein Bein um den nachfolgenden Hunden mitzuteilen, dass ich auch hier war.

Meist beenden wir einen Ausflug dann in einem Lokal bevor wir zurück in unser Ferienhaus fahren. Da wir wohlerzogene Hunde sind dürfen Lara und ich mit hinein, wo wir es uns unter dem Tisch so gemütlich wie möglich machen. Meist wird uns die Wartezeit mit dem einen oder anderen Häppchen versüßt, dass eine Hand nach unten reicht. In Restaurants gibt es herrliche Leckereien für brave Hunde. Eigentlich schmeckt mir alles, was mir zugereicht wird aber besonders liebe ich Pommes mit leckerer Soße dran und natürlich Pizzakrüstchen. Davon kann ich gar nicht genug bekommen. Auch wenn Tanja manchmal mahnt, dass Hefeteig gar nicht gut für Hunde wäre. Das versteh ich nicht, wie kann etwas schlecht für mich sein, dass so himmlisch schmeckt? Zum Glück nimmt es Tanja nicht ganz so ernst mit ihrer Mahnung und reicht mir und Lara ebenso ein Krüstchen unter den Tisch wie Felix. Schließlich sind wir im Urlaub, gesund leben können wir wieder, wenn wir zu Hause sind. Irgendwann ist auch der schönste Urlaub vorbei. Unsere Menschen packen unsere Sachen in Koffer und Taschen und laden sie ins Auto. Nach einem schnellen Frühstück und ein paar Keksen für Lara und mich verlassen wir das hübsche kleine Ferienhäuschen und steigen ins Auto. Noch ein letzter wehmütiger Blick, dann geht es in Richtung Heimat.

Doch wir fahren nicht gleich nach Hause, es steht noch ein geheimnisvoller Besuch an. „Eine Überraschung!", meint Felix mit einem Grinsen im Gesicht, verrät aber weiter nichts. Auch Tanja lächelt nur vielsagend, so bleibt Lara und mir nichts anderes übrig, als uns überraschen zu lassen. Damit die Spannung nicht zu groß wird tun wir, was alle wartenden Hunde tun, wir verschlafen die Zeit.
Irgendwann hält Felix wieder einmal an und wir heben lustlos die Köpfe. Schon wieder Pinkelpause? Wie oft denn noch? Aber diesmal halten wir nicht auf einem öden Rastplatz an sondern vor einem hübschen älteren Reiheneckhaus. Sofort sind wir hellwach, hier scheint der geheimnisvolle Mensch zu wohnen, den wir besuchen wollen. Kaum geht die Autotür auf, da springen Lara und ich heraus und stürzen auf das Gartentor zu. Wir schnüffeln beide daran herum, das riecht doch nach…, jetzt fällt es mir ein, …nach Danny.
Auch Lara hat ihren Sohn am Geruch erkannt und wedelt aufgeregt, während sie auf den Hinterbeinen stehend über den

Zaun blickt. Das kann ich leider nicht, deshalb schaue ich durch die Holzlatten und belle laut. Ich bin so neugierig auf Danny, sicher ist er schon ein ganzes Stück gewachsen. Und wie kommt er inzwischen mit seiner Behinderung klar?

Auf Tanjas Klingeln öffnet sich die Haustür und ein recht großer weißer Hund kommt bellend aufs Tor zu gerannt. Seine Stimme ist tief und drohend, kein Zweifel, das ist sein Haus und Garten und er ist bereit, sein Reich zu verteidigen. Kann das Danny sein?

Direkt hinterm Tor bleibt er stehen und grollt böse. Dann schnüffelt er und stößt einen hündischen Freudenschrei aus als er merkt, wer vor seinem Garten steht. Lara und ich stimmen sofort ein, zu dritt übertönen wir mühelos die Stimmen der Menschen, die uns beruhigen wollen. Erst als das Gartentor von innen geöffnet wird und Danny zu uns heraus kommt, werden wir ruhiger.

Aufgeregt umkreisen und beschnüffeln wir uns und haben dabei unsere Menschen vollkommen vergessen. Erst drei beherzte Griffe in unsere Halsbänder trennen uns und bringen uns wieder zur Besinnung. Wir werden durchs Tor bugsiert und erst im Garten wieder losgelassen.

Da stehen wir uns nun gegenüber, drei hechelnde Hunde und vier lachende Menschen, die auf uns einreden. Nach einer kurzen Weile entspannen wir uns und beginnen dann erneut, aber gemäßigt damit, uns zu beschnüffeln. Unsere Menschen gehen gemeinsam ins Haus, wir Hunde dürfen vorerst im Garten bleiben.

Sowohl Lara als auch ich sind über Dannys körperliche Fortschritte erstaunt. Als er uns verließ war er ein kleiner magerer Hund mit einem steifen Hinterbein. Jetzt ist er fast so groß wie seine Mutter, gut genährt und muskulös, mit glänzendem Fell. Und er hat nur noch drei Beine, das verkrüppelte rechte Hinterbein fehlt. Nur noch ein Teil vom Oberschenkel ist ihm geblieben.

Aber Danny scheint das Bein nicht zu vermissen, er steht sehr gerade, fast stolz auf seinen drei Beinen und als er nun vor uns her durch den Garten läuft ist kein Humpeln festzustellen. Natürlich läuft er etwas anders als ein vierbeiniger Hund, er stößt sich stärker mit dem verbliebenen Hinterbein ab. Probleme scheint ihm das Laufen jedoch nicht zu bereiten.

Vom Aussehen her kann er gut als Boxer durchgehen, er sieht seiner Mutter sehr ähnlich. Von mir hat er kaum ein Merkmal geerbt, was ich ein bisschen schade finde. Aber ich tröste mich damit, dass aus ihm ein gesunder, selbstbewusster Junghund geworden ist. Und wenn er schon keine äußerlichen Merkmale von mir geerbt hat, dann sicher innere Werte, wie Zähigkeit und einen tollen Charakter.

Für sein jugendliches Alter von sechs Monaten ist Danny schon ziemlich reif und besonnen, das kann er nur von mir haben. Und nun, da wir nah beieinander gemütlich im Gras liegen um eine hündische Unterhaltung zu führen, erkenne ich doch die eine oder andere Ähnlichkeit zu mir. Den Unterkiefervorbiss zum Beispiel kann der Bub nur von mir geerbt haben, denn bei seiner Mutter ist er nur minimal vorhanden. Ebenso ist öfter sein rechter unterer Eckzahn zu sehen, weil er sich vor die Oberlippe schiebt. Das ist bei mir auch so. Es gilt zwar als Schönheitsfehler aber die meisten Menschen finden es originell. Auch an Danny sieht es witzig aus.

Lara lässt kein Auge von ihrem Sohn, ihr besorgter Blick schweift immer wieder über den Stumpf seines Oberschenkels. Von der, vor noch nicht allzu langer Zeit erfolgten Amputation zeugt nur noch das abgeschorene Fell, unter dem die große Narbe noch gut sichtbar ist. Sie ist aber gut verheilt und Danny scheint keine Schmerzen mehr zu haben.

„Das hat doch sicher ganz furchtbar weh getan", äußert sich Lara endlich und schaut ihren Sohn mitleidig an. Ich frage mich unwillkürlich, ob sie noch daran denkt, dass sie Danny wegen seiner Missbildung sterben lassen wollte. Jetzt scheint sie anderer Meinung zu sein, denn ihr Mitgefühl ist echt. Ich muss später unbedingt mit ihr darüber sprechen.

Danny blickt ebenfalls auf seinen Beinstumpf und bewegt ihn leicht auf und ab. „Nein", sagt er zu ihr, „ich spüre keine Schmerzen mehr. Als das Bein noch dran war habe ich ständig Schmerzen gehabt, bei jedem Schritt."

„Aber es muss doch schlimm schmerzen, wenn man ein Bein abgeschnitten bekommt. Jede Operation macht Schmerzen. Das weiß ich noch von meiner OP. Und da wurde mir nur der Bauch ein Stück aufgeschnitten."

„Naja", gab Danny zu, „als ich aus der Narkose aufwachte muss ich fürchterlich geschrien haben. Das hat mir zumindest die Mama erzählt. Sie war ganz erschrocken darüber. Aber davon weiß ich überhaupt nichts, da war ich noch nicht richtig aufgewacht. Später, zu Hause, hat es dann schon wehgetan, aber nur, wenn ich damit wo angestoßen bin. Die Mama hat mich auf lauter weiche Kissen gelegt und abends hat mich der Papa in ihr Bett getragen. Da lag ich zwischen den Beiden auf einem Kissen. Am nächsten Morgen ging es mir aber schon viel besser. Außerdem gab mir die Mama Tabletten in Leberwurst versteckt. Die hat ihr der Doktor mitgegeben für mich. Damit wurden die Schmerzen schnell jeden Tag ein bisschen weniger. Und jetzt spüre ich schon lange gar nichts mehr. Aber das Schönste ist, ich kann jetzt endlich laufen und rennen wie jeder Hund."

Er schaute von Lara zu mir und brummte dann fast unhörbar. „Ihr könnt gar nicht ahnen, wie schrecklich es für mich war, nicht mit meinen Geschwistern mithalten zu können. Sie haben mich immer geärgert und gepiesackt, weil ich anders war als sie. Dabei wollte ich doch so gerne genauso laufen und herumspringen können wie alle anderen."

Ich bin betroffen über die Ernsthaftigkeit, mit der Danny über seine Welpenzeit spricht. Mein Blick geht zu Lara, doch sie erwidert ihn nicht sondern blickt auf den Boden. Trotzdem meine ich die gleichen Schuldgefühle in ihrer Miene zu erkennen, die ich selbst fühle. Kein Zweifel, wir haben beide in dieser Sache versagt. Denn, nur weil Danny noch zu klein gewesen war über seine Qualen zu reden, hatten wir angenommen er bekomme nicht mit, dass er anders war als seine Geschwister.

Heute kann er ausdrücken, was ihn damals belastet hat und sowohl Lara als auch ich erwarten seine berechtigten Vorwürfe. Doch er schweigt eine Weile, bevor er aufsteht und uns im forschen Ton eines übermütigen Jungrüden vorschlägt, uns den Garten, sein kleines Reich, zu zeigen. Stolz präsentiert er uns jedes Fleckchen, das für einen Hund wichtig ist. Seinen Beobachtungsposten, einen kleinen Hügel nahe am Zaun, von dem aus er die ganze Straße überblicken kann. Den Fischteich mit den bunten Fischen darin, die zum Rand kommen um uns anzuglotzen. Sie schwimmen nicht weg, als Danny ein paar Schlucke Wasser aus dem Teich trinkt, wobei er sein Hinterbein etwas absenkt, damit er das Übergewicht nicht verliert.

Die sandige Kuhle unter einem alten Apfelbaum, sein bevorzugter Sonnenplatz. Und die Decke auf der Terrasse, wenn er Schatten sucht.

Wir bewundern gebührend seine Spielsachen, die auf der Terrasse verstreut liegen. Ein rotes Plüschnilpferd liegt auf Dannys Decke, er setzt sich daneben und stößt es mit der Nase an, so als müsse er sich überzeugen, dass es noch heil ist. Dann leckt er ihm schnell ein paarmal über das Fell und blickt uns dann ernst an.

Lara und ich verstehen die Geste. Das rote Nilpferd ist Dannys besonderer Schatz, wir sollen nicht wagen es anzurühren. Was wir auch nicht tun.

Nachdem wir den Garten kennengelernt haben, führt Danny uns ins Haus. Dazu muss er mehrere Treppen überwinden, die er mit Leichtigkeit meistert. Ich komme nicht umhin meinen Sohn zu bewundern. Aus dem kleinen unglücklichen Hinkebein ist ein Kämpfer geworden, der seiner Zukunft gelassen entgegen sieht.

Viel zu schnell für meinen Geschmack machen wir uns wieder auf den Heimweg. Ich wäre sehr gerne noch bei Danny geblieben. Aber Felix drängt zum Aufbruch. Er meint, wenn wir nicht bald aufbrechen, kämen wir erst nach Mitternacht zu Hause an. Also erheben wir uns gehorsam um ihm zum Auto zu folgen. Danny und seine Menschen begleiten uns nach draußen, wo wir uns am Gartentor verabschieden.
Lara schleckt ihrem Sohn zum Abschied liebevoll über die Nase, was ihn niesen lässt. Ich blicke ihm kurz tief in die Augen und zwinkere, die Art wie sich Rüden verabschieden. Wir hoffen alle drei, dass wir uns bald wiedersehen. Wann das sein wird, liegt jedoch leider nicht in unserer Macht. Aber wir vertrauen darauf, dass sich Tanja und ihre Eltern auch gerne öfter sehen wollen.
Bevor Tanja die Autotür schließt, ruft sie ihren Eltern zu: „Also, bis bald, wir sehen uns dann bei unserer Hochzeit."

Kapitel 14: Kampf gegen die Hundemafia

Lara und ich schauen uns verwundert an. Häh, Hochzeit? Haben wir da irgendetwas verpasst? Wann wurde diese wichtige Neuigkeit denn verbreitet? Bestimmt als wir mit Danny im Garten waren. Verdammt, man sollte diese Menschen einfach nicht aus den Augen, oder besser, nicht aus den Ohren lassen.

„Was genau ist eigentlich eine Hochzeit?", will ich von Lara wissen. Zwar auf die Gefahr hin, dass sie mich wieder einmal einen Dummkopf nennt, aber das will ich jetzt genauer wissen. Ich habe natürlich schon hin und wieder das Wort gehört, mich aber, da es weder mich, noch jemand, den ich mag betraf, nicht sonderlich dafür interessiert. Jetzt hingegen betrifft es die Menschen, die ich liebe.

Lara schaut mich nachdenklich an, was heißt, sie weiß es ebenfalls nicht genau. Gut, steh ich nicht allein blöd da. Schließlich antwortet sie zögernd. „Ich bin mir nicht ganz sicher, doch ich denke, es ist etwas Besonderes. So etwa, wie wenn wir Hunde ein Rudel begründen. Sie tun sich zusammen und bekommen Kinder."

„Aber Felix und Tanja sind doch schon eine ganze Weile zusammen", brumme ich irritiert. „Und ein Baby ist ebenfalls unterwegs, sie haben ihr Rudel doch schon gegründet."

Lara denkt eine Weile nach bevor sie meint: „Naja, du weißt ja, dass bei den Menschen alles von irgendjemand abgesegnet werden muss. So wie es mit diesem Kerl war, der auf dich geschossen hat. Sowas dürfen Menschen nicht allein regeln, das muss ein Gericht machen. Sie haben für alles eine Behörde, die ihnen vorschreibt, was sie tun müssen. Ich weiß das, weil Tanja öfter mal über den Behördenirrsinn schimpft, wenn sie viele Papiere ausfüllen muss oder am Telefon mit jemandem lange diskutiert. Dann sagt sie immer zu mir: „Sei froh, dass du ein

Hund bist, Lara. Du musst dich nicht mit Behörden und Ämtern rumschlagen."

„Es kam mir aber so vor, als ob eine Hochzeit etwas Schönes sei", werfe ich ein. „Tanjas Eltern haben sich sehr gefreut über die Einladung. Und Tanja und Felix machen auch nicht den Eindruck, als ob es etwas Schlimmes sei. Im Gegenteil, sie kommen mir sehr glücklich vor."

Lara gähnt und lässt sich auf die Seite fallen. Ein Zeichen, dass sie keine Lust mehr hat noch länger zu spekulieren. „Warten wir es einfach ab, wir werden ganz sicher in die Hochzeitspläne eingeweiht, wenn es an der Zeit ist. Schließlich sind wir Beide ein fester Bestandteil dieses Rudels. Würde mich nicht wundern, wenn uns ein besonderer Part bei der Hochzeitsfeier zukommen würde." Demonstrativ gähnt sie erneut und schließt die Augen. Was heißt: Ich bin müde, lass mich in Ruhe.

Mit einem Seufzer tue ich es ihr nach, lege den Kopf auf die Vorderpfoten und schließe die Augen. Bevor ich einschlafe denke ich noch ein bisschen über die letzten Stunden nach, sie waren voller schöner Überraschungen gewesen. Am meisten freut mich, dass es Danny so gut geht. Und, dass er ebenfalls zur Hochzeit eingeladen ist.

Kaum ist unser Urlaub vorbei holt uns der Alltag wieder ein. Am Montag kommen Felix und ich gut gelaunt in unserem Verein an, da erwarten uns schon schlimme Nachrichten. Wieder einmal geht es um die Welpen-Mafia. Doch diesmal geht es nicht um Welpen aus dem Ausland sondern um einen illegalen Zuchtbetrieb ganz in unserer Nähe.

Unser Verein hat schon länger einen Mann in Verdacht illegal Hunde zu züchten. Gemeinsam mit der Polizei waren zwei Mitarbeiter schon seit Monaten hinter diesem Züchter her, der Welpen der verschiedensten Rassen im Internet anbietet. Diese Welpen sind meist viel zu jung zum Verkauf, oft sehr krank und weder geimpft noch entwurmt, jedoch sehr billig.

Eigentlich, so sollte man denken, müssten die potentiellen Hundekäufer doch allmählich wissen, dass man diese Billigwelpen - was für ein schreckliches Wort für unschuldige kleine Lebewesen - nicht kaufen soll. Dennoch tun es viele, was natürlich das Leid der Welpen und besonders ihrer Mütter nie enden lässt.

Diesmal, so erklärt unsere Chefin gerade, geht es deshalb nicht in erster Linie um die Welpen, sondern um die Zuchttiere, die immer weiter für Nachschub sorgen müssen. Die Polizei hat nämlich nach langen, erfolglosen Ermittlungen endlich die Zuchtstätte ausfindig gemacht. Und heute wollen wir dorthin fahren um diese armen Hündinnen und Zuchtrüden zu befreien. Der Betreiber dieser tierschutzwidrigen Hundezucht wurde bereits verhaftet und sieht einem Verfahren entgegen, erzählt die Chefin mit bitterer Stimme weiter. Jedoch nicht etwa wegen seiner tierquälerischen Hundezucht, sondern hauptsächlich, weil er seit Jahren Steuern hinterzogen hat. Doch unser Verein wolle als Nebenkläger auftreten, damit auch die geschundenen Hunde eine Stimme bekommen. Ich verstehe zwar nicht viel von dem Gesagten, weiß aber, dass wir nach solchen Versammlungen immer in einen großen Einsatz starten. Das macht mich unruhig, ich kann kaum erwarten, dass es endlich losgeht. Den Kumpels, die ebenfalls mit von der Partie sind, geht es ähnlich. Wir sind heute zu dritt, alles ruhige Hunde, um die oft traumatisierten Tiere mit unserer gelassenen Art zu beruhigen. Das ist ein wichtiger Job, den nicht jeder Hund ausführen kann.

Endlich geht es los, wir fahren gemeinsam in einem kleinen Bus los, gefolgt von unserem LKW, in dem die geretteten Hunde transportiert werden sollen. Die Fahrt dauert mindestens eine Stunde. Das denke ich jedenfalls, da ich nicht wirklich weiß, wie lang eine Stunde ist. Jedenfalls sind wir für meine Begriffe ziemlich lang unterwegs.

Plötzlich wird es holprig, wir haben die Straße verlassen und fahren einen Feldweg entlang, der vor Schlaglöchern strotzt.

Auf meinem Platz unter dem Sitz wird mir ganz übel. Dann endlich halten wir an und steigen alle aus dem Bus. Wir sehen uns erst einmal um. Vor uns liegt ein verwahrlostes Gehöft inmitten einer ziemlich öden Landschaft. Hier gibt es weit und breit keine Ansiedlung. Kein Wunder, dass es nur dem Zufall zu verdanken ist, dass diese illegale Zuchtstätte entdeckt wurde. Denn das hoffnungslose Bellen und Jaulen, das aus den halb zerfallenen Ställen dringt, verweht hier rasch ungehört. Eine Wandergruppe, die sich verlaufen hatte und auf der Suche nach Wegweisern auf die Hunde in ihren elenden Gefängnissen stieß verständigte die Polizei und brachte so die Aktion ins Rollen.

Während einige der Männer damit beginnen, die Hundeboxen aus dem Lkw zu entladen und aufzustellen, machen wir anderen uns auf den Weg zu den Ställen. Je näher wir kommen, desto schlimmer wird der Gestank nach Exkrementen, Fäulnis und Verwesung. Ich laufe mit Buddy und Emma, einer sehr mütterlichen älteren Labradorhündin vorneweg. Der Geruch lässt uns Böses vermuten und wir fürchten Hunde zu finden, denen wir nicht mehr helfen können.

„Ich werde die Menschen nie verstehen", brummt Emma verbittert, während wir auf die Türöffnung des ersten Gebäudes zulaufen. „Auf der einen Seite gibt es gute Menschen, so wie unsere Leute, die alles tun um Tieren zu helfen. Und andererseits sind da diese Teufel in Menschengestalt, die für ihren Profit zu jeder Schandtat bereit sind und für die ein Tierleben gar nichts zählt. Wie können Wesen einer Rasse so unterschiedlich sein?"

„Vor allem, wie kann ein Lebewesen überhaupt bewusst so böse sein", wirft Buddy ein. „Uns nennen sie Bestie, dabei würde kein Tier auf die Idee kommen, aus reiner Lust zu verletzen oder zu töten. Grausamkeiten kennen wir doch nur, weil sie uns von Menschen angetan werden, wir selbst würden es nie aus freien Stücken tun. Auch wilde Tiere töten nur um sich zu ernähren, niemals weil sie Spaß daran haben."

Ich könnte auch etwas zum Thema beitragen, doch wir sind an der Stallung angelangt. Als Profis in unserem Job wissen wir, dass jetzt unsere ganze Aufmerksamkeit gefragt ist. Weiter erzählen können wir, wenn unsere Arbeit erledigt ist.

Ganz langsam trotten wir um die Stallecke, damit wir die verstörten Hunde nicht erschrecken. Schließlich ist es unsere Aufgabe Panik zu vermeiden, nicht, welche anzurichten. Die traumatisierten Hunde reagieren gelassener wenn wir ihnen zeigen, dass unsere Menschen ihnen nichts tun sondern helfen wollen. Eine Tür gibt es nicht und sie ist auch nicht nötig, wie wir feststellen. Denn es gibt im Inneren des düsteren Stalles viele kleine vergitterte Boxen, die die ganze Längsseite des Gemäuers einnimmt. Ich kann nicht zählen, aber der Begriff „viele" ist mir bekannt. Und hier gibt es sehr viele dieser kleinen Käfige.

Aus einigen glimmen uns erschrockene Augen an und Winseln oder Bellen dringt uns in die Ohren. Aus anderen springt uns Düsternis und unheimliche Stille an und wir ahnen, was uns dort erwarten wird.

Da wir ein eingespieltes Team sind, wissen wir, was zu tun ist. Mit hündischem Instinkt suchen wir uns jeweils einen Artgenossen heraus, der uns besonders ängstlich vorkommt. Emma geht auf einen Käfig zu, in der eine ausgemergelte Retriever-Hündin steht und vor Nervosität zittert. Buddy sucht sich eine Terrier-Hündin aus, die hysterisch kläffend auf und ab springt. Ich laufe zu einem der kleineren Käfige, noch kleiner als die übrigen. Sehen kann ich die Insassin nicht, doch ich spüre ihre Angst fast greifbar. Und ich kann sie riechen. Vorsichtig lege ich meine Schnauze zwischen die Gitterstäbe, so dass ich in das düstere Käfigloch blicken kann. Der scharfe Geruch, der mir entgegenschlägt treibt mir Tränen in die Augen, ich ignoriere ihn so gut ich kann. Was ich zu sehen bekomme ist entsetzlich. Da liegt eine kleine dunkle Hündin in einem undefinierbaren Brei aus Einstreu und Fäkalien. Sie hebt schwach den Kopf, kann aber nicht aufstehen. Um sie herum liegen mehrere kleine

Welpen, von denen sich nur noch wenige schwach bewegen. Die anderen sind nicht mehr am Leben, wie mir der Geruch des Todes zeigt, der sogar den ätzenden Gestank überdeckt. Ich brumme leise und beruhigend und die kleine Hündin hebt erneut den Kopf und schaut mich an. Wir führen ein kurzes unhörbares Zwiegespräch in der ich ihr Mut suggeriere. Dann gehe ich weiter zur nächsten Box.

Auch hier erwartet mich ein ähnliches Bild des Grauens. Eine kranke, halb verhungerte Hundemutter mit Welpen, die an ihren entzündeten Zitzen saugen um noch ein Schlückchen Milch abzubekommen. Endlich kommen unsere Menschen dazu um die armen Tiere zu befreien. Sie gehen dabei so behutsam wie möglich vor. Damit sie etwas sehen können werden Lampen aufgestellt, die den Stall in helles Licht tauchen und seine Schrecken gnadenlos enthüllen.

Emma, Buddy und ich sitzen etwas abseits, damit wir nicht im Weg sind und schauen der Aktion zu. Wir sind alle drei erschöpft, es ist nicht einfach, so viel Elend hautnah mitzubekommen. Wir sind aber auch zufrieden, dass wir dazu beitragen konnten das Leid dieser Hunde zu beenden.

Die Rettungsaktion geht gut voran, ohne besondere Zwischenfälle lassen sich die geschundenen Hündinnen aus ihren Gefängnissen befreien und samt ihren Kindern in die bereitstehenden Boxen verfrachten. Der mitgekommene Tierarzt untersucht zuvor die Hunde kurz, ob sie transportfähig sind. Schließlich befinden sich alle Hundemütter mit ihren Welpen in den Boxen und warten auf den Abtransport.

Buddy und ich laufen nochmals alle Käfige ab, die nun offen stehen. In mehreren liegen tote Welpen, die teilweise schon zu verwesen beginnen. Und wir finden zwei Hündinnen, für die die Befreiung leider zu spät gekommen ist.

„Warum tun manche Menschen so etwas?", frage ich traurig. So oft ich auch schon mit den unschuldigen Opfern von Tierquälern konfrontiert wurde, ich werde mich nie daran gewöhnen können. Denn ich bin ein Hund, der den Menschen sehr zugetan ist, ich möchte immer glauben, dass sie alle gut sind, obwohl ich so oft eines Besseren belehrt werde.

Buddy, der schon seit seiner Welpenzeit den Bösartigkeiten von Menschen ausgesetzt war, hat ein anderes Bild von ihnen. Für ihn sind die Guten die Ausnahme, er traut niemandem den er nicht kennt. So ist seine Antwort nicht wirklich überraschend für mich.

„Ach Robin, du lernst es wohl nie. Die Menschen sind nicht gut, sie waren es nie. Schaust du kein Fernsehen mit deinen Leuten? Ich schon. Da siehst du jeden Tag schlimme Dinge, die Menschen sich selber, uns Tieren und der Natur antun. Wenn du mich fragst, so sind sie eine Rasse, die nie hätte entstehen dürfen. Aber leider werden es immer mehr, sie vermehren sich schlimmer als Ratten oder Karnickel."

„Aber es gibt doch auch viele gute Menschen", verteidige ich meinen Standpunkt. „Hier all unsere Leute, die den Tieren helfen. Und dann unsere eigenen Menschen, - dein Marco ist doch ein guter Mann, ebenso wie Felix und die anderen vom Verein."

Er grinst mich von der Seite an. „Ich wusste, dass du mir damit kommst. Natürlich gibt es auch gute Menschen, sonst wäre es ja überhaupt nicht mehr auszuhalten. Aber ein Großteil ist schlecht, das lasse ich mir nicht ausreden."

Er spitzt seine Fledermausohren und bleibt stocksteif stehen, starrt auf die Wand hinter dem Käfig in dem wir stehen. Ich tue es ihm nach und höre es jetzt auch, ein leises Schaben, dann leise winselnde Töne. Kein Zweifel, hier sind noch irgendwo Hunde. Buddy fängt an zu bellen, laut und auffordernd, ein Zeichen für sein Herrchen, dass er etwas gefunden hat. In kürzester Zeit kommen Marco und Felix angelaufen um zu schauen was los ist. Buddy starrt noch immer auf die Wand hinter dem Käfig und winselt.

Was für unsere Hundeaugen nicht auszumachen ist, sehen

Marco und Felix sofort. Hinter dem Käfig gibt es eine Tür in der Stallwand. Um dahin zu kommen verlassen sie den Käfig wieder und laufen den Gang entlang und um die Ecke. Buddy und ich rennen natürlich hinterher.

Felix öffnet die Tür in der Wand und dahinter kommt ein dunkler Verschlag zum Vorschein. Heftiges Hecheln und Winseln dringt in unsere Ohren. Eine Taschenlampe flammt auf und beleuchtet ein schreckliches Bild. An der Wand sind vier Hunde angekettet, mit kurzen Ketten, so dass sie nicht zueinander kommen können. Unter ihnen liegt modriges Stroh, das längst verfault ist. Ihre Wassernäpfe sind leer und Futter haben sie auch nicht. Sie starren uns ängstlich an und einer knurrt warnend.

Es ist Buddy, der mutig in den dreckigen Verschlag schlüpft und die Hunde der Reihe nach aufsucht um sie zu beschnuppern. Ich kann hören, wie er beschwichtigend auf sie einwirkt. Sein Zuspruch wirkt, das Knurren hört auf und auch das ängstliche Winseln verstummt. Nach wenigen Minuten können Felix und Marco zu den verängstigten Tieren um sie von den Ketten zu befreien.

Bei Einsätzen dieser Art haben unsere Männer immer mehrere Leinen mit Schlingenhalsbändern umhängen, die sie jetzt benutzen um die Hunde daran nach draußen zu führen. Buddy und ich laufen mit, was die nervösen Tiere sichtlich beruhigt.

Bevor die vier Hunde in die bereitstehenden Transportboxen kommen, werden sie kurz vom Tierarzt untersucht. Es sind vier Rüden verschiedener Rassen, Deckrüden. Sie sind unterernährt und dehydriert aber nicht so schlimm dran wie die Hündinnen. Nachdem sie zu trinken bekommen haben, kommen sie in die Boxen und werden auf den LKW gehoben. Unsere Mission ist beendet, der LKW fährt ab. Felix und Marco bleiben noch hier, Buddy und ich natürlich auch. Jetzt, da die Hunde auf dem Weg in ein neues Leben sind ist es fast unheimlich still in der zerfallenen Stallung. Marco und Felix sind mit starken

Taschenlampen ausgestattet, die wie grelle Geisterfinger durch das dunkle Gemäuer huschen. Zu viert laufen wir langsam den Stallgang entlang, jeder Käfig wird nochmals gründlich ausgeleuchtet und danach fotografiert. Beweisfotos für die spätere Gerichtsverhandlung, wie ich von Felix erklärt bekomme. Damit der Richter sieht, in welch erbärmlichen Gefängnissen die Hündinnen ihre Jungen aufziehen mussten.

Am schwersten ist es für Felix, die toten Welpen zu fotografieren. Besonders als er Bilder von den beiden toten Hündinnen macht, die inmitten ihrer ebenfalls toten Welpen liegen, höre ich wie er vor hilflosem Zorn mit den Zähnen knirscht. Ich kann ihm gut nachfühlen, auch mir schlägt der Anblick und der Geruch auf den Magen. Und Marco und Buddy fühlen ebenso. Endlich sind wir fertig und gehen zum Auto. Diesmal kann Felix die toten Tiere nicht mitnehmen, es sind zu viele und die Hündinnen zu groß um sie am Waldrand zu beerdigen. Sie werden morgen von einem Angestellten der Stadt abgeholt und kommen in die Tierkörperverwertung. Ein unwürdiges Ende nach einem unwürdigen Leben. Manchmal finde ich die Welt zum Kotzen.

Einige Wochen später bringt Felix Neuigkeiten von dem Fall mit nach Hause. Es war ein unglaublicher Glücksfall für die verwahrlosten Hunde gewesen, dass die Wanderer sich verlaufen hatten und so auf sie aufmerksam wurden, berichtet er uns. Denn es stellte sich schnell heraus, dass der Besitzer der Hundezucht den Standort seiner Zucht in die Niederlande verlegt hatte. Weil es dort einfacher sei und die Behörden ein Auge zudrückten, was den Tierschutz betraf.

Die Hunde, die sich noch in der Anlage befanden, wollte er dort lassen. Noch schlimmer, er hatte vorgehabt, den Stall samt Hunden in Brand zu stecken, da er Angst bekommen hatte, dass man auf die katastrophalen Zustände dort aufmerksam werden würde.

„Ich hoffe sehr, dass dieser gewissenlose Kerl eine gebührende Strafe erhält", endet Felix mit wütender Stimme und er ballt die Fäuste. Es ist selten dass er so in Rage gerät, doch ich kann ihm mitfühlen.

Die Hündinnen mit ihren Jungen sind diesmal nicht ins Tierheim gekommen, dort waren noch zu viele Welpen vom vorhergehenden Fall. Deshalb hat sie unser Verein aufgenommen und in der Auffangstation auf unserem Gelände untergebracht. Was ich persönlich toll finde, kann ich doch so öfter nach den Hunden schauen. Zum Glück gibt es keine weiteren Verluste mehr zu beklagen, sowohl den Hündinnen als auch ihren Welpen geht es inzwischen wieder einigermaßen gut. Einige der älteren Welpen sind sogar schon vermittelt.

So oft es sich einrichten lässt mache ich einen Abstecher zur Auffangstation. Dort bin ich selbstverständlich bekannt und darf in fast alle Bereiche hinein. Nur die Quarantänestation ist tabu, aber dort ist zurzeit sowieso kein Tier untergebracht.

Ich trabe durch den hellen Gang und bleibe immer einmal an einer der großzügigen Boxen stehen um mit den Hunden darin ein Schwätzchen zu halten. Es macht richtig Freude, den munteren Welpen beim Spielen zuzusehen. Die meisten Hundemütter liegen entspannt auf weichen Decken und genießen sichtlich ihr neues Leben.

Die Hündinnen sind alle nicht mehr jung und hatten schon einige Würfe gehabt, wie man an ihrem starken Gesäuge erkennen kann. Felix hat mir erzählt, dass ihr verbrecherischer ehemaliger Besitzer sich ihrer sowieso entledigen wollte, sobald die Babys verkaufsbereit waren. Dann entschloss er sich jedoch auch die Welpen zu opfern.

Welch ein Glück, dass sich die Wanderer verlaufen hatten, denke ich bei mir. Ohne sie wären all die Hunde jämmerlich verbrannt, ohne dass jemand überhaupt gemerkt hätte, dass es sie gab.

Ich schaue zu dem Spruch auf, der eingerahmt an der Wand dieser Auffangstation hängt und den mir Felix schon einige Male vorgelesen hat. Es soll ein sibirisches Sprichwort sein, das lautet: Wenn sich im Paradies eine Menschenseele und eine Hundeseele begegnen, so muss sich die Menschenseele vor der Hundeseele verneigen.

Ich würde sagen, es ist nicht nötig, dass sich die Menschenseele vor der Hundeseele verneigt. Viel besser fände ich es, dass die Menschen schon in dieser Welt anerkennen würden, dass auch wir Hunde eine Seele haben. Nur das könnte das milliardenfache Leid verhindern, dass uns Hunden von Menschen angetan wird.

Kapitel 15: Momo im Glück

Trotzdem ich durch meinen Job nur zu gut weiß, zu was für Schandtaten Menschen uns Hunden gegenüber fähig sind, kann ich einfach nicht begreifen warum sie so etwas tun.

Wegen Geld, höre ich öfter, wenn ich den Gesprächen meiner Leute zuhöre. Aber zu was Geld nötig ist, will sich meinem Verstand nicht wirklich erschließen. Gut, ich weiß mit Geld werden alle möglichen Dinge bezahlt, nützliche genauso wie unnütze. Ich war schon ab und zu dabei, wenn Felix im Tierladen Hundefutter holt. Das bekommt er nur, wenn er der Kassiererin dafür metallene Münzen oder kleine Papierblätter gibt. Seltsam finde ich jedoch, dass die ihm ebenfalls oft wieder Münzen und Papier zurückgibt. Das Futter darf er aber trotzdem mitnehmen. Auch wenn ich mit Tanja zum Markt gehe passiert das Gleiche. Sie gibt Geld hin, bekommt dafür Obst und Gemüse und Geld. Das hat doch keine Logik.

Außerdem hat doch jeder Mensch genug von diesem Geld. Jeder, den ich kenne, besitzt welches. Sogar kleine Kinder habe ich schon damit gesehen. Aber wenn es jeder hat und jeder immer wieder welches bekommt, dann braucht man doch kein weiteres. Warum tun dann Menschen so schreckliche Dinge deswegen? Das ist wohl eins der Geheimnisse, die Hunde nie verstehen werden.

Aber ich schweife wieder einmal ab. Was wollte ich denn eigentlich erzählen? Ach ja, von meinem Besuch bei den Hündinnen in unserer Auffangstation. Besonders von einer Hündin, die ich dort kennengelernt habe.

Also ich gehe jeden Tag zu den Hunden um mich mit ihnen zu unterhalten. Die meisten freuen sich über die Abwechslung und warten schon auf mich. Ich setze mich dann vor die jeweilige Box und tratsche mit der Insassin über dies und jenes. Ich erkläre ihnen, wie es ist in einer Wiese zu sitzen oder durch einen Wald zu laufen. Das haben diese armen Hunde nie kennengelernt. Sie wurden meist als Welpen ihren Müttern weggenommen um sie zu verkaufen. War das aus irgendeinem Grund nicht der Fall, dann wurden sie wieder in einen Käfig gesteckt, zumindest wenn es sich um Hündinnen handelte. Was mit unverkäuflichen Rüden geschah kann man nur erraten. Ich fürchte jedoch nichts Gutes.

Sobald die Hündinnen ein erstes Mal läufig wurden, begann ihr wahres Martyrium. Obwohl noch viel zu jung wurden sie gedeckt und mussten fortan ständig Junge bekommen. Damit das öfter als zweimal im Jahr war, wurden sie mit Spritzen läufig gemacht. Dass sie durch diese Spritzen schlimme gesundheitliche Probleme bekamen interessierte niemanden. Und bekam eine Hündin keine Welpen mehr, so wurde sie weggebracht und nie mehr gesehen.

So oder ähnlich erzählt mir jede Hündin ihre Leidensgeschichte. Eigentlich möchte ich sie schon nicht mehr hören, doch ich merkte es ist ihnen ein Bedürfnis, deshalb hörte ich immer wieder zu.

Inzwischen wollen die Hundedamen allerdings lieber Geschichten von mir erzählt bekommen. Ich tue es gerne und erkläre ihnen die Hundewelt, so wie sie sein sollte. Und wie sie alle sie hoffentlich bald erleben werden, sobald sie neue Familien finden.

Nur eine Hündin konnte ich bisher noch nicht aufheitern und es ist ausgerechnet eine englische Bulldogge wie ich.

Immerhin hat sie mir schon ihren Namen verraten, im Gegensatz zu ihren Leidensgenossinnen hat sie einen Namen. Momo. Momo liegt meist auf ihrer Matte und schaut ihren drei Kindern beim Spielen zu. Sie hat drei Jungs, die schon alt genug wären um an nette Leute vermittelt zu werden. Kräftige kleine Rüden, weiß mit braunen Flecken. Sie sehen ganz anders aus als Momo, die überwiegend dunkles Fell hat. Wahrscheinlich schlagen sie ihrem Papa nach. Die Pfleger befürchten, dass Momo, deren

Namen sie natürlich nicht kennen, noch trauriger würde, wenn man ihr die Welpen wegnimmt. Ich denke jedoch, dass Momos Problem ein ganz anderes ist.

Ich setze mich wie jeden Tag vor die Box und schaue den munteren Kerlchen zu. Dabei überlege ich fieberhaft wie ich Momo endlich in ein Gespräch verwickeln könnte. Sie tut als hätte sie meine Anwesenheit nicht bemerkt, doch ab und zu sehe ich sie ihre Augen bewegen, wenn sie mir einen schnellen Blick zuwirft.

Mit einem Brummen lege ich mich auf den Bauch und spreche sie an. „Komm schon, Momo. Erzähl mir endlich, was dich so sehr bedrückt. Ich bin doch da um dir zu helfen, du kannst mir vertrauen."

„Wie willst du mir helfen können?" fragt sie bitter zurück.

„Du bist ein Hund, genau wie ich. Was nützt es wenn ich dir mein Leid klage. Deshalb ändert sich nichts an meiner Situation."

Immerhin waren das schon ein paar Sätze, mehr als ich bisher bei ihr erreicht habe. Ich überlege kurz ob ich ihr sagen soll, dass ich mit den Menschen sprechen kann. Vielleicht würde es ihr Problem ja lösen, wenn ich Tanja davon erzähle. Oder vielmehr, vielleicht könnte Tanja Momos Problem lösen.

Je länger ich darüber nachdenke desto mehr komme ich zu der Überzeugung, dass es zumindest einen Versuch wert ist. Vorsichtig beginne ich:

„Nun ja, wenn es ein Problem ist, dass nur ein Mensch lösen kann, dann gäbe es da eine Möglichkeit."

Ich erkläre ihr von der Kommunikation, die ich hin und wieder mit Tanja führe und ende damit, dass es für Tanja sicher kein Problem darstellt, sich auch mit ihr zu unterhalten.

„Aber zuerst solltest du mit mir darüber sprechen", ende ich und schaue sie auffordernd an. „Dann kann ich Tanja schon vorbereiten."

Momo schaut mich eine Weile zweifelnd an, was ich ihr nicht

verdenken kann. Sie denkt, wie für uns Bulldoggen typisch lange nach, was ich ebenfalls verstehe. Und schließlich beginnt sie tatsächlich zu reden.

Sie setzt sich dazu aufrecht hin und ich bewundere kurz ihre üppige Figur. Sie ist eine schöne Hündin, nicht sehr groß mit breiter Brust und breitem Kopf. Sicher ist sie noch sehr jung, höchstens drei Jahre vermute ich. Doch dann reiße ich mich zusammen. Ich bin hier um ihr zu helfen, sonst nichts.

„Ich wurde meiner Familie gestohlen", fängt sie kurz und knapp mit dem Wichtigsten an. „Und ich würde nichts lieber tun, als zu ihr zurückzukehren. Doch leider weiß ich nicht, wie."

Sie erzählt mir, dass sie vor etwa einem Jahr aus ihrem Garten gelockt wurde. Sie hatte, wie fast jeden Tag, auf der oberen Treppenstufe vor der Haustür gelegen, ihrem absoluten Lieblingsplatz. Von dort konnte sie gut den Weg zum Tor überschauen und sehen, wer alles vorbeiging. Natürlich konnte man sie auch gut sehen und öfter blieben Nachbarn stehen um sie anzusprechen. Weil sie ein freundlicher und geselliger Hund war lief sie dann zum Tor um sich streicheln zu lassen oder mal eine Leckerchen abzustauben. Eine ganz normale Bulldogge eben, denke ich bei mir.

Eines Tages kam ein Mann vorbei und blieb vor dem Tor stehen, den sie nicht kannte. Er sprach sie an, worauf sie allerdings nicht reagierte, mit Fremden wollte sie nichts zu tun haben. Er ging wieder weiter, kam aber am nächsten Tag wieder vorbei. Und auch am übernächsten. So ging das immer weiter, er laberte sie an und hielt ihr Leckerchen hin.

„Und dann lief ich irgendwann doch mal hin um ihn mir näher anzuschauen", sprach sie bitter weiter und senkte den Kopf. Nur flüsternd fuhr sie fort. „Es war der größte Fehler, den ich jemals gemacht habe."

Als sie sich am Tor hochstellte um sich den Mann näher zu betrachten, griff er blitzschnell über das Tor und warf ihr eine Seilschlinge über den Kopf. Ehe sie wusste wie ihr geschah, wurde sie hochgezogen und über das Tor gewuchtet. Dann ging der Mann eilig davon und zog sie an dem Seil hinter sich her. Ehe sie sich besinnen konnte was zu tun war, blieben sie neben einem Auto stehen. Eine Tür wurde aufgestoßen, sie wurde ins Auto gezerrt. Ihr Entführer stieg ebenfalls ein und los ging die Fahrt ins Ungewisse.

Momo konnte nicht sehen wohin sie gebracht wurde und als die Fahrt zu Ende war, befand sie sich auf dem Gelände des alten Hofs. Sie wurde zu der dreckigen Box geschleppt und hinein gesetzt. Dann ging die Gittertür zu und sie war gefangen.

Fortan kümmerte sich niemand mehr um sie, sie bekam einmal am Tag ekliges Futter und Wasser in ihren Napf und nur selten wurde das modrige Stroh gegen frisches ausgetauscht. Irgendwann wurde sie aus dem Käfig gezerrt und bekam Spritzen, auf die es ihr furchtbar übel wurde. Doch auch das kümmerte niemanden. Als sie kurz darauf läufig wurde kam sie abermals aus dem Käfig und wurde in einen kleinen Raum zusammen mit einem Rüden gesperrt. Er war recht abgemagert und dreckig aber aus Angst und Frust ließ sie sich mit ihm ein.

Danach kam sie in den Käfig zurück, in dem sie dann neun Wochen später zwei Welpen gebar.

Der Mann, der immer kam war nicht zufrieden mit dem Wurf, zwei Welpen waren ihm zu wenig. Und als die Kleinen kaum sechs Wochen alt waren, wurden sie ihr weggenommen. Sie sah sie niemals wieder.

Dann ging alles von vorne los, sie bekam Spritzen, wurde gedeckt und bekam abermals Junge, die drei Welpen, die jetzt noch bei ihr waren.

„Auch diesmal war der Kerl nicht zufrieden mit mir", klagte sie traurig. Wieder waren es ihm zu wenige Welpen. Deshalb nahm er mich nicht mit, als er die anderen Hündinnen abholte und wegbrachte. Er kam nicht mehr zurück und wir bekamen kein Futter mehr. Außer mir blieben die Hündinnen zurück, die jetzt auch hier sind. Sie sind alle schon älter und brachten auch keine großen Würfe mehr. Ich glaube, der Mann wollte uns deshalb alle sterben lassen. Zum Glück habt ihr uns dann gerettet..."

Ich sagte nichts dazu. Obwohl sie wusste was mit ihr und den anderen geschehen sollte, wollte ich es ihr nicht auch noch bestätigen, dass sie für diesen Kerl als Mutterhündin nicht taugte und er sie deshalb entsorgen wollte.

Deshalb fragte ich sie: „Wenn du eine Familie hattest, dann bist du doch sicher einen Chip. Den kleinen Piecks im Nacken, den man als Welpe vom Tierarzt bekommt." Fragend sah ich sie an und sie nickte eifrig. „Ja, daran erinnere ich mich noch. Der Tierarzt hat mich danach sehr gelobt, weil ich so tapfer war. Dabei habe ich gar nichts gespürt."

„Genau, das meine ich. Dieser Chip ist ja so etwas wie ein Personalausweis für uns Hunde. Man kann ihn mit einem Gerät lesen und darauf steht eine Nummer, die für jeden Hund eine andere ist. Über diese Nummer kann man dann den Besitzer feststellen."

Ich konnte mir den Stolz über mein Wissen nicht ganz verkneifen. Aber als Tierschutzhund weiß man über solche Dinge Bescheid. Wie oft schon habe ich miterlebt, wie dieser Chip bei einem Tier abgelesen wurde, das entlaufen war und von uns aufgegriffen wurde. Danach hat Felix dann irgendwo angerufen und die Nummer durchgegeben. In den meisten Fällen konnten wir dann das Tier sofort wieder zu seinem Besitzer bringen. Wirklich eine gute Sache, dieser Chip.

Ich habe es plötzlich eilig Momo zu verlassen. Ich muss schleunigst zu Tanja gehen um ihr zu sagen, was ich erfahren habe. Sie muss mit Momo reden und den Chip ablesen. Vielleicht kann die traurige Bulldogge ja schon bald in ihr angestammtes Zuhause zurückkehren. Mitsamt ihren drei Söhnen. Ich würde es ihr wünschen. Schnell verabschiede ich mich von Momo und renne so schnell ich kann den Gang entlang und zur Tür hinaus. Die verwunderten Blicke und Rufe der Pfleger ignoriere ich, ich muss jetzt ganz schnell zu Tanja.

Zu meinem Glück ist sie in dem kleinen Raum direkt neben der Auffangstation, in dem sie Tiere behandelt und mit ihnen spricht. Trotzdem bin ich außer Atem als ich dort ankomme. Ungeduldig kratze ich an der Tür und belle kurz, damit sie weiß dass ich es bin. Sie öffnet sofort und schaut mich irritiert an. Lara steht neben ihr, auch sie schaut verwundert.

Ich muss erst kurz Luft holen, bevor ich mit meiner Neuigkeit loslege. Tanja versteht erst nicht, was ich sagen will, weil ich so aufgeregt bin. Darum muss ich mich auf den weichen Plüschteppich neben ihrem Schreibtisch setzen und nochmal von vorn beginnen. Endlich versteht sie mich.

Gemeinsam gehen wir zu Momo zurück, auch Lara kommt mit weil sie neugierig ist. Wir müssen aber ein Stück entfernt von Momos Box warten, weil Tanja allein mit ihr sprechen will. Danach passiert alles so, wie ich es Momo vorausgesagt habe. Ihr Chip wird abgelesen, dann ruft Tanja irgendwo an, dass sich TASSO nennt. Dort bekommt sie die Adresse und Telefonnummer von Momos Besitzern.

Als sie bei diesen anruft klingt alles ziemlich durcheinander. Momos Leute können gar nicht glauben, dass man ihren Hund endlich gefunden hat, Tanja muss es ihnen mehrmals erzählen und auch öfter die Adresse unserer Institution durchgeben. Endlich legt sie erschöpft den Hörer auf und lächelt mich an.

„Momos Leute kommen noch heute um sie abzuholen. In ein paar Stunden sind sie da."

Obwohl unsere offizielle Dienstzeit längst um ist fahren wir nicht nach Hause. Freudig aufgeregt warten wir auf Momos Familie. Wir sitzen im Büro, Tanja und Felix trinken Tee und unterhalten sich über die geretteten Hunde, Lara und ich liegen auf unseren Decken. Damit uns die Zeit nicht lang wird hat jeder einen Kauknochen bekommen. Normalerweise liebe ich es genüsslich meinen Knochen zu zerkauen, doch heute habe ich nicht so viel Spaß daran. Immer wieder schweifen meine

Gedanken zu Momo, die mit ihren Kindern noch immer in der Box der Auffangstation ausharrt. Tanja hat ihr Bachblüten und Globuli gegeben, damit sie nicht so aufgeregt ist. Für uns Bulldoggen kann zu viel Aufregung gefährlich werden. Wegen unserer kurzen Schnauzen und oft verengten Atemwegen bekommen wir bei Stress zu wenig Luft in die Lungen. Ohnmacht oder Schlimmeres kann die Folge sein. Die Bachblüten und Globuli sollen auf sanfte Art verhindern, dass dies bei Momo passiert. Endlich höre ich ein Auto das in die Auffahrt einbiegt und ich springe wie elektrisiert auf und belle. Sind Momos Leute endlich gekommen?

Sie sind es stelle ich gleich darauf fest, weil ich es mir nicht nehmen lasse, mit zur Tür zu laufen. Normalerweise tu ich das nicht, sondern bezähme meine Neugier bis der Besucher im Zimmer steht. Doch heute kann ich nicht abwarten und zwänge mich durch die Tür sobald mein Kopf durchpasst.

Felix' Worte überhöre ich geflissentlich, der mich zurückhalten will. Ich steh schon zwischen vier Paar Beinen und schaue hoch. „Das ist aber nicht die Momo", höre ich ein Mädchen betrübt ausrufen. Sie beginnt zu schluchzen und das andere Kind fällt sofort ein. Mein Gott, was habe ich angerichtet? Die Kinder schauen mich verstört an.

„Nein, das ist nicht eure Momo, das ist der Robin" klärt Felix schnell die Situation. Dann fügt er hinzu. „Robin ist es zu verdanken, dass ihr jetzt hier seid um euren Hund abzuholen. Aber bitte, treten Sie ein." Mit einer Geste öffnet er die Tür ganz und die Familie folgt ihm ins Büro. Ich trotte hechelnd hinterher. Was wollen wir denn jetzt noch im Büro, können wir nicht gleich zu Momo gehen? Ich kann es kaum erwarten.

Auch die beiden Kinder, das Mädchen und ihr kleinerer Bruder, wollen nicht warten. Doch ihre Mutter streicht ihnen liebevoll über die Köpfe und spricht tröstend auf sie ein. Scheint eine nette Familie zu sein, denke ich bei mir. Zum Glück, denn Momo hat es verdient nach allem, was sie durchgemacht hat.

Felix erklärt der Familie, deren Name Lorenz ist wenn ich das richtig verstanden habe, nochmals ausführlich wie es zu Momos Rettung gekommen ist. Und er bereitet sie mit Tanjas Hilfe darauf vor, dass Momo wahrscheinlich nicht mehr dieselbe Hündin ist, die sie noch vor einem Jahr war. Was ich zuerst nicht verstehe, natürlich ist es dieselbe Momo, es gibt sie doch nicht zweimal. Erst als Tanja einfühlsam erklärt, warum sich Momo vermutlich verändert hat und dass sie aber mit Liebe und Geduld wieder so werden wird wie früher, verstehe ich.

Der Mann und die Frau nicken beklommen, versichern aber, dass sie alles tun werden, damit ihr Hund bald die Schrecken der Gefangenschaft überwindet. Dann endlich ist es soweit, wir machen uns auf den Weg zur Auffangstation. Ich zwänge mich erneut als erster durch die Tür und laufe voraus.

Da die Abendfütterung unmittelbar bevorsteht dringt uns vielstimmiges Bellen und Winseln entgegen. Die einst vernachlässigten Hunde haben sich in kürzester Zeit daran gewöhnt, dass es wieder regelmäßig Futter gibt und können es kaum erwarten. Als sie mich hereinkommen sehen, laufen einige Hunde ans Gitter um mich zu begrüßen. Doch heute habe ich keine Zeit für sie, ich muss zu Momo und ihr die freudige Nachricht überbringen.

Wie meist liegt sie dösend auf ihrer Matte während ihre Söhne sich um einen zerfledderten Kauknochen balgen. Doch sie hat bemerkt dass ich komme und dreht mir den Kopf zu.

„Sie sind da, Momo. Deine ganze Familie ist gekommen um dich mit nach Hause zu nehmen."

Erst schaut sie mich verwirrt an, dann springt sie auf und kommt ans Gitter. Sie starrt an mir vorbei auf die sechs Menschen, die den Gang entlangkommen. Als sie ihre Leute erkennt stößt sie einen markerschütternden Schrei aus. Ich mache erschrocken einen Satz rückwärts und starre sie an. Ihre Augen verdrehen sich, so dass ich einen Moment nur das Weise sehe, dann fällt sie einfach um und rührt sich nicht mehr.

Siedend heiß fällt mir ein, dass sie sich doch nicht aufregen soll. Das habe ich in meiner Freude total vergessen. Entsetzt schaue ich auf ihren reglosen Körper und dann hilfesuchend zu Tanja hin. Die ist schon am Gitter und macht die Tür auf, dann kniet sie sich neben Momo und untersucht sie schnell. Ich verfolge angstvoll jeden ihrer Handgriffe. Mein Kopf schwirrt vor Sorge und Schuldgefühl, habe ich Momo umgebracht?

Tanja hebt Momos Lefze an und tropft ihr ein paar Notfalltropfen auf die Schleimhäute. Dann schaut sie durchs Gitter zu uns und sagt beruhigend: „Keine Sorge, sie ist nur ohnmächtig geworden. Ihr Atem und Herzschlag ist ok, sie wird gleich erwachen."

Kurz darauf macht Momo ein paar kräftige Atemzüge und schlägt die Augen auf. Sie schaut auf ihre Menschen, die direkt vorm Gitter stehen und angstvoll auf sie starren. Sie beginnt zu winseln, erst leise, dann immer lauter und leckt dabei hektisch die Hände, die sie durch das Gitter streicheln. Eine ganze Weile geht das so, sie lässt den Blick nicht von ihrer Familie. Alle weinen vor Freude und Rührung, sogar Tanja und Felix. Als ich das sehe muss ich auch weinen, mit heißerer Stimme fange ich an zu heulen.

Es dauert noch eine ganze Weile bis sich alle soweit beruhigt haben, dass die Heimfahrt vorbereitet werden kann. Momo hat sich am schnellsten erholt, sie sitzt inmitten ihrer Familie und ihre drei Welpen drängen sich an sie. Sie sollen auch mitkommen, haben Vater und Mutter Lorenz beschlossen. Damit Momo keinen weiteren Grund hat sich zu grämen. Später würde man dann gute Besitzer für sie suchen, aber das hatte noch Zeit.

Als die ganze Hunde- und Menschenfamilie schließlich im Auto sitzt, zur Abfahrt bereit, lässt Momos Frauchen nochmals das Fenster herunter. Sie spricht mich an. „Mein lieber Robin", sagte sie mit bewegter Stimme. „Ich weiß gar nicht, wie ich dir jemals angemessen danken kann, dass du uns unsere Momo zurückgebracht hast. Ich weiß auch nicht, wie du dieses Wunder vollbracht hast, doch für mich bist du der tollste Hund der Welt."

Kapitel 16: Hochzeit

Seit Momo zu ihrer Familie zurückkehrte ist eine Weile vergangen. Aber Felix und Tanja stehen mit ihren Menschen noch immer in Verbindung, meist übers Telefon. Danach erzählen sie mir sofort wie es Momo und ihren Welpen geht. Sie hat sich schnell wieder in die Familie eingefunden und ist fast die Alte. Nur zum Tor im Garten geht sie nicht mehr, ganz egal, wer davor steht.

Vor fremden Männern hat sie Angst und drückt sich beim Spaziergang ganz dicht an die Beine von Herrchen oder Frauchen, sobald ein Mann auf sie zukommt. Sonst hat sie sich nicht verändert und spielt am liebsten mit den Kindern der Familie.

Gesundheitlich ist sie noch etwas angeschlagen, bedingt durch die Hormonspritzen, die sie bekommen hat. Der Tierarzt ist jedoch zuversichtlich, dass keine bleibenden Schäden zu befürchten sind.

Das sind schöne Nachrichten für mich, doch heute kam die schönste. Tanja zeigt mir ein Foto, auf dem Momo mit einem ihrer Söhne drauf ist. Ich muss erst eine Weile hinschauen, bevor ich die Beiden erkenne. Fotos sind für Hundeaugen schwer zu deuten. Aber nachdem Tanja es mir lange genug vor die Nase hält, erkenne ich was drauf ist.

Tanja erzählt mir strahlend: „Stell dir vor, Robin, die Momo darf einen ihrer Söhne behalten. Und weißt du, wie er heißt?" Sie macht eine kurze Pause um die Spannung zu erhöhen. Dann betont sie laut: „Robin. Sie haben den Kleinen nach dir benannt. Aus Dankbarkeit für Momos Rettung. Ist das nicht toll?"

Und wie toll das ist, ich bin vor Freude und Rührung ganz durcheinander. Meine Nase wird ganz feucht vor Verlegenheit und ich muss niesen.

Tanja wuschelt mir lachend mein Nackenfell durch, dann berichtet sie weiter. „Die anderen beiden Welpen haben sie in gute Hände vermittelt, vier Hunde waren ihnen ein bisschen zu viel. Aber sie haben die neuen Besitzer sehr sorgfältig ausgesucht, haben sie versichert. So hat sich durch dich zumindest für diese Hunde alles zum Besten entwickelt. Ich bin sehr stolz auf dich, Robin. Du bist die tollste Bulldogge der Welt."

Sie umarmt mich nochmals liebevoll und drückt mir einen Kuss zwischen die Ohren. Dann erhebt sie sich, beziehungsweise, sie versucht sich zu erheben. Mit einem Ächzen greift sie sich an den Bauch und erstarrt einen Moment in der Bewegung. Ich bekomme einen Schreck und will schon zu bellen anfangen, damit Felix kommt. Doch sie beruhigt mich.

„Nein, lass das, Robin. Es ist nichts. Ich bin nur ein bisschen steif geworden seit das Baby in meinem Bauch wächst. Siehst du, ist schon wieder gut." Langsam stemmt sie sich hoch und atmet einmal tief durch. Dann lächelt sie mich nochmals an und verlässt das Zimmer.

Ich schaue ihr immer noch ein bisschen besorgt hinterher, doch sie scheint tatsächlich wie immer. Bloß dass sie jetzt ein kugelrundes Bäuchlein vor sich herträgt. Darin soll ein Kind sein, eigentlich sieht es eher aus als trage sie einen großen Ball unter dem Shirt. Aber nun gut, sie wird es besser wissen als ich. Als Rüde hat man damit wenig zu tun, zumindest bei uns Hunden. Ich kann mich noch gut erinnern wie es war, als Lara trächtig war. Sie hat mir immer gesagt, das ginge mich nichts an. Bei Menschen läuft es allerdings anders, zumindest bei meinen Menschen. Denn Felix ist so oft er kann in ihrer Nähe und würde ihr am liebsten alle Arbeiten abnehmen. Was Tanja natürlich nicht zulässt. Sie sagt, es muss alles so weitergehen wie bisher, schließlich sei sie nicht krank sondern schwanger. Was Felix einfach nicht akzeptieren kann, er meint, sie müsse sich mehr schonen. Manchmal geraten sie fast in Streit deswegen.

Lara und ich halten uns dann geflissentlich raus, obwohl uns das schwerfällt. Zum Glück beruhigen sich die zwei meist schnell wieder und dann ist alles wieder gut.

In den letzten Tagen sitzen Tanja und Felix öfter beisammen und beratschlagen etwas, von dem wir nicht wissen, was es ist. Sie tun ein wenig geheimnisvoll und stecken ihre Köpfe oft über diesem komischen Gerät zusammen, dass sie Laptop nennen. Den Sinn dieses flachen Kastens habe ich noch nicht herausgefunden, obwohl sie ihn wirklich oft benutzen. In gewisser Weise scheint er etwas Ähnliches wie ein Fernseher zu sein, zumindest sehen sie sich darauf meist irgendwelche Bilder oder Filme an.

Außerdem sind die Beiden zurzeit viel unterwegs und wir müssen zuhause bleiben. Einkaufen gehen sie jedenfalls nicht, denn stets kommen sie ohne irgendetwas zurück. Selbst meine kluge Lara, die sonst immer alles weiß, ist diesmal so ratlos wie ich. Doch dann endlich lüftet sich das Geheimnis. Die Hochzeit steht ins Haus. Und sie soll schon bald stattfinden.

Das gibt auch neuen Gesprächsstoff für Lara und mich. Dürfen wir dabei sein oder sind Hunde auf solch einem Fest ausgeschlossen? Wie läuft eine Hochzeit ab und wo findet sie statt? Auf all diese Fragen und noch viele mehr wissen wir keine Antwort. Fragen können wir auch nicht, da Tanja einfach keine Zeit hat, dauernd ist sie entweder fort oder telefoniert oder sie spricht mit Felix.

Übrigens kommt mir Felix von Tag zu Tag nervöser vor und ich mache mir immer größere Gedanken um die Hochzeit. Eigentlich hatte ich gemeint das wäre ein großer Festtag auf den sich alle freuen. Inzwischen bin ich mir allerdings nicht mehr so sicher. Ein Freudenfest kann doch nicht so viel Durcheinander ins Familienleben bringen.

Heute gibt es jedoch eine erfreuliche Nachricht. Hilfe naht in Form von Tanjas Eltern, die am Wochenende eintreffen werden. Und Danny kommt auch mit.

Ich folge Tanja ins Gästezimmer, das sie für ihre Eltern herrichtet. Hier war ich noch nicht oft. Früher, bevor Tanja in Felix' und mein Leben kam, war dieses Zimmer nicht mehr als eine Abstellkammer im Untergeschoss. Felix hortete hier alle möglichen Sachen, von denen er nicht wusste ob er sie behalten oder wegwerfen sollte. Im Lauf der Zeit sammelte sich ganz schön was an. Zudem war stets der Rollladen vorm Fenster heruntergelassen und es somit stockdunkel. Für mich gab es keinerlei Grund, dort hineinzugehen.

Tanja hat das schnell geändert und zusammen mit Felix den ganzen Plunder nach draußen getragen. Dort haben sie alles genau inspiziert und das eine oder andere Teil weggestellt. Alles andere haben sie auf den Lkw von unserer Organisation geladen und weggefahren. Wohin weiß ich nicht, ich habe die Teile jedoch nie mehr gesehen.

Dann begannen die Beiden das Zimmer neu herzurichten und ich leistete ihnen dabei Gesellschaft. Und siehe da aus dem dunklen Rumpelzimmer wurde innerhalb weniger Tage ein helles, freundliches und sehr gemütliches Gästezimmer. Der Clou daran ist das riesige Fenster, das eine ganze Zimmerseite einnimmt und in dem es sogar eine Tür gibt, die in den Garten führt.

Dieses schöne Zimmer soll für die nächsten Tage Tanjas Eltern und Danny beherbergen. Für den steht bereits ein kuscheliges Körbchen bereit, direkt neben der Terrassentür. So kann er in den Garten gehen ohne die Treppen laufen zu müssen. Ich sitze in der offenen Terrassentür und schaue Tanja zu, wie sie die Betten bezieht. Das Shirt, das sie trägt, spannt über der Kugel an ihrem Bauch. Jetzt legt sie die Hände in den Rücken und dehnt sich stöhnend. Ich springe sofort alarmiert auf, hat sie Schmerzen? Soll ich Felix herbeiholen?

Vermutlich hat sie meine erschrockenen Gedanken gehört, denn sie schaut zu mir und lächelt mich an. „Keine Sorge, Robin, es ist nichts Besonderes", erklärt sie mir beruhigend.

„Weist du, das Baby macht sich ab und zu bemerkbar, indem es strampelt und tritt. Und es wächst ständig und wird schwerer, das geht ins Kreuz. Aber bald hab ich es geschafft."

Waaas? Schon bald! Warum sagt mir das denn keiner? Und was wird aus der Hochzeit?

Erneut versteht sie mich und lacht. „Die Hochzeit findet statt und das Baby kommt danach. Aber hast du eigentlich schon dein Festtagsoutfit gesehen, dass ich dir bestellt habe, es ist heute gekommen. Und Laras natürlich auch."

Was für ein Festtagsoutfit? Das hör ich zum ersten Mal. Etwa so ein Zeugs zum Anziehen? Das kann doch nicht dein Ernst sein. Bisher warst du doch dagegen, dass Hunde in Kleidungsstücke gesteckt werden.

Im Geist sehe ich mich schon mit irgendeinem bunten Fetzen rumlaufen und alle Gäste lachen mich aus. Was soll Danny von mir denken? Nein, da mach ich nicht mit.

Tanjas Mundwinkel zucken weil sie sich das Lachen verkneift, dann sagt sie mit gebührendem Ernst. „Du machst dich schon nicht lächerlich, Robin. Denkst du, das würde ich zulassen?"

Nein, natürlich denke ich das nicht wirklich. Trotzdem…

Sie ist fertig mit ihrer Arbeit und kommt her um die Tür zu schließen. Dann gehen wir gemeinsam zurück zur Küche, wo Lara sich gerade gähnend aus ihrem Korb erhebt und sich behäbig dehnt. Als Tanja eine Schachtel vom Küchenbord nimmt kommt sie neugierig näher, in der Hoffnung auf etwas Essbares. In der Schachtel sind drei Halsbänder, zwei sind schwarz mit weißen Krägen und schwarzen Schleifen, das andere ist weiß mit einer roten Rose drauf. Lara und ich beschnüffeln die Halsbänder ausgiebig, doch weder sie noch ich errät, für was die gut sein sollen.

„Da ihr Beiden und auch Danny unbedingt bei unserer Trauung dabei sein sollt, müsst ihr natürlich ein bisschen feierlich daherkommen. Eure Alltagshalsbänder sind dafür nicht schick genug aber mit denen stehlt ihr sogar dem Brautpaar die Show. Na, was haltet ihr davon?"

Lara wedelt unverbindlich mit dem Schwanz und ich mache zweimal „wuff", was so viel heißen soll wie „ist ok, wenn's nichts Schlimmeres ist."

Tanja lacht und gibt jedem von uns einen Hundekeks mit dem wir uns zu unseren Körben trollen. Wichtig ist, dass wir bei der Hochzeit dabei sein dürfen. Dafür kann man auch mal eine Fliege mit weißem Krägelchen anziehen.

Endlich ist Wochenende und gerade fährt das Auto von Tanjas Eltern durchs Tor. Lara und ich sitzen schon den ganzen Morgen an der Haustür um ja ihre Ankunft nicht zu verpassen. Schnell erheben wir uns und laufen zum Auto hin. Tanja kommt aus dem Haus um ihre Eltern ebenfalls zu begrüßen.

Während die Menschen sich umarmen laufen Lara und ich um Danny herum, der mit einem eleganten Satz aus dem Auto gesprungen ist. In Hundemanier beschnüffeln wir uns erst gegenseitig um dann gemeinsam hin und her zu rennen. Während Tanjas Vater Koffer, Taschen und mehrere Tüten aus dem Auto lädt, verziehen wir Hunde uns in den Garten. Wir haben uns viel zu erzählen. Danny ist noch ein Stück gewachsen und überragt mich ein bisschen, allerdings ist er noch immer sehr schlank. Doch es geht ihm offensichtlich sehr gut und er bewegt sich auf drei Beinen so mühelos, wie Lara und ich uns auf vieren.

Gegen Mittag kommt Felix heim, der heute allein einkaufen gefahren ist. Wir laufen ihm zu dritt entgegen und gehen dann mit ihm ins Haus. Zeit fürs Mittagessen.

Die ganze Woche geht es schon etwas hektisch zu, Tanja und ihre Mutter sind ständig mit irgendetwas beschäftigt und haben kaum Zeit für uns Hunde. Ihr Vater und Felix haben zum Glück nicht so viel mit den Hochzeitsvorbereitungen zu tun und da Felix sich auch noch Urlaub genommen hat sind Danny und ich die meiste Zeit bei den Männern.

Lara bleibt lieber in der Nähe ihres Frauchens, sie weicht ihr in letzter Zeit kaum von der Seite. Auch wenn es für sie langweilig ist, hockt sie bei den Frauen in der Küche oder begleitet sie zu allen Besorgungen.

Felix und Horst, so heißt Tanjas Vater, gehen jeden Tag ausgiebig mit Danny und mir spazieren. Es ist schon recht herbstlich, doch das Wetter meint es gut mit uns. Bulldoggen-Wetter, denke ich, denn es ist genauso, wie es mir am besten gefällt. Trocken, sonnig aber nicht warm. Herrlich um gemütliche Spaziergänge zum See oder durch den Wald zu machen. Hin und wieder ein Päuschen eingelegt. Die Männer sitzen auf einer Bank oder einem Baumstamm und Danny und ich erkunden die Umgebung, manchmal liegen wir auch nur auf weichem Moos und dösen. Herrlich, so könnte es noch eine Weile bleiben.

Leider ist die Woche schnell vorbei und langsam wird Felix ebenfalls nervös und hektisch. Denn morgen ist es soweit, Felix und Tanja werden Mann und Frau. Was ja eigentlich komisch ist, denn das sind sie doch sowieso. Wieder eines dieser Rätsel, die ein Hund nie verstehen wird.

Ach was soll's, sollen sie es nennen wie sie wollen, ich glaube, ich gewöhne es mir einfach ab, die Worte der Menschen analysieren zu wollen. Bringt mir außer Verwirrung eh nichts ein.

Heute ist der große Tag. Am Morgen stehen wir alle früh auf und man kann die allgemeine Nervosität die in der Luft liegt riechen. Warum alle so nervös sind, entzieht sich wieder einmal meinem Verständnis, schließlich fiebern alle diesem Tag schon lange entgegen.

Felix hat sich ganz besonders fein gemacht, so habe ich ihn noch nie gesehen und er kommt mir richtig fremd vor. Er steht lange vorm Spiegel und fummelt abwechselnd an seinen Haaren und seinem Anzug herum. Schließlich kommt Horst ins Zimmer und fragt ihn, ob er fertig sei. Auch Horst ist sehr fein angezogen, so dass ich mir mit meiner schwarzen Schleife um den Hals nicht mehr gar so dumm vorkomme.

Hinter Horst trottet Danny ins Zimmer, auch er mit einer schwarzen Fliege geschmückt. Sie steht ihm gar nicht so schlecht, bemerke ich. Na, dann werde auch ich damit sicher gut ausschauen. Zufrieden trotte ich den anderen hinterher. Vor dem Haus steht eine Kutsche mit zwei weißen Pferden davor. Also hat mich mein Geruchsinn doch nicht getrogen als ich vorhin Pferde gerochen habe. Die Kutsche ist offen, also ohne Dach. Und Tanja sitzt bereits darin und lächelt uns entgegen. Lara sitzt wie selbstverständlich neben ihr, ebenfalls feingemacht mit ihrem Halsband mit der roten Rose.

Tanja steht auf, damit wir ihr Kleid bewundern können. Es ist nicht weiß aber hell, wie diese Farbe bezeichnet wird, keine Ahnung. Jedenfalls sieht sie wunderschön darin aus. Es geht ihr bis zu den Waden und hat eine Form, die ihren Babybauch gut sichtbar zeigt. Felix schaut sie richtig verliebt an, dann steigt er zu ihr in die Kutsche, nimmt sie in die Arme und küsst sie lange. Neben mir höre ich Schluchzen und schaue erschrocken hoch. Es ist Tanjas Mutter die weint und sich mit einem Taschentuch die Augen abtupft. Dann lächelt sie, und sieht dabei richtig glücklich aus. Was mich wieder einmal verwirrt. Warum weint sie, wenn sie gar nicht traurig ist? Danny schaut ebenfalls ratlos zu seinem Frauchen hoch. Gut, bin ich wenigstens nicht der Einzige, der nichts kapiert. Zeit zum Nachdenken bleibt auch nicht, denn jetzt gehen wir alle zur Kutsche und steigen ein. Ich darf mich neben Felix setzen, so wie Lara an Tanjas Seite sitzt. Jeder soll schließlich sehen, dass wir eine Familie sind. Auf der Bank gegenüber sitzen Tanjas Eltern mit Danny und Felix' Mutter, die ebenfalls vor zwei Tagen angereist kam und in unserem zweiten Gästezimmer wohnt.

Die Fahrt geht in die Stadt, wo wir vor einem großen Gebäude anhalten, dem Rathaus, wie Felix den Eltern erklärt. Er sagt auch noch, dass sich hier das Standesamt befindet. Die drei Eltern nicken wissend und machen sich zum Aussteigen bereit. Und was ist mit uns? Dürfen wir etwa nicht mit in dieses Standesamt? Scheinbar nicht, denn Felix bedeutet uns, in der Kutsche zu bleiben. So was Blödes, da freut man sich wer weiß wie lange auf die Hochzeit und dann darf man nicht mit rein. Schmollend lege ich mich auf den Sitz und grummele vor mich hin. Lara und Danny schauen unseren Menschen hinterher bis sie in dem Gebäude verschwunden sind. Vor der Kutsche bleiben erste Passanten stehen um zu gaffen. Der Kutscher, der ebenfalls nicht mit rein durfte, spricht mit den Leuten. Er ist seltsam angezogen, ganz in schwarz und mit einem hohen Hut auf dem Kopf. Jetzt zücken einige Leute sogar ihre Handys um die Kutsche zu fotografieren. Ich setze mich auf, wenn da Bilder gemacht werden, will ich auch mit drauf. Ich lasse mich gern fotografieren, weil die Menschen immer ganz begeistert tun, wenn man in ihr Handy oder den Fotoapparat guckt. Manchmal kriegt man sogar ein Leckerli dafür. Heute allerdings nicht. Nun ja, auch gut. Felix hat mir sowieso beigebracht, von Fremden nichts anzunehmen. Immerhin geht so die Zeit schnell rum und eh wir uns versehen, kommen unsere Menschen schon wieder aus dem Portal des Rathauses. Tanja und Felix strahlen sich an und die beiden Mütter tupfen sich schon wieder die Augen mit Taschentüchern ab. Nur Horst grinst fröhlich und spricht mit zwei Leuten, die ebenfalls mit herausgekommen sind. Erst bei näherem Hinsehen erkenne ich Marco und Lisa von unserem Verein. Was tun die denn hier? Jetzt kommt auch noch ein Mann mit einem großen Fotoapparat und stellt sich unter der Treppe auf. Oben wuseln unsere Menschen durcheinander bis alle da stehen, wo der Fotograf sie haben will. Dann macht er seltsame Übungen, biegt sich nach der einen und der anderen Seite, geht mal vor und wieder zurück und kniet sich sogar auf den Boden. Aus seinem Apparat kommen Blitze und komische Knackgeräusche.

Endlich scheint er zufrieden, er packt seinen Apparat in eine schwarze Tasche und geht dann davon. In die Familie kommt ebenfalls wieder Bewegung, das Brautpaar in der Mitte, kommen sie auf die Kutsche zu. Marco und Lisa rufen etwas, winken und gehen ebenfalls.

„Ganz schön seltsam, so eine Hochzeit", murmele ich Lara und Danny zu. „Hoffentlich heiraten Menschen nicht allzu oft in ihrem Leben."

Bevor die Beiden antworten können, sind unsere Menschen bei der Kutsche angekommen und es gibt ein kurzes Durcheinander, bis alle wieder darin Platz genommen haben. Dann schnalzt der Kutscher mit der Zunge und die Pferde ziehen an. In gemächlichem Trott zockeln wir voran. Auf den Gehwegen bleiben Leute stehen, sie winken, lachen und manche rufen etwas, das nett klingt.

Dann sind wir aus der Stadt heraus, es geht über die Landstraße zu einem Vorort. Dort hält die Kutsche vor einer Kirche an. Wieder das gleiche Spiel, alle steigen aus, nur wir Hunde und der Kutscher bleiben sitzen. Diesmal belle ich empört: „Hey, wir wollen auch an der Hochzeit teilhaben." Aber wir werden erneut vertröstet.

Es sind noch mehr Leute hier, die vor der Kirche warten. Einige kenne ich, es sind Kollegen aus der Organisation oder Freunde von Tanja oder Felix. Sie stehen lachend und schwatzend auf dem Vorplatz der Kirche und umringen das Brautpaar. Erst als eine Glocke sehr laut läutet gehen alle in die Kirche und der Vorplatz ist plötzlich wie ausgestorben.

Eine Weile tut sich nichts, dann erklingt in der Kirche Musik und jemand singt. Dann ist es wieder still. Nach einer Weile geht die Musik von neuem los. Das Ganze wechselt noch ein paar Mal.

Wir Hunde haben uns hingelegt, wie lange es wohl noch dauert? Dass eine Hochzeit so langweilig ist hätten wir nicht gedacht. Doch dann kommt endlich Bewegung in die Sache. Mehrere

Leute kommen aus der Kirche und gehen zu Autos, die im Schatten unter Bäumen stehen. Sie machen die Türen auf und heraus kommen alle unsere Hundekumpels von der Organisation. Der Kutscher lässt uns ebenfalls aussteigen und wir laufen zu den anderen Hunden. Eine Weile rennen wir alle durcheinander, dann übernimmt Marco es, uns wieder zur Ruhe zu bringen. Er stellt uns auf beiden Seiten der Kirchentür auf. Dahinter stehen die Besitzer der jeweiligen Hunde. Lara, Danny und ich dürfen uns direkt am Portal der Kirche aufstellen und jeder von uns bekommt eine rote Rose ins Maul, an denen natürlich keine Dornen mehr sind.

Es ist gar nicht so einfach still zu stehen, wenn man aufgeregt ist. Doch endlich öffnet sich die Kirchentür und Tanja und Felix kommen heraus. Als sie uns sehen lachen sie erfreut, kommen auf uns zu und Felix nimmt uns die Rosen ab um sie Tanja zu geben. Hinter uns fangen die anderen Hunde zu bellen an und wir stimmen begeistert mit ein. Unter fröhlichem Gebell und Hochrufen küssen sich Tanja und Felix, dann stürmen Menschen und Hunde auf sie ein um ihnen Glück zu wünschen.

Es dauert eine ganze Weile, bis sich der Trubel gelegt hat und wir wieder in der Kutsche sitzen. Wieder fahren wir ein Stück, diesmal mit vielen Autos hinter uns, die laut hupen. Die Fahrt endet vor einer Wirtschaft, dem eigentlichen Ort der Feier. In einem Nebenraum sind viele Tische und Stühle aufgestellt und alles ist schön geschmückt. Bald sitzen alle Hochzeitsgäste auf ihren Plätzen und es gibt köstliche Sachen zu essen. Wir Hunde kommen auch nicht zu kurz, für uns sind leckere Fleischstücke gebraten worden, die wir auf Tellern serviert bekommen.

Daneben gibt es noch allerlei Leckerbissen und auch noch eine Hundetorte, die extra für uns gebacken wurde.

Es ist eine tolle Feier, die bis in die Nacht dauerte.

Die Menschen tanzen miteinander, lachen viel und einige singen sogar Lieder. Wir Hunde feiern auf unsere Weise, nach dem köstlichen Fressen suchen wir uns ein ruhiges Plätzchen und halten Verdauungsschläfchen. Hin und wieder steht mal einer von uns auf um nach seinen Leuten zu sehen. Doch im Großen und Ganzen schauen wir dem Remmidemmi nur zu.

Schließlich sind alle so müde vom Feiern, dass sie nur noch nach Hause und ins Bett wollen. Endlich, denn ich mache mir ein bisschen Sorgen um Tanja, sie sieht erschöpft aus. Zwei Autos bringen uns schließlich heim, denn der Kutscher und die Pferde sind nicht mehr da.

Das Brautpaar verschwindet gleich im Schlafzimmer und die Eltern samt Danny suchen auch ihre Gästezimmer auf. Auch Lara und ich suchen unsere Schlafplätze auf, todmüde fallen wir in unsere Körbe und schlafen auf der Stelle ein.

Kapitel 17: Menschenkinder

Seit der Hochzeit sind einige Tage vergangen und unser Besuch ist gestern wieder abgereist. Wir hatten gemeinsam noch einige schöne Tage verbracht, mit kleinen Ausflügen und gemütlichen Abenden. Jetzt ist der Alltag wieder eingekehrt, Felix und ich fahren morgens zur Arbeit und Tanja öffnet ihre Tierheilpraxis wieder. Lara bleibt bei ihr und passt sowohl aufs Haus als auch auf Tanja auf.

In unserer Organisation geht es momentan gemächlich zu, was heißt, dass uns keine größeren Fälle gemeldet werden. Das ist uns nur recht, denn es ist immer bedrückend leidende Tiere retten zu müssen. Zudem stöhnen unsere Leute ständig, dass sie mit dem Bürokram nicht nachkommen. Doch jetzt, wo sie die Zeit dafür haben, passt es ihnen auch nicht und sie beschweren sich über die viele Schreiberei. Das soll einer verstehen.

Wir Hunde genießen diese arbeitsarme Zeit hingegen sehr. Nur schade, dass das Wetter nicht mehr besonders schön ist, so dass wir nicht so oft nach draußen können. Auf Indoorspielchen habe ich auch keine Lust, das überlasse ich den jüngeren Hundekumpels. Am liebsten halte ich mich in der Auffangstation auf, dort befinden sich noch immer einige Hunde vom letzten Fall.

Die meisten Welpen sind inzwischen alt und fit genug um vermittelt zu werden. Sie wurden bereits von ihren Müttern getrennt und in kleine Gruppen aufgeteilt. Ihre Boxen liegen etwas entfernt von denen ihrer Mütter und jeden Tag kommen Interessenten, um sich einen neuen Freund fürs Leben auszusuchen. Natürlich können die Menschen ihren Welpen nicht sofort mitnehmen, sie müssen dazu viele Papiere ausfüllen und Fragen beantworten. Wie das eben im Tierschutz so läuft, schließlich sollen die Hunde nur in gute Hände kommen.

Bei den jungen Hunden halte ich mich meist nicht so lange auf, sie sind voller Übermut, raufen miteinander oder kläffen sich an. Dafür habe ich momentan keine Nerven. Mit meinen Gedanken bin ich oft bei Tanja und dem kleinen Baby, das sie bald zur Welt bringen wird. Das gibt vermutlich eine große Veränderung in unserem Familienleben, ehrlich gesagt habe ich ganz schön Bammel davor.

Mit Lara kann ich meine Sorgen nicht teilen, die ist schon jetzt Feuer und Flamme für das kleine Wesen. Hündin eben, die sehen diesen Kinderkram anders als wir Rüden. Außerdem klebt sie förmlich an Tanja und lässt sie keine Sekunde aus den Augen. Für mich bleibt da kaum noch Zeit.

Mit Felix kann ich auch nicht darüber reden, er hat sich in der Kunst der Tierkommunikation noch nicht nennenswert verbessert, außerdem spüre ich, dass er noch viel nervöser ist als ich.

Mit einem meiner guten Kumpels darüber zu quatschen brauche ich gar nicht erst zu versuchen, keiner hat ein Baby in der Familie, da müsste ich mir nur dumme Mutmaßungen anhören. Also behalte ich meine Sorgen und Ängste für mich und trabe den Gang entlang zu den Boxen der erwachsenen Hunde, die haben für meine Sorgen zwar auch kein Ohr, doch dafür genug eigene Probleme. Deswegen freuen sie sich immer wenn ich komme.

Inzwischen sehen alle Hündinnen und auch die vier Rüden wesentlich besser aus als bei ihrer Rettung. Kein Wunder, wird ihnen hier doch die beste Pflege zuteil. Alle wurden gründlich vom Tierarzt untersucht und behandelt. Sie bekommen bestes Futter und die Pfleger beschäftigen sich täglich längere Zeit mit ihnen. Inzwischen haben sie alle gemerkt, dass es auch Menschen gibt, die nicht böse sind.

Ich will mich ja nicht brüsten, doch daran bin ich nicht unschuldig. Denn ich erzähle den verängstigten Hunden viel von den Menschen, den guten Menschen. Dass die meisten Leute Hunde mögen oder ihnen zumindest nichts Böses antun. Und dass sie eben unglaubliches Pech gehabt haben, ausgerechnet zu einem bösen Menschen zu kommen, der sie quälte und ausbeutete.

167

Manchmal habe ich danach ein schlechtes Gewissen, weil ich meinen Artgenossen die Menschen quasi schönrede. Weiß ich doch allzu gut, wie viele Verbrecher darunter sind und zu was für Schandtaten manche Leute fähig sind.

Doch das würde diese armen Seelen nur wieder verunsichern und auch die aufopferungsvolle Arbeit der Pfleger zunichtemachen. Deshalb erzähle ich weiter von den guten Menschen, die Tiere lieben und hoffe, dass jeder dieser armen Hunde bald von einem dieser guten Menschen adoptiert wird.

Endlich ist Feierabend und Felix und ich fahren nach Hause. Er ist ungewohnt schweigsam, ja er spricht kein einziges Wort mit mir, was ich schließlich mit einem beleidigten Grunzen kommentiere. Immerhin merkt er es und schaut mich im Rückspiegel kurz an.

„Tut mir leid, Robin, ich bin heute kein guter Gesellschafter für dich. Es war ein anstrengender Tag, weißt du. Dieser Bürokram ist nichts für mich, besonders wenn so viel aufzuholen ist. Muss aber halt auch sein. Was hältst du davon, dass wir noch einen Spaziergang machen, bevor wir heimgehen? Das Wetter wird wohl halten."

Spaziergang ist immer gut, ich stimme mit einem Jaulen zu. Wenig später biegt Felix in einen Feldweg ein und hält an. Wir steigen aus und schlendern gemütlich den Weg entlang. Die Felder sind längst abgeerntet, so dass wir weit gucken können. Viel zu sehen gibt es allerdings nicht, zudem wird es langsam dunkel doch mir ist das egal. Ich lese die Hundezeitung und hebe an den interessanten Stellen kurz das Bein um meinen Kommentar dazuzugeben.

Plötzlich keift eine weibliche Stimme schrill. „Nehmen Sie gefälligst ihren Kampfhund an die Leine, dem sieht man schon von weitem an, dass er gefährlich ist."

Ich hebe interessiert den Kopf. Ein Kampfhund! Wo? Doch außer einer dürren Frau, die einen winzigen Chihuahua an der

Leine führt ist niemand zu sehen. Da dämmert mir erst, dass sie mit dem Kampfhund mich meint. Soll ich deswegen beleidigt oder geschmeichelt sein?

Neben mir höre ich Felix leise seufzen, er hasst solche Konfrontationen mit hysterischen Hundebesitzerinnen. Und eine Leine hat er gar nicht dabei. Warum auch.

Der winzige Chihuahua beginnt zu kläffen, anscheinend vertraut er seinem Frauchen, dass sie ihn gegen den „Kampfhund", also mich, beschützt. Was natürlich gar nicht nötig ist, denn ich bin ja harmlos. Um ihm das zu beweisen gehe ich auf ihn zu, damit wir uns gegenseitig beschnüffeln können.

Er kommt mir ebenfalls entgegen getrippelt, doch kurz bevor sich unsere Nasen berühren entschwebt er mit einem Satz in die Luft. Ich schaue verdutzt auf den Platz wo er gerade noch war, dann gucke ich hoch. Tatsächlich, da baumelt der Kleine über meinem Kopf und zappelt wie verrückt in seinem Geschirr. Sein Frauchen hält ihn am hochgereckten Arm in der Luft und geifert Felix an.

„Nehmen Sie endlich den hässlichen Köter weg."

Ich jaule empört auf, ich bin eine harmlose und liebenswerte Bulldogge und kein Köter, schon gar kein hässlicher. Hilfeheischend drehe ich mich zu Felix hin. „Nun sag doch auch was!"

Felix gibt mir ein Zeichen mit der Hand, ich soll zu ihm kommen. Beleidigt trabe ich los und setzte mich neben sein linkes Bein. Von dort schau ich trotzig zu der Frau, die ihren armen kleinen Hund noch immer in die Höhe hält. Er dreht sich langsam im Kreis und kläfft schrill.

Ich sehe ihm fasziniert zu und achte nicht weiter auf den Disput zwischen Felix und der Frau. Sie keift und zetert, während Felix sie zu beruhigen versucht. Schließlich gibt er erschöpft auf, sagt noch genervt; „Ach, machen Sie doch, was Sie wollen." Dann dreht er sich zu mir um und gibt mir im Vorbeigehen ein kurzes Zeichen. Folgsam erhebe ich mich und laufe ihm hinterher. Das Gekläffe und Gezeter wird schnell leiser. In wenigen Minuten sind wir wieder beim Auto und steigen ein. Felix fährt rückwärts aus dem Feldweg und macht sich auf die Heimfahrt. Er blickt nochmals in den Rückspiegel und lacht kurz auf.

„Na, das war wohl nichts mit unserem gemütlichen Abendspaziergang", sagt er kopfschüttelnd. „So eine hysterische alte Fuchtel, die hat mir heute grade noch gefehlt. Na, wenigstens konnte sie meine Autonummer nicht erkennen, die wäre im Stande und zeigt mich bei der Polizei an. Weil ich angeblich einen Kampfhund ohne Leine und Maulkorb spazieren geführt habe."

Er schaut mich durch den Rückspiegel an und ich hechele ihm zustimmend zu. Er schimpft weiter.

„Nicht dass ich Angst deswegen hätte, schließlich sieht jeder mit ein bisschen Hundeverstand, dass du eine englische Bulldogge bist. Aber eine Anzeige gibt immer Scherereien und die kann ich momentan nicht gebrauchen. Jetzt, wo das Baby bald kommt hab ich Wichtigeres zu tun."

Ich belle zustimmend und er lacht.

„Du bist auch schon nervös wegen des Babys, nicht wahr. Wir Männer sind dabei leider zum Nichtstun verurteilt, das ist ja das Schlimme. Wir müssen abwarten." Er seufzt leise, bevor er weiterredet: „Aber zum Glück dauert es nicht mehr allzu lange."

Leider erklärt er nicht, wie lange „nicht mehr allzu lange" ist. Ich bin also so klug wie zuvor. Zu Hause erzählt Felix unser kleines Abenteuer und Tanja schüttelt den Kopf. „Robin und ein Kampfhund, diese Frau hätte wohl eine Brille gebraucht." Sie streicht mir über den Kopf. „Wo du doch der liebste und netteste Hund bist." Ich lecke ihr geschmeichelt die Hand. Ach meine Tanja, sie ist das beste Frauchen, das ein Hund haben kann. Auch wenn Lara jetzt schmollt. Sie will auch ein lieber und netter Hund sein. Erst als Tanja ihr das lächelnd bestätigt und jedem von uns ein Stück Fleischwurst gibt, ist sie wieder zufrieden.

Seit Felix und Tanja verheiratet sind verbringen wir die Abende gemütlich zu Hause. Naja, wenn ich's mir überlege, dann waren wir auch schon vor der Hochzeit abends meist zu Hause. Seit Tanjas Bauch immer runder wird hat sie viel weniger Lust ins Kino oder essen zu gehen, von Partys bei Freunden ganz zu schweigen. Sie liegt jetzt lieber in ihrem Fernsehsessel, den man umklappen kann. Oft hat sie dann zwei Stäbchen in der Hand, die leise klappern, wenn sie sie bewegt. Von den Stäbchen hängt ein Stück wolliger Stoff, der immer länger wird, je mehr sie klappert.

„Sie strickt Babysachen", erklärt mir Lara altklug.

„Babysachen, ähä. Und was macht man damit?" So sehr ich mich auch bemühe, ich kann nicht erkennen, was das werden soll. Um ein Baby darin einzuwickeln, dafür ist der gestrickte Streifen zu klein. Zu was aber soll er sonst gut sein?

„Das gibt ein Jäckchen für die Kleine. Erst werden die einzelnen Teile gestrickt und dann alles zusammengenäht."

Was Lara alles weiß, ich bin ehrlich beeindruckt.

Am meisten von den zwei Wörtchen „die Kleine". Woher weiß sie das? Das Baby ist doch noch in Tanjas Bauch. Als die Welpen sich noch in Laras Bauch befanden konnte niemand sagen, wie viele Rüden oder Hündinnen es sein würden, noch nicht einmal, wie viele Welpen es überhaupt werden würden. Wieso ist es bei Tanjas Bauch anders?

Ein bisschen verlegen, weil ich so wenig weiß, doch sehr neugierig, bitte ich meine Gefährtin mich aufzuklären. Was Lara natürlich sehr gerne tut. Zumindest nennt sie mich wegen meiner Unwissenheit nicht schon wieder Dummkopf, was ich ihr hoch anrechne. Dann beginnt sie zu erklären und bald schwirrt mir der Kopf von den vielen neuen Informationen. Lara teilt mir all das mit, was ihr zuvor Tanja erklärt hat. Da fallen Wörter wie Frauenarzt, Vorsorge, Ultraschalluntersuchung, Bluttest und, und, und, das ist viel zu viel Frauenkram für mich. Ich versteh gar nichts mehr.

Immerhin weiß ich jetzt, dass es ein Gerät gibt, mit dem man das Baby im Bauch der Frau sehen kann und sogar sieht, ob es ein Junge oder ein Mädchen ist. Bei Tanja ist es ein Mädchen. Das Interessanteste erzählt mir Lara ganz zuletzt, nämlich dass die Kleine schon bald, in etwa zwei Wochen zur Welt kommen wird. Jetzt verstehe ich, warum Felix von Tag zu Tag nervöser wird.

In dieser Nacht kann ich nicht gut schlafen, was bei mir eine absolute Seltenheit ist, da Schlafen zu meinen absoluten Lieblingsbeschäftigungen gehört. Doch heute muss ich über so vieles nachdenken, deshalb verziehe ich mich in mein Körbchen in der Küche. Dort stört mich niemand.

Zuerst versuche ich mir vorzustellen wie es sein wird wenn wir eine richtige Familie sind, aber das will mir nicht gelingen. Also bleibt mir nichts anderes übrig als abzuwarten ob und wie das Baby unseren Alltag verändern wird. Seufzend drehe ich mich ein paarmal in meinem Bett um und lege mich wieder hin. Aber einschlafen kann ich trotzdem nicht.

Mir fällt das Gespräch mit den Hunden in der Auffangstation wieder ein, meine Versuche, ihnen das Gute an den Menschen zu erklären. Dabei sind mir die Menschen oft selbst ein Rätsel. Auf der einen Seite gibt es die Guten, so wie meine Leute, die Tiere im Allgemeinen und ihre Haustiere im Besonderen lieben. Die gut für sie sorgen, sie bei Krankheit behandeln lassen, die gerne mit ihnen leben. Dann gibt es Menschen wie Felix und die Männer und Frauen aus unserer Organisation. Richtige Tierfreunde, die alles dafür tun, dass es vernachlässigten und gequälten Tieren besser geht. Was leider nicht immer klappt, weil es auf der anderen Seite viele sehr böse Menschen gibt. So etwa wie die Hundevermehrer oder Leute, die ihre Tiere nicht ordentlich versorgen und denen ihr Leid oder sogar ihr

Tod völlig egal ist. Menschen wie Buddys früherer Besitzer, die grausame Hundekämpfe organisieren und Menschen, die sich so etwas ansehen um sich daran zu ergötzen oder Geld damit zu verdienen.

Und dazwischen gibt es dann noch Menschen wie diese Frau heute, die mich einen hässlichen Köter und Kampfhund schimpfte, ihr Hündchen aber in der Luft herumschwenkte, dass dem Kleinen bestimmt schlecht davon wurde. Menschen die vorgeben, ihre Haustiere zu lieben und alles für sie zu tun, in Wirklichkeit aber in ihnen eher einen Partner- oder Kindersatz sehen. Diese Menschen sind nicht böse, sie sind egoistisch, gedankenlos oder sie meinen alles besser zu wissen und sind beratungsresistent.

Gerade von dieser Sorte gibt es besonders viele, denke ich manchmal, oder vielleicht fallen sie mir nur besonders auf. Auch Tanja hat in ihrer Tierheilpraxis manchmal mit diesen Leuten zu tun, dann ist sie oft richtig genervt über so viel Ignoranz.

Dabei sollte nach so vielen Jahrtausenden, seitdem sich der erste Wolf dem Menschen angeschlossen hat und zum Hund wurde, doch längst alles geklärt sein, zwischen den Beiden. Doch das ist nicht der Fall und das liegt, das muss ich ganz offen sagen, ganz allein am Menschen.

Wir Hunde haben uns vom Menschen zähmen lassen, haben für Futter, Unterkunft und menschliche Nähe unsere Freiheit und Unabhängigkeit aufgegeben. Wir ließen uns zu allen möglichen Aufgaben abrichten, hüten und bewachen seine Tiere anstatt sie zu fressen, ziehen oder tragen seine Lasten oder helfen ihm bei der Jagd. Und nicht zuletzt schützen wir den Menschen selbst, sein Hab und Gut, notfalls mit unserem Leben.

Wir ließen zu, dass er aus freien Wölfen abhängige Hunde machte, die er so formte, wie es ihm in den Kram passte. Es gibt riesige Wolfshunde als ein Extrem und andererseits winzige Chihuahuas.

Dazwischen gibt es alle möglichen Rassen die man sich nur vorstellen kann. Der Mensch züchtete uns dickes Fell an, das den eisigen Winterstürmen trotzt oder aber kurze, dünne Haare ohne Unterwolle, wenn wir in heißen Ländern leben mussten. Doch heute müssen Hunde mit dickem Fell wie etwa Huskys auch in heißen Ländern leben, während sich dünnfellige Winzlinge wie der Chihuahua in kühlen Ländern zu Tode frieren. Noch schlimmer wie zu dichte oder zu lichte Haare sind die körperlichen Defekte, die man den verschiedenen Rassen angezüchtet hat. Ich als englische Bulldogge bin davon ja leider auch betroffen. Mein großer, runder Kopf, die kurzen Beine, der plumpe Körper, die vielen Falten in Haut und Gesicht. Gar nicht zu reden von meinem verkrüppelten Ringelschwanz und dem vorstehenden Unterkiefer, das alles macht mich zu einem Hund, den sehr viele Menschen als einmalig und besonders oder aber als hässlich und grotesk ansehen.

Das Schlimme daran ist aber, dass ich durch diese angezüchteten Anomalien ohne menschliche Hilfe und Fürsorge nicht in der Lage bin, ein einigermaßen hundegerechtes Leben zu führen. Auf mich allein gestellt könnte ich nicht überleben. Und so wie uns Bulldoggen gibt es noch viele Rassen, die auf den Menschen angewiesen sind.

Wir lieben euch Menschen trotzdem, für uns seid ihr die Allergrößten und wir schauen bewundernd zu euch auf. Nichts ist uns wichtiger als euch zu gefallen und wir verzeihen euch jeden Fehler. Sogar die Verfehlungen, die ihr euch uns gegenüber zu Schulden kommen lasst.

Ich persönlich bin davon ja nicht betroffen, habe ich doch in Tanja und Felix die beste Familie, die sich ein Hund nur wünschen kann. Aber durch meine Erfahrungen als Tierschutzhund kenne ich auch die andere Seite der Medaille nur allzu gut. Wir haben schon Hunde gerettet, die von ihren Besitzern gequält oder ausgesetzt wurden, die eingesperrt waren ohne Futter und Wasser, ich mag gar nicht aufzählen, was für Gräueltaten ich schon mitbekommen habe. Wäre ich ein Mensch, ich hätte schon unzählige schlaflose Nächte deswegen verbracht.

Trotz aller Misshandlungen weinten viele dieser Hunde ihren schlechten Herrchen oder Frauchen nach und wären ohne Zögern wieder zu ihnen zurückgekehrt. Das ist die sprichwörtliche Treue eines Hundes.

Gar nicht reden will ich von den Zuständen, unter denen viele tausende Hunde in anderen Ländern leben müssen. Dort gelten wir nicht als Freund des Menschen, sondern als Schlachttiere, die grausamst getötet werden oder aber als Parasit, der ausgerottet werden muss. Die Umstände, unter denen Beides geschieht, darüber will ich nicht weiter nachdenken, zu schlimm ist das, was dort geschieht.

Ich starre in die Dunkelheit und versuche die Geister loszuwerden, die ich beschworen habe. Wie bin ich überhaupt darauf gekommen? Mit einem Seufzen schließe ich die Augen und versuche zu schlafen.

Am Morgen habe ich meine trübsinnige Phase überwunden. Ich erhebe mich um mich erst mal kräftig zu strecken und zu dehnen. Dann schau ich mich um, von der restlichen Familie ist nichts zu hören und nichts zu sehen, sie scheinen alle noch zu schlafen. Auch gut, dann häng ich halt noch ein Stündchen dran. Ich lege mich wieder hin und schlafe sofort wieder ein.

Eine kühle Nase stupst mich an, ich hebe ein Augenlid und starre Lara an, die vor mir steht und mit dem Schwanz wedelt. Aha, die Familie ist erwacht und versammelt sich in der Küche. Na gut, steh ich halt ebenfalls auf. Will ja das Frühstück nicht verpassen.

„Na, Robin, hast du gut geschlafen?" fragt mich Tanja und beugt sich herunter um mir über den Kopf zu streicheln. Sie ächzt dabei leise und stemmt eine Hand ins Kreuz, was mich nervös zu ihr aufblicken lässt. Geht es ihr gut?

Sie lächelt mir beruhigend zu, weil sie meine Gedanken aufgefangen hat. „Keine Sorge, es ist noch nicht so weit."

„Was, es ist so weit?" Jetzt ist es Felix, der alarmiert den Kopf in unsere Richtung wendet. Von einer Sekunde zur anderen wird sein Gesicht schneeweiß. Tanja beginnt zu lachen und schüttelt den Kopf. „Was ist nur mit euch Jungs los? Ihr seid ja beide so nervös. Nehmt euch ein Beispiel an Lara und mir, wir sind total entspannt."

Während Felix langsam wieder Farbe annimmt, wedelt Lara verbindlich mit dem Schwanz, während sie den Schinken nicht aus den Augen lässt, den Felix gerade schneidet. Mhhm, heute gibt es Rühreier mit Schinken zum Frühstück. Sofort läuft mir der Sabber im Maul zusammen.

Lara und ich bekommen jeder eine Scheibe Butterbrot mit Rührei drauf. Damit wir es besser fressen können hat Felix das Brot in kleine Häppchen geschnitten. Schmeckt richtig lecker. So etwas nenne ich einen guten Tagesstart.

Kapitel 18: Babyblues

Seit gestern ist Tanjas Mutter bei uns, allerdings kam sie allein. Horst ist nicht mitgekommen und auch Danny musste zu Hause bleiben. Was ich schade finde. Warum sind die Beiden nicht auch mitgekommen? Doch Lara weiß natürlich wieder einmal mehr als ich und klärt mich auf.

„Das Baby kann jeden Tag kommen" erklärt sie mir mit wichtiger Miene. „Und die Oma ist gekommen um Tanja zur Hand zu gehen. Weil sie doch jetzt so dick ist und sich kaum noch bewegen kann."

„Die Oma? Ääh..." Verwundert blicke ich Lara an. „Wer ist denn das?" Ich habe das Wort schon hin und wieder mal gehört, kenne aber niemand, der so heißt.

„Na, Tanjas Mutter natürlich. Sobald das Baby da ist, ist sie seine Oma. Alle Babys haben eine Oma." Lara erklärt es mir geduldig, so als wäre ich ein dummer Welpe. Was mich eigentlich ärgert aber das sage ich ihr nicht. Sonst ist sie vielleicht beleidigt und ich erfahre nichts mehr von ihr. Das will ich nicht riskieren denn ich bin furchtbar neugierig. Alles über das Baby interessiert mich brennend und leider ist Lara momentan die einzige, die mit mir darüber spricht. Wieso sie so viel mehr über die menschlichen Gepflogenheiten weiß als ich, ist mir ein Rätsel. Anscheinend funktioniert die Kommunikation mit Tanja bei ihr viel besser als bei mir. Naja, schließlich ist sie ja auch schon als Welpe zu Tanja gekommen.

Die Wehen haben schon begonnen", klärt sie mich weiter auf. „Allerdings sind sie noch sehr schwach. Aber der Arzt meint, es könne jetzt nicht mehr allzu lange dauern. Tanja hat ihre Tasche für die Klinik bereits gepackt. Und Oma ist hier um sich um Felix und uns zu kümmern, solange Tanja dort ist. Und auch danach, wenn sie und das Baby wieder daheim sind, damit die zwei sich ganz in Ruhe aneinander gewöhnen können."

177

„Klinik? Wieso muss Tanja in die Klinik? Ist sie krank geworden? Warum erzählt mir wieder niemand davon? Bin ich hier nur noch der Stiefhund?"

Vorwurfsvoll schaue ich Lara an. Doch die tut das mit einem Lachen ab.

„Oh Robin, du hast wirklich von nichts eine Ahnung."

Beleidigt stülpe ich meine Unterlippe vor und grunze. Aber Lara geht nicht darauf ein und informiert mich weiter.

„Frauen bekommen ihre Kinder meist nicht zu Hause, so wie wir Hündinnen. Sie gehen dazu in eine Geburtsklinik. Damit sie gleich ärztlich versorgt werden können, sollte das nötig werden. Obwohl Frauen meist nur ein Kind bekommen, höchstens mal zwei, läuft das bei ihnen anscheinend schwieriger ab als bei uns Hunden. So ein Baby ist ja auch recht groß im Gegensatz zu einem Welpen. Es ist also nur eine Vorsichtsmaßnahme, das mit der Klinik. Du brauchst dir deswegen keine Sorgen zu machen."

„Ich will mir aber Sorgen machen, schließlich geht es um meine Tanja. Was wäre ich für ein Hund, wenn ich mich nicht um sie sorgen würde. Und um das kleine Baby, das ich liebe, seit ich einmal meinen Kopf an Tanjas Bauch legen durfte und es nach mir trat. Ich werde dieses Wesen bis ans Ende meiner Tage beschützen."

Lara schaut mich einen Moment verdutzt an, dann meint sie beschwichtigend. „Du hast ja Recht, Robin, mir geht es ja auch nicht anders. Ich kann es bloß nicht so zeigen wie du. Aber selbstverständlich mache ich mir ebenfalls ein bisschen Sorgen. Doch es wird schon alles gut gehen. Und bald sind wir dann eine richtige Familie."

Mehr Emotion würde meine kühle Gefährtin nicht preisgeben. Aber ich kenne sie inzwischen zur Genüge um zu wissen, dass auch in ihrem Innersten ein zartes Seelchen wohnt.

„Komm, wir gehen Tanja mal besuchen", schlägt sie vor.

„Sie liegt den ganzen Tag auf der Couch, da ist ihr bestimmt langweilig."

Eine gute Idee finde ich, da kann ich mich gleich vor Ort überzeugen, ob es ihr gut geht. Gemeinsam traben wir los, doch sogleich werden wir wieder gestoppt. Von der zukünftigen Oma.

„Na, ihr Zwei, wo wollt ihr denn hin?" fragt sie und schaut uns streng an. Verdutzt bleiben wir stehen und schauen zu ihr hoch. So energisch spricht sie sonst nie mit uns.

„Ihr könnt jetzt nicht zu eurem Frauchen, die schläft gerade ein bisschen. Trollt euch in den Garten, es ist schönes Wetter."

Schönes Wetter, von wegen. Es hat geregnet und alles ist nass, es kann doch nicht Omas Ernst sein, uns hinauszuschicken. Unschlüssig blicken wir uns gegenseitig an. Eigentlich sollen wir ihr gehorchen, das hat uns Felix gesagt, bevor er das Haus verlassen hat um irgendwelche Besorgungen zu machen. Aber was sollen wir im Garten machen, dort ist es nur langweilig.

„Lass sie doch rein, Mutti, ich schlafe nicht. Aus dem Garten bringen sie nur Schmutz rein." Tanjas Stimme klingt nicht ganz so kräftig wie sonst, aber sie scheint ihre Mutter davon zu überzeugen, dass es ihr gut genug geht um uns zu empfangen.

„Na, dann geht schon rein", brummelt Oma und gibt die Tür frei. „Aber ihr bleibt auf dem Boden, hört ihr. Nicht auf die Couch springen, nicht dass ihr dem Frauchen weh tut."

Schnell schlüpfen wir an ihr vorbei, bevor sie es sich anders überlegt und bleiben artig vor der Couch stehen. Lara wedelt mit dem Schwanz und versucht Tanjas Gesicht abzuschlecken. Da ich etwas kleiner als sie bin und zudem keinen Schwanz habe, bleibt mir bloß, die Hand meiner geliebten Tanja abzulecken. Sie lacht und stützt sich etwas schwerfällig auf dem Ellbogen ab.

„Na ihr Beiden, wisst ihr nichts rechtes mit euch anzufangen? Ist aber auch doof, dass wir nicht spazieren gehen können. Aber sobald das Baby da ist und ich wieder aus der Klinik bin, wird alles wie früher. Naja, vielleicht ein klein wenig anders, denn dann haben wir ja ein Familienmitglied mehr. Aber daran gewöhnt ihr euch sicher schnell."

Sie streichelt uns abwechselnd und erzählt weiter von der nahen Zukunft. Dabei sendet sie Bilder aus ihrem Kopf an uns, die Lara und mir zeigen, wie das sein wird. Ich lege meinen Kopf schief, damit ich mich besser konzentrieren kann und beginne zu hecheln. Ich finde es total aufregend, wenn sie so mit uns kommuniziert. Lara reagiert wesentlich gelassener als ich, kein Wunder, sie ist es ja gewöhnt.

Wir bleiben bei Tanja bis Felix zurückkommt. Er schiebt einen Gegenstand vor sich her, der noch halb in Folie verpackt ist. Erst auf den zweiten Blick erkenne ich, dass es ein Kinderwagen ist. Stolz fährt er ihn bis vor die Couch und befreit ihn von der Folie, damit Tanja ihn gut sehen kann.

Sie setzt sich mit leisem Ächzen auf und gemeinsam mit Oma, die auch dazukommt, begutachten sie den Wagen.

„Ich habe gerade noch den Letzten aus der Lieferung bekommen", teilt Felix stolz mit. „Fast hätte ich deswegen mit einem anderen werdenden Vater Streit bekommen, der ihn auch unbedingt haben wollte. Da sein Kind aber erst in ein paar Wochen kommt, hat ihm die Verkäuferin versprochen, noch einen für ihn nachzubestellen. Daraufhin hat er mir den Vortritt gelassen." Lara und ich beschnüffeln ebenfalls das Ding, doch es wird uns schnell langweilig und wir trollen uns zu unseren Körben um ein Nickerchen zu machen.

Spät in der Nacht kommt Felix aufgeregt aus dem Schlafzimmer gelaufen und stolpert fast über mich, da ich mich in der Nähe der Schlafzimmertür hingelegt habe. Ich konnte nicht einschlafen, weil ich spüre, dass irgendetwas in der Luft liegt.

Erschrocken brummend springe ich auf und Felix macht einen taumelnden Schritt zur Seite. Nervös fährt er mich an:

„Verdammt, Robin, bist du von allen guten Geistern verlassen!? Verschwinde in deinen Korb."

Beleidigt trolle ich mich davon. Was ist bloß in Felix gefahren, dass er mich so anfaucht? Solch ein Benehmen bin ich von ihm nicht gewohnt. Anstatt sich zu entschuldigen, hastet er an mir vorbei in die Küche. Dort schnappt er sich das Telefon und tippt hastig eine Nummer ein. Unruhig wippt er mit einem nackten Fuß, dann spricht er hektisch, dass ich kein Wort verstehe.

Ist mir auch egal, was er sagt, denn aus der offenen Schlafzimmertür höre ich leises Rumoren und eile hin um zu gucken, wie es Tanja geht. Lara ist auch schon da und blickt beunruhigt zu Tanja auf, die sich gerade eine Jacke überzieht.

Sie sieht blass aus und ihre Züge sind verkrampft. Etwas verkrümmt steht sie vor uns und hält mit einer Hand ihren Bauch. Sie schaut uns an und sagt leise. „Ihr müsst euch keine Sorgen machen, das Baby will kommen und Felix fährt mich in die Klinik. Seid schön brav und hört, was euch die Oma sagt. Ich bin bald wieder zu Hause."

Felix kommt wieder ins Zimmer gehastet und legt fürsorglich seinen Arm um ihre Taille. Ohne uns zu beachten führt er sie hinaus. Als sie an uns vorbeigeht, rieche ich Blut und noch etwas anderes, das ich nicht kenne an Tanja.

Auf dem Boden bleiben, da wo sie gestanden hat, wässrige Flecken zurück, die den gleichen Geruch haben.

„Das ist Fruchtwasser", klärt mich Lara auf und schnüffelt an der kleinen Lache. „Wenn das Baby kommt, platzt die Fruchtblase. Das war bei mir damals ähnlich."

Ich höre nur halb hin und schaue Felix und Tanja hinterher, die gerade die Haustür rausgehen. Schon seit einigen Tagen steht unser Auto direkt vorm Hauseingang. Ich höre Autotüren schlagen und den Motor aufbrummen, dann fährt der Wagen davon. Beklommen schauen Lara und ich uns an, dann meint sie übertrieben locker.

„Wird schon alles gut gehen. Kinder kriegen ist ja schließlich nichts Besonderes."

Oma kommt die Treppe herunter, eingehüllt in einen langen Morgenmantel. Sie bleibt neben uns stehen und schaut ins leere Schlafzimmer. Dann murmelt sie mehr zu sich selbst.

„Ist es also soweit." Und nach einem Seufzer. „Hoffentlich geht alles gut."

Es ist schon fast Mittag als Felix allein zurückkommt. Er sieht müde aus, trotzdem strahlt er übers ganze Gesicht. Er nimmt die Oma in den Arm und drückt sie fest. „Es ist ein wunderschönes kleines Mädchen. Sie wiegt 2850 Gramm und ist 50 Zentimeter groß. Und sie ist kerngesund, sagen die Ärzte. Tanja geht es ebenfalls gut, sie hat das fabelhaft gemacht. Nach knapp drei Stunden war die Kleine da. Ich war die ganze Zeit bei ihr und nahm unsere Tochter in Empfang. Ein Gefühl ist das, ich kann es gar nicht beschreiben. Einfach wunderbar."
Der Oma treten Tränen in die Augen vor Glück. Sie stammelt ein paar unverständliche Worte bis sie schließlich herausbringt. „Ach ich freu mich ja so für euch, habt ihr euch schon auf einen Namen für die Kleine geeinigt?" Felix nickt. „Wir werden sie Charlotta nennen, Charlotta, Sabrina Huth, klingt doch gut, oder?" Während Oma ihm ein verspätetes Frühstück hinstellt, erzählt Felix ihr über weitere Einzelheiten der Geburt.
Ich sitze dicht neben ihm, lausche andächtig seinen Worten und versuche mir ein Bild dazu zu machen. Wie sehen kleine Babys überhaupt aus? Eigentlich habe ich noch nie eines aus der Nähe betrachten können. Obwohl mich die schreienden, gut duftenden Bündel in den Kinderwägen schon immer interessiert haben. Doch ihre Mamis haben meist Angst vor mir und gehen mir aus dem Weg. Einmal war ich ganz nahe dran und wollte gerade meinen Kopf in den Wagen stecken um besser sehen zu können. Da schrie die Mutter hysterisch auf und haute mir ihre Handtasche über den Rücken. Felix hatte damals ziemlich Mühe, die Frau zu beruhigen. Er zog mich dann an der Leine hinter sich her bis wir beim Auto waren. Ich war solch ein Benehmen von ihm nicht gewohnt und verkroch mich beleidigt auf den Rücksitz. Schließlich entschuldigte er sich bei mir und sagte, eigentlich sei es seine Schuld gewesen, da er nicht

aufgepasst hat. Ich verstand ihn nicht wirklich, denn ich wollte doch bloß das Baby beschnüffeln.

Nun ja, da ich eine liebe Bulldogge bin und er ein liebes Herrchen habe ich ihm großmütig verziehen. Danach spendierte er mir an einer Wurstbude ein großes Stück warmen Leberkäs.

Felix schaut auf mich herunter und lächelt, fast so, als würde er ebenfalls an die kleine Geschichte denken. Er reicht mir ein Stück seiner Semmel mit Leberwurst drauf und tätschelt mir den Kopf. „Bald kommt die Tanja mit der kleinen Charlotta heim, dann darfst du dein menschliches Schwesterchen ganz gründlich beschnüffeln."

„Ja, du natürlich auch", er lacht als Lara jaulend an ihm hochspringt und steckt ihr ebenfalls ein Stück Wurstsemmel ins Maul. Er schiebt seinen Teller zurück steht auf, streckt sich und gähnt verhalten. Dann schaut er zu uns herunter.

„Eigentlich bin ich ja hundemüde aber ein bisschen Bewegung an der frischen Luft würde uns allen nicht schaden. Kommst du auch mit?" fragt er die Oma. Doch die schüttelt den Kopf und sagt, sie müsse noch die Wäsche machen. Wir sollen mal schön allein spazieren gehen.

Felix zieht seine Jacke über und wir ziehen los in Richtung des Waldes. Lara und ich rennen erst ein bisschen, dann lassen wir es gemächlicher angehen und beschnüffeln ausgiebig die frischen Spuren am Wegrand. Felix trottet gedankenversunken hinter uns her, ab und zu spielt ein glückliches Lächeln um seinen Mund.

Nach einer Weile machen wir uns auf den Heimweg. Felix gähnt inzwischen oft und laut, es ist richtig ansteckend und Lara und ich gähnen aus Sympathie mit. Zu Hause angekommen verschwindet Felix gleich im Schlafzimmer.

Die Oma werkelt geschäftig in der Küche und der Duft von Hundefutter zieht in unsere Nasen. Eilig machen wir uns über die Näpfe her, schließlich macht es hungrig Bruder und Schwester eines Menschenkindes zu werden. Satt und zufrieden schlendern wir dann zu unseren Körben um ein Nickerchen zu machen.

Bevor ich die Augen schließe, will ich nochmal darüber nachdenken, wie unser Leben mit Baby wohl sein wird. Das ist jedoch so anstrengend, dass ich schon beim ersten Gedanken einschlafe.

Kapitel 19: Giftköderalarm

Schon nach wenigen Tagen kommt Tanja wieder aus der Klinik nach Hause. Felix hat sie und das Baby abgeholt, gerade kommt er mit seiner kleinen Familie zur Tür herein. Oma, Lara und ich empfangen alle drei im Flur. Oma hat uns immer wieder ermahnt brav zu sein und ja nicht Tanja anzuspringen. Das fällt besonders Lara schwer, sie zappelt ungeduldig neben mir herum und ihr hektisch hin und her wedelnder Schwanz trifft mich öfter schmerzhaft am Po.

Ich knurre ein bisschen, was sie jedoch nicht stört. Aufgeregt hechelnd trippelt sie weiter von einer Pfote auf die andere. Omas Ermahnungen überhört sie ebenfalls geflissentlich. Tanja steht strahlend vor uns, auf dem Arm hält sie ein kleines, in eine Decke gepacktes Bündel. Felix packt die vorpreschende Lara vorsichtshalber am Halsband und gibt ihr energisch den Befehl ruhig zu bleiben. Widerwillig gibt sie nach.

Die Oma hat inzwischen Tanja und das Baby mit Beschlag belegt und spricht lachend auf das Deckenbündel ein. Auch Tanja und Felix stecken die Köpfe zusammen und grinsen auf das Baby nieder. Die einzigen die absolut nichts mitbekommen sind Lara und ich. Endlich, nach einer gefühlten Ewigkeit gehen die Drei ein paar Schritte auseinander, so dass die Sicht für uns frei wird. Tanja geht sogar in die Hocke um uns die kleine Charlotta zu präsentieren. Aus dem Deckenbündel schaut ein kleines Gesichtchen hervor, das mich an die Puppe erinnert, die mir einmal ein kleines Mädchen hingehalten hat. Im Gegensatz zu dieser Puppe riecht unser Baby jedoch wunderbar. Es ist ein unbeschreiblicher Duft, der mir für immer in der Nase und somit im Gedächtnis bleiben wird. Er bewirkt, dass ich mich sofort unsterblich in dieses kleine Wesen verliebe.

Neben mir höre ich Lara schniefen und ich weiß, ihr geht es genauso.

Die ersten Tage mit Baby sind für uns alle ungewohnt und manchmal kommt Stress unter unseren Menschen auf, weil Charlotta schreit und keiner weiß warum. Dann rennen alle zum Babykorb, der im Wohnzimmer steht, und blicken hinein. Mit der Zeit wird das Gerenne weniger, da die Kleine meist hungrig ist oder die Windel voll hat. Tanja nimmt sie dann auf den Arm, setzt sich mit ihr aufs Sofa und packt eine ihrer Brüste aus. Was dann geschieht ist ähnlich wie damals bei Lara und ihren Welpen. Charlotta sucht zuerst hektisch nach der Brustwarze und trinkt dann leise schmatzend ihre Milch.

Lara und ich lernen wieder etwas dazu als wir entdeckten, dass Tanjas Busen dieselbe Funktion hat wie Laras Zitzen. Nur dass es eben nur zwei sind. Aber bei einem Kind reicht da ja aus, umso mehr, weil Tanja die Kleine immer abwechselnd an der einen und dann an der anderen Brust trinken lässt.

Manchmal zeigt auch ein Düftchen an, dass unser Baby zwar satt ist, aber die Windel voll hat. Dann sind entweder Tanja oder Oma gefragt, die Bescherung zu beseitigen. Felix hat sich noch nicht ran getraut, er sagt, er habe Angst Charlotta beim Wickeln wehzutun. Weil sie ja noch so winzig und zart ist. Tanja meint aber er müsse das auch lernen, für den Fall, dass sie mal nicht da sei.

So eine volle Windel ist für uns Hunde alles andere als eklig, Lara und ich würden zu gerne mal den Windeleimer inspizieren. Obwohl es uns verboten wurde. Eine Gelegenheit ergibt sich, als Lara und Felix mit der Kleinen zum Kinderarzt fahren. Nicht weil sie krank ist, sondern um irgendeine Untersuchung durchführen zu lassen, die bei allen Babys gemacht wird. Die frischgebackenen Eltern sind ziemlich nervös, im Gegensatz zu der Kleinen, die seelenruhig schläft. Aber ich wollte ja von den Windeln erzählen.

Oma rumort in der Küche, also ist die Gelegenheit günstig, eine volle Windel mal gründlich zu untersuchen. Wir schleichen uns zum Windeleimer, immer ein Ohr bei Oma in der Küche.

Sie hat uns strikt verboten dem Windeleimer zu nahe zu kommen. Tanja hatte zwar gemeint wir könnten den Inhalt ruhig mal beriechen, das mache doch nichts. Doch Oma war dagegen. Weil das eklig wäre, wie sie sagte.

Das Verbot wurmt vor allem Lara, sie sagt, alles was das Baby betrifft, geht auch sie was an. Besonders seine Windeln. Und deshalb stehen wir jetzt vor dem Windeleimer. Doch der ist mit einem Deckel verschlossen. Für Lara ist das kein Problem, ungeniert hebt sie mit der Schnauze den Deckel an und steckt dann ihren Kopf in den Eimer.

„Jetzt beeil dich mal", murre ich, weil sie ewig mit dem Kopf im Eimer bleibt während ich unruhig zur Küche hin schiele. Oma singt und klappert dabei mit den Töpfen. Gut, solange sie beschäftigt ist, droht von ihr keine Gefahr.

Endlich bewegt sich Lara, sie geht langsam rückwärts und zieht eine Windel mit sich. Leider klappt der Deckel vernehmlich auf den Eimer, als sie ihre Beute heraus hat. Woraufhin in der Küche sofort der Gesang aufhört.

„Was macht ihr Beiden denn da?" hören wir Omas Stimme. Sie klingt alarmiert, dann hören wir sie durch den Gang laufen. „Nichts wie weg", wispere ich Lara zu, doch die ist eh schon auf dem Weg ins obere Stockwerk, der einzige Fluchtweg, der uns bleibt. Oben bleiben wir stehen und lauschen nach unten.

Oma ist im Wohnzimmer angekommen und murmelt etwas vor sich hin, was wir nicht verstehen. Dann entfernen sich ihre Schritte wieder in Richtung Küche.

„Pfhhh", mache ich erleichtert. „Das war knapp."

Doch Lara vergräbt ihre Nase schon in die Windel.

„Dachte ich's mir doch, die Windeln sind für das Kaka und Pipi der Kleinen", klärt sie mich altklug auf.

„Was für eine Verschwendung. Das fressen wir Hündinnen einfach auf, das ist nahrhaft und alles bleibt sauber. Warum die Menschenmütter ihre Kinder in solche Papierdinger verpacken und die dann wegwerfen ist mir schleierhaft."

Ich gehe näher an die Windel ran um sie genau beriechen zu können. Naja, denke ich mir, so schlecht riecht das nicht. Wäre ich eine Hündin, würde ich es vermutlich auch auffressen. Vorsichtig strecke ich die Zunge heraus um einmal zu lecken. Da ertönt eine kreischende Stimme von der Treppe her. „Robin, Lara, pfui, aus! Ihr alten Schweine. Lasst das gefälligst sein."
Oma steht plötzlich oben an der Treppe und schaut uns mit einem Blick an, als hätten wir etwas ganz Schlimmes gemacht. Vor Schreck vergesse ich meine Zunge in den Mund zu nehmen. Lara, wie immer cool, bleibt unbeeindruckt, zumindest tut sie so. Sie schleckt sich die verräterischen Spuren von der Nase und schaut dann unschuldig zu Oma auf. „Was ist denn? Wir haben doch nichts gemacht."
Oma schimpft noch ein bisschen vor sich hin. Dann ergreift sie die zerfledderte Windel mit spitzen Fingern und trägt sie runter. Langsam laufen wir hinter ihr her und schauen zu, wie sie den Windeleimer nimmt, die Windel hineinstopft und alles nach draußen trägt.
„Der arme Danny", murmelt Lara neben mir. „Der hat es bei Oma sicher nicht leicht. Vielleicht sollten wir Tanja bitten, dass sie ihn zu uns holt."
Ich blicke sie verdattert an. Nur weil Oma mal mit uns geschimpft hat, sogar berechtigt, hat Danny doch bei ihr kein schlechtes Zuhause. Lara erwidert meinen skeptischen Blick, dann lacht sie. „Oh Robin, das war ein kleiner Scherz von mir. Du bist wirklich eine völlig humorlose Bulldogge. Aber gerade deswegen liebe ich dich."
Sie drückt mir kurz ihre feuchte Nase auf die Schnute, dann macht sie sich auf den Weg in die Küche um nachzusehen ob Oma vielleicht was in ihren Napf gelegt hat. Ich schaue ihr nach. Im Gegensatz zu Laras unbeschwerter Leichtigkeit bin ich wahrscheinlich tatsächlich mit wenig Humor gesegnet. Doch Gegensätze ziehen sich ja bekanntlich an. Gerade deshalb sind wir so ein tolles Team.

Langsam und weitgehend unbemerkt hat sich der Alltag wieder in unserem Leben breitgemacht. Die Oma ist wieder nach Hause gefahren, Tanja und Charlotta, die jetzt nur noch Lotta heißt, kommen nun sehr gut allein zurecht. Die Kleine gedeiht prächtig und wird von Lara nicht aus den Augen gelassen. Meine Gefährtin ist ganz vernarrt in Lotta und hat kaum noch Zeit für mich. Da ist es nur gut, dass auch Felix und ich unseren Papa-Urlaub beendet haben und wieder gemeinsam zur Arbeit gehen.

Und sofort wartet ein neuer Fall auf uns, der die Gemüter unserer Kollegen schon mächtig in Wallung gebracht hat. Es geht um einen gemeinen Tierhasser, der in unserem schönen Städtchen Giftköder für Hunde auslegt. Es hat schon fünf Hunde getroffen, von denen nur zwei den Anschlag überlebt haben.

Die Köder wurden in Grünanlagen ausgelegt, die oft von Spaziergängern mit ihren Hunden frequentiert werden. Auch das kleine Wäldchen, in dem Felix und ich öfter laufen, gehört dazu.

Bei der Einsatzbesprechung geht es heute sehr ernst zu. Die Chefin persönlich spricht eindringlich zu uns. Vor sich auf dem Tisch hat sie komische Dinger liegen, die mir irgendwie bekannt vorkommen, es fällt mir aber nicht ein was das sein könnte. Ihre nächsten Worte machen es jedoch schnell klar.

„Ich bitte euch eindringlich, eure Hunde während des Einsatzes mit einem Maulkorb zu sichern", erklärt sie und schaut von einem zum anderen. „Ich möchte keines der Tiere verlieren, nur weil jemand meint, sein Hund würde nichts fressen was er auf dem Boden findet. Die Giftköder sind besonders schmackhaft verpackt, da kann der eine oder andere Hund vielleicht doch nicht widerstehen. Also kommt alle nach vorn und sucht einen Maulkorb aus, der eurem Hund passt und ihn nicht einengt. Ich habe besonders tragefreundliche Modelle bestellt, damit die Tiere möglichst viel Freiheit aber auch Schutz haben."

Ein Maulkorb? Ich soll einen Maulkorb tragen? Das kann doch nicht ernst gemeint sein. Wie sehe ich denn damit aus? Als wenn ich ein bissiger Kampfhund wäre.

Mein Protest verhallt ungehört, ich muss mit Felix nach vorn gehen und bekomme einen Maulkorb verpasst. Während er mir das Ding überzustreifen versucht, will mich Felix mit tröstenden Worten beruhigen. Doch ich bin sauer und drücke meine Nase auf den Boden.

„Das ist doch nicht um dich zu ärgern, Robin. Und ich weiß auch, dass du so einen Maulkorb eigentlich nicht brauchst. Trotzdem ist es nur zu deinem Besten, wenn du gar nicht erst in Versuchung gerätst einen Giftköder zu fressen. Das Zeug ist so gefährlich, da würde es schon reichen, wenn du nur daran leckst. Aber wir wollen dich auf keinen Fall verlieren, Tanja, Lara und ich. Wer sollte denn Lotta beschützen, wenn es dich nicht mehr gäbe, hmmm?"

Ja, wenn das so ist. Langsam hebe ich den Kopf ein Stück. An meine Verantwortung meiner Familie gegenüber habe ich gar nicht gedacht. Die brauchen mich doch alle, besonders die kleine Lotta. Ich bin ihr vierbeiniger Bruder, ihr Beschützer.

Also gut, Felix, du hast mich überzeugt. Aber dafür habe ich mir ein extragroßes Stück Fleischwurst verdient. Gleich nach Feierabend, und nicht vergessen!

Heroisch hebe ich den Kopf ganz und lasse mir den Maulkorb überziehen. Ich seufze ein bisschen theatralisch als Felix den Gurt in meinem Nacken einstellt.

Probehalber schüttele ich den Kopf und reiße das Maul auf um zu testen, wie eng der Maulkorb sitzt. Naja, ist ja gar nicht so schlimm das Ding, merkt man fast nicht. Der Korb ist aus Draht und so weit, dass er weder mit der Nase noch mit dem Unterkiefer in Berührung kommt. Dort wo er am Nasenrücken aufsitzt ist er mit weichem Schaumstoff gepolstert. Was aber das wichtigste ist, die Leckerchen, die Felix mir reicht, passen problemlos durch die Drahtstäbe.

Ich kaue sie schnell hinunter, in der Hoffnung auf mehr, aber leider ist schon wieder Schluss. Missmutig setze ich mich auf meinen Hintern und gucke in die Runde. Alle meine Kumpels sind ebenfalls mit Maulkörben ausgestattet. Die Anderen auch so zu sehen beruhigt mich, ich gehe zu ihnen hin und wir versichern uns gegenseitig, wie unnötig die Körbe auf unseren Nasen doch sind und wie ulkig jeder damit aussieht. Ein paar Minuten später beginnt unser Einsatz und wir traben gemeinsam mit unseren Menschen zum Bus, der uns zum Stadtpark bringt. Die Giftköder, die dort aufgetaucht sind, waren alle gut in den Büschen versteckt. Deshalb sollen wir Hunde jetzt alles absuchen und unsere Menschen darauf hinweisen. Die sind mit Plastikhandschuhen und Beuteln ausgestattet, um die gefundenen Köder einzusammeln.

Wir bekommen Wege zugeteilt und laufen los. Um zu wissen nach was wir suchen sollen, haben wir Hunde Proben der Giftköder hingehalten bekommen, natürlich nicht so nah, dass sie uns gefährlich werden könnten. Das Gift ist in Hackfleischbällchen versteckt, eine ziemlich sichere Methode, denn welcher normale Hund verschmäht schon Hackfleischbällchen. Auch wenn es die billigen vom Discounter sind, wie Felix mir erklärt.

Gemächlich schlendert Felix den Weg entlang, während ich an der langen Leine an den Büschen entlanglaufe und sorgfältig schnüffele. Für diese Arbeit bin ich wie geschaffen, denn meine Nase schlägt sofort an, wenn auch nur der geringste Duft nach was Essbarem an sie dringt.

Ich zeige Felix alles an, was ich finde. Auch den halben Keks, der einem Kind runtergefallen ist oder die trockene Semmel, um die sich ein paar Tauben streiten. Er begutachtet alles, gibt mir ein Leckerchen als Belohnung und dann den Tauben ihr Frühstück zurück.

Mir soll's Recht sein, er muss wissen, was er tut. Ich schnüffele weiter und finde schließlich tatsächlich Hackfleischbällchen.

Mir läuft das Wasser im Maul zusammen und bin in dem Moment froh, den Maulkorb zu tragen. Ich weiß nicht ob sonst meine Selbstbeherrschung ausgereicht hätte, die leckeren Bällchen nicht sofort zu verschlucken. Aber so bleibt mir nichts anderes übrig mich hinzusetzen und zu bellen, so wie ich es gelernt habe.

Felix lobt mich überschwänglich und belohnt mich mit gleich zwei Leckerlis. Dann klaubt er vorsichtig mit behandschuhten Fingern die Giftköder auf und steckt sie in ein Tütchen. Er schreibt etwas darauf und verstaut es im Beutel. Dann geht die Suche weiter.

Am Ende unserer Tour haben wir jede Menge Giftköder gefunden, dreizehn sagt Felix, aber ich weiß nicht wirklich wie viele das sind. Ist mir auch egal, ich habe meine Arbeit erledigt und damit vermutlich einigen harmlosen Hunden das Leben oder zumindest die Gesundheit gerettet.

Auch meine Kumpels waren fündig geworden. Nachdem wir wieder im Büro angelangt sind, zählen unsere Menschen die gefundenen Giftköder und jemand sagt, es wären vierundfünfzig. Das klingt zumindest nach einer ganzen Menge und unsere Chefin und die zwei Männer von der Polizei bestätigen das.

Morgen soll die Suche dann im Stadtwald weitergehen, erklären die Polizisten noch, bevor sie das Paket mit den Ködern mitnehmen. Sie sollen zur Untersuchung ins Polizeilabor gebracht werden.

Nachdem sie gegangen sind lobt unsere Chefin nochmals unseren Einsatz, besonders den von uns Hunden. Zur Belohnung spendiert sie uns eine große Schüssel voller Rinderhack. Unsere Menschen teilen es auf und servieren es uns in Näpfen. In jeden Napf kommt noch ein Eidotter, den die Hühner die hier leben uns gesponsert haben. Sagt wenigstens Felix und lacht dabei. Leider reicht mein Bulldoggen-Humor wieder mal nicht aus, den Witz zu verstehen. Ist mir auch nicht so wichtig, denn jetzt muss ich erst mal fressen.

Auch zu Hause sind die ausgelegten Giftköder das Thema. Tanja ist ebenfalls sehr besorgt deswegen, sie geht mit Lotta fast jeden Tag im Stadtwald spazieren und natürlich ist Lara immer dabei. Meist läuft sie nicht angeleint mit, da sie auf Tanja sehr gut hört. Aber wie alle Boxer ist sie einem kleinen Zwischenimbiss nicht abgeneigt und nicht wählerisch. Hackfleischbällchen verschmäht sie ganz gewiss nicht.

Während Tanja und Felix beraten was für Laras Sicherheit und Gesundheit am besten ist, kläre diesmal ich meine Gefährtin auf. Was ja nicht oft vorkommt, deshalb hole ich auch etwas weiter aus. Sie hört mir ungewohnt ernst zu, ohne mir vorzuwerfen, dass ich mich bloß wichtigmachen wolle. Dann knurrt sie leise und sagt etwas unsicher.

„Bei Hackfleischbällchen ist es wirklich schwer nicht schwach zu werden. Zudem findet man die sehr leicht, weil sie so intensiv duften. Aber deswegen freiwillig einen Maulkorb tragen? Ich weiß nicht…"

„Ist gar nicht so schlimm", versichere ich ihr. „Den ich heute trug merkte man fast nicht. Aber ich kam auch nicht an die Köder heran, sonst hätte ich mich vielleicht vergessen, sie rochen wirklich sehr lecker. Aber wegen eines leckeren Happens schwerkrank zu werden oder gar zu sterben… Drei Hunde sind gestorben und zwei liegen noch in der Tierklinik. Das ist es nicht wert, oder?"

„Nein, natürlich nicht", pflichtet sie mir bei, dann zieht sie verärgert die Brauen hoch und fragt: „Wer tut so etwas und warum? Ist das überhaupt erlaubt?"

„Nein, natürlich nicht", gebe ich wichtig zur Antwort. Endlich weiß ich mal was, mit dem ich meine altkluge Gefährtin beeindrucken kann. „Die Polizei war ja schon da und hat die ganzen Köder mitgenommen. Es werden auch Infotafeln im Park und Stadtwald aufgestellt, dass die Menschen ihre Hunde nicht frei laufen lassen sollen. Und die Polizei geht dort Streife. Sie hoffen, dass sie den Kerl auf frischer Tat ertappen. Oder wenigstens, dass er aus Angst, geschnappt zu werden, keine Giftköder mehr auslegt."

„Also mir wär lieber, sie würden ihn schnappen. Dann könnten wir sicher sein, kein Gift zu fressen wenn wir was finden. Obwohl Tanja jedes Mal mit mir schimpft wenn ich etwas fresse, das ich gefunden habe."

„Mir geht es mit Felix nicht anders", stimme ich mürrisch zu. „Obwohl mir das schon zu denken gibt mit diesem Gift. Die Behandlung in der Tierklinik soll sehr schmerzhaft sein. Hat mir zumindest ein Kumpel aus dem Verein erzählt. Er hat vor langer Zeit Gift gefressen und es fast nicht überlebt. Er sagte, plötzlich habe er zu bluten angefangen, aus dem Maul und auch aus dem Po. Seine Menschen haben ihn sofort in die Tierklinik gebracht, wo er viele Spritzen und Infusionen bekommen hat. Erst nach einer Woche durfte er wieder heim aber er fühlte sich noch lange sehr schwach."

Lara schüttelt sich und zieht die Lefzen hoch.

„Schrecklich. Wenn ich eine Woche in der Tierklinik bleiben müsste, würde ich sterben."

„Aber er ist doch reingekommen, damit er nicht stirbt."

Manchmal gelingt es mir einfach nicht, Laras Gedanken zu folgen. Zum Diskutieren und gar zu Belehrungen hab ich allerdings keine Lust, deshalb übersehe ich geflissentlich ihr spöttisches Grinsen. Ich beschließe, die Unterhaltung zu beenden, fühle mich eh etwas müde.

Ich strecke mich und gähne laut. „Ich geh heute früh schlafen", erzähle ich ihr und gähne nochmals ausgiebig, damit sie mir glaubt. „Die Sucherei nach den Giftködern ist ganz schön ermüdend. Ich leg mich in meinen Korb, damit ich morgen wieder fit bin."

Sie hält mich nicht auf, als ich an ihr vorbei gehe. Doch als ich an der Tür bin hör ich sie hinter mir sagen: „Ich finde toll was du machst, Robin. Du setzt dich selbstlos für alle Tiere ein. Ohne dich ginge es vielen Tieren schlecht. Schlaf gut, Robin."

Ich dreh mich nochmal zu ihr um und schaue sie forschend an. Aber sie erwidert meinen Blick ganz ernst. Dann steht sie auf und verschwindet im Wohnzimmer. Ich setz meinen Weg fort und lasse mich mit leisem Ächzen in mein bequemes Körbchen fallen.

„Ich glaub, ich werde langsam alt", murmele ich im Selbstgespräch. Tatsächlich tun mir in letzter Zeit nach einem anstrengenden Tag schon mal die Knochen weh. Eine Bulldogge ist schließlich nicht dafür gemacht, stundenlang durch die Gegend zu laufen und Giftköder zu suchen.

Trotzdem werde ich morgen wieder bereit sein. Es geht um meinen Stadtwald, in dem ich nach Feierabend zur Entspannung gern mit Felix noch eine Runde laufe. In dem meine geliebte Lara fast jeden Tag mit Tanja und der kleinen Lotta spazieren geht. Und in dem viele Hundekumpels ebenfalls Spaß haben wollen. Schlimm genug, dass der Park für uns Hunde nicht mehr sicher ist. Aber meinen Stadtwald zu vergiften, das nehme ich persönlich.

Ich beschließe morgen nicht nur nach Giftködern zu suchen, sondern auch nach Spuren, die der heimtückische Hundemörder doch sicher hinterlassen muss. Und wenn ich ihn finde, dann soll er merken was es heißt, sich mit einer Bulldogge anzulegen. Mit einem entschlossenen Seufzer bette ich mein müdes Haupt auf die weichen Kissen und schließe die Augen.

Kapitel 20: Ich gegen den Hundehasser

Wir sind schon seit zwei Stunden unterwegs und ich habe bereits vier Giftköder erschnüffelt und Felix angezeigt. Alle lagen sie unter Büschen versteckt, ausgerechnet auf einem meiner Lieblingswege. Felix ist ungewöhnlich schweigsam, normalerweise spricht er bei unseren Einsätzen immer ein paar Worte mit mir. Er weiß, dass ich es mag wenn er mich motiviert, auch wenn es eigentlich nicht unbedingt nötig ist.

Heute spricht er kaum, aber seine Gedanken sind so intensiv, dass ich sie hören und verstehen kann. Ohne es selbst mitzubekommen spricht er telepathisch zu mir. Er macht sich Gedanken darüber, dass ausgerechnet auf unserem Lieblingsweg Köder ausgelegt sind. So, als wären sie speziell für mich da hingelegt worden. Denn dieser Pfad wird nicht von vielen Menschen benutzt, da ihn kaum jemand kennt. Er führt tief in den Wald zu einer geschützten Futterstelle für Rotwild. Hunde sind hier eigentlich nicht erwünscht, ausgenommen ich. Denn Felix hat vom Revierförster persönlich erlaubt bekommen, dass er hier mit mir gehen darf. Weil ich nachweislich nicht jage und kein Wild erschrecke.

Wir kommen nur langsam voran, weil ich gleichzeitig auf beiden Seiten des Pfades suche. Er ist so schmal, dass ich gerade so durchpasse. Ich wittere eine Spur, vor nicht allzu langer Zeit ist hier jemand gelaufen. Jemand, der mir schon einmal begegnet ist, den ich aber nicht wirklich kenne. Noch kann ich den Geruch nicht zuordnen, doch das kommt sicher noch, spätestens wenn ich darüber nachdenke.

Gerne hätte ich mich mit Felix darüber ausgetauscht, doch der ist noch immer in seine Grübelei versunken. Eigentlich sind unsere Gedanken die gleichen, der Hundevergifter ist jemand, den wir kennen oder dem wir zumindest schon einmal begegnet sind. Und zwar hier, in diesem Wald, da bin ich mir sicher.

In meiner Aufregung wäre ich fast am nächsten Köder vorbeigelaufen aber der intensive Geruch lässt mich innehalten. Neben einem Baumstamm, halb unter Laub verborgen, liegt ein Fleischbällchen. Mit einem „Wuff" mache ich Felix darauf aufmerksam und setze mich auf meinen Hintern. Felix lobt mich und gibt mir ein Stück Wurst bevor er den Köder aufliest und in einem Tütchen verschwinden lässt, das er dann in seine Tasche steckt. Wir gehen den Pfad weiter, ich immer mit der Nase auf dem Boden. Deshalb entgeht mir nicht, dass die Spur des Giftlegers plötzlich vom Weg abweicht und in den Wald hineinführt. Ich laufe hinterher, was bei Felix leichte Verwirrung auslöst, denn der Pfad führt in die andere Richtung weiter.

„Was ist los, Robin?", fragt er mich. „Der Weg führt hier entlang."

Ich bleibe kurz stehen und schaue ihn über die Schulter an. Dann brummele ich halblaut und laufe weiter der Spur nach. Zum Glück versteht er schnell und lacht kurz auf. „Du hast die Spur des Kerls gefunden, eh? Bist halt doch ein Teufelskerl. Also dann los, verfolgen wir ihn. Wenn wir Glück haben, führt er uns direkt zu seiner Wohnung."

Ich grunze zustimmend und laufe weiter der Spur hinterher. Sie endet an einem Bächlein, das sich durch den Wald schlängelt. Unschlüssig bleibe ich stehen und schaue mich zu Felix um. Was jetzt?

Auch Felix starrt auf den Bach, dann geht er in die Hocke und schaut ins Wasser. Das Bächlein ist weder tief noch besonders breit, das Wasser rinnt zwischen moosbewachsenen Steinen durch. Einer dieser Steine interessiert Felix besonders, er deutet darauf und erklärt mir, dass hier jemand draufgetreten ist. Denn das Moos auf dem Stein sei teilweise zerdrückt.

„Der Kerl hat hier den Bach überquert und wird dann vermutlich zur Straße gelaufen sein. Die befindet sich gleich da vorn." Gemeinsam hüpfen wir über den Bach und ich nehme schnell die Witterung wieder auf. Sie führt uns tatsächlich zur Straße.

Wir laufen noch einige Meter am Fahrbahnrand entlang, dann endet die Spur plötzlich. Ratlos schaue ich zu Felix hoch. Was machen wir nun?

Felix scheint mehr zu wissen als ich, denn er nickt bedächtig während seine Augen den Boden absuchen. Ich versuche ebenfalls, was zu entdecken, sehe aber nur sandigen Boden und Steine.

„Er hatte hier sein Auto geparkt", erklärt Felix und deutet auf eine Reifenspur. „Verdammt, er ist uns entwischt."

Enttäuscht schüttelt er den Kopf und kickt einen Stein weg. Ich gucke dem Stein hinterher, der mit einem leisen Scheppern im Straßengraben landet. Neugierig, was den hellen Ton verursacht hat, laufe ich in die Richtung.

Da liegt eine zerknüllte Plastiktüte und ich berieche sie eingehend. Hoppla, die riecht ja ebenfalls nach diesem Kerl. Ich drehe den Kopf zu Felix um und mache kurz „Wuff!" Er versteht sofort und kommt heran um sich meinen Fund näher zu betrachten.

„Robin, du bist ein Ass, an dir ist ein Polizeihund verlorengegangen" Eilig zupft er seine Handschuhe aus der Tasche und zieht sie sich über. Dann nimmt er mit spitzen Fingern den Plastikbeutel und hebt ihn hoch um hineinzuschauen. Ein langgezogener Pfiff sagt mir, dass etwas Interessantes in der Tüte sein muss.

Ich trippele aufgeregt weil ich auch reinschauen will, schließlich hab ich sie ja gefunden. Doch Felix schüttelt ernst den Kopf.

„Ist nichts für dich, Robin. Da ist eine Dose mit Rattengift drin und eine leere Plastikschale, in der Fleischbällchen waren. Das war ein Fehler von dem Kerl, die Tüte einfach ins Gebüsch zu werfen. Naja, vermutlich hat er nicht damit gerechnet, dass wir seine Spur verfolgen. Jetzt haben wir etwas gegen ihn in der Hand. Ganz sicher sind seine Fingerabdrücke auf den Sachen zu finden."

Er steckt die Tüte in seine Tasche, in der die Giftköder sind und klopft drauf. „Wir bringen das jetzt gleich zur Polizei, die können damit hoffentlich was anfangen."

Es ist ein ganzes Stück Weg, dass wir auf der Landstraße zurücklaufen müssen um wieder zu unserem Auto zu kommen. Mir tun bald die Füße weh, weil es keinen richtigen Gehweg gibt, nur einen schmalen steinigen Streifen. Zudem hat Felix mich an die Leine genommen, er sagt, das ist sicherer wegen der Autos, die ziemlich dicht an uns vorbeifahren.

Ich versuche mit ihm Schritt zu halten, muss aber immer mehr hecheln. Er merkt es und hält an, schaut mich besorgt an.

„Was ist, Robin? Kannst du nicht mehr? War alles ein bisschen viel für dich in letzter Zeit. Ich glaube, ich muss dich etwas mehr schonen."

„Was? Schonen? Mich? Ich bin doch noch kein alter Hund. Nur weil mir mal die Füße wehtun. Ich schnaube entrüstet und trabe schneller, zumindest für einige Schritte. Dann werde ich wieder langsamer, verdammt, was tun mir die Füße weh.

Zum Glück sind wir fast am Auto angelangt, ich kann es schon sehen. Nur noch über den Schotter, mit dem der Parkplatz belegt ist. Auch das noch, die kantigen Steine stechen schmerzhaft in meine wunden Ballen. Ich jaule leise auf und bleibe stehen.

Felix bückt sich, hebt mich kurzerhand hoch und trägt mich die letzten Meter bis zum Auto. Dann setzt er mich vorsichtig auf dem Rücksitz ab. Sanft hebt er nacheinander meine Füße an um sie zu betrachten. Ich schaue ebenfalls darauf und sehe und rieche Blut. Mein Blut.

„Du hast dir die Pfoten wundgelaufen", höre ich Felix bedauernd sagen. „Die Aktion war wohl zu anstrengend für dich, das tut mir leid. Was machen wir denn jetzt? Soll ich dich gleich zum Tierarzt bringen? Oder soll Tanja erst mal draufschauen? Sie hat ja auch ganz gute Sachen in ihrer Praxis. Fahren wir erst einmal heim, ja?"

Ich brumme zustimmend. Tanja macht meine Füße sicher schnell wieder heil. Außerdem bekomme ich bei ihr bestimmt eine Extraportion Mitleid. Genau das, was ich jetzt brauche.

Zu Hause angekommen trägt mich Felix fürsorglich bis in Tanjas Praxis und setzt mich auf ihrem Behandlungstisch ab. Nachdem er sie kurz informiert hat, bekommt sie von ihm einen Kuss und ich einen freundlichen Klaps auf den Po. Dann verschwindet er wieder, da er die Giftköder und die Plastiktüte noch zur Polizei bringen will.

Ich lasse mich aufatmend zur Seite kippen und genieße Tanjas beruhigende Stimme und ihre sanften Berührungen. Allein dafür hat es sich rentiert, meine Füße wundzulaufen.

Sie spült meine Pfoten mit lauwarmem, duftendem Wasser und trocknet sie danach sorgfältig ab. Dann schmiert sie eine dicke Salbe auf die wunden Ballen, danach werden meine Füße zwischen den Zehen mit Watte ausgepolstert und mit weichen Binden umwickelt. Zum Schluss zieht sie mir noch bunte Kindersöckchen über und gibt mir ein paar Globuli ins Maul, dann bin ich fertig verarztet.

„So, Robin", sagt sie, während sie den Behandlungstisch herunterfahren lässt. „Die Verbände und Söckchen lässt du bis morgen an den Füßen, dann müsste es schon viel besser sein. Für die nächste Zeit bekommst du von mir Schonung verordnet. Da muss Felix halt mal für ein paar Tage auf deine Mitarbeit verzichten. Aber spätestens nächste Woche kannst du wieder mit ihm zur Arbeit gehen."

Vorsichtig tapse ich vom Tisch und setze etwas unbeholfen einen Fuß vor den anderen. Durch die dicken Verbände spüre ich zwar kaum Schmerzen, watschele damit aber wie eine Ente. So kommt es mir wenigstens vor. Bis zu meinem Korb im Wohnzimmer schaffe ich es aber und lasse mich zufrieden grunzend hineinfallen.

Lara kommt neugierig an und beschnüffelt eingehend die Verbände. Ich erwarte eigentlich einen spöttischen Kommentar von ihr, doch sie schleckt mir stattdessen mitfühlend über die Nase. Dann legt sie sich wie selbstverständlich zu mir und kuschelt sich an mich.

„Robin Huth, du bist mein Held", sagt sie und klingt ganz ernst. Ich schaue sie verwundert an, aber ihre Worte gehen mir runter wie Öl. Wäre ich nicht so müde, ich könnte ihr noch eine Weile zuhören. So spüre ich nur noch ihre feuchte Nase an meiner, dann fallen mir die Augen zu und ich schlafe ein.

Ein paar Tage bleibe ich zu Hause. Meine Füße schmerzen zwar kaum noch, doch Tanja besteht darauf, dass ich noch nicht laufen darf. Nur hin und wieder darf ich für ein paar Minuten in den Garten um meine dringlichsten Angelegenheiten zu erledigen. Laras Mitleid hält sich inzwischen wieder in Grenzen und sie schaut mir mit spöttischem Grinsen nach, wenn ich auf meinen bunten Söckchen durch den Garten tapse. Ich mache mir nichts daraus, ich weiß ja inzwischen, dass es ihre Art ist mir ihre Zuneigung zu zeigen.

Es ist kalt geworden und die Luft riecht nach dem ersten Schnee. Ich vermute es ist nicht mehr sehr lange hin bis zu dem Fest, das die Menschen Weihnachten nennen. Unser erstes Weihnachten als Familie. Bisher war ich mit Felix an diesen Tagen immer zu seiner Mutter gefahren, wo wir beide verwöhnt wurden. Dieses Jahr, das hat mir Lara verraten, kommen alle zu uns, Oma Huth, Oma und Opa Sommer und Danny. Dann wird unser Häuschen ganz schön voll sein. Aber es wird ganz bestimmt auch wunderschön werden und ich freu mich schon drauf. Bis es soweit ist habe ich jedoch noch ein großes Ziel. Ich will diesen Kerl ausfindig machen, der es mit seinen Giftködern darauf anlegt, dass einige Hunde unseres schönen Städtchens Weihnachten nicht mehr mit ihren Familien feiern können. Seit unserer groß angelegten Suchaktion nach den Ködern und der stadtweiten Warnung an alle Hundebesitzer hat es der Tiermörder aufgegeben Gift auszulegen.

Vorerst zumindest, denn die Polizei will noch keine Entwarnung geben. Die Beamten vermuten, dass er zu seiner eigenen Sicherheit erst einmal abwarten will, bis sich die allgemeine Aufregung gelegt hat. Doch dann, so ist die Befürchtung, könnte er jederzeit wieder loslegen.

Außer den bedauernswerten Hunden wurden inzwischen auch noch vier Katzen und zwei Füchse gefunden, die von den Ködern gefressen haben und daran gestorben sind. Die Untersuchung ihres Mageninhaltes hat das zweifelsfrei ergeben.

Ich mache mir insgeheim große Vorwürfe, weil ich den feigen Giftleger nicht erwischt habe. Seine Spur war nicht alt, mit ein wenig mehr Glück hätte ich ihn einholen können. Schließlich erzähle ich Lara davon, die mich wegen meines ständigen Grübelns anspricht.

„Das ist doch nicht deine Schuld", setzt sie mir energisch den Kopf zurecht. „Der Kerl war einfach zu weit voraus vor dir und Felix. Vermutlich hat er nicht einmal geahnt, dass ihr ihm so dicht auf den Fersen seid. Du hast dein Bestes gegeben, mehr konntest du nicht tun. Ich sag's ja immer, du nimmst alles viel zu persönlich."

„Du hast leicht reden", brummele ich unzufrieden. Obwohl es mich freut, dass sie diesmal nicht meiner Meinung ist.

„Da ist ja auch noch diese andere Sache."

Sie hebt die Ohren an und mustert mich intensiver.

„Welche andere Sache meinst du?"

Ich druckse herum, doch schließlich gestehe ich: „Also ähhh, nun ja. Ich bin mir sicher, dass ich den Geruch dieses Kerls kenne. Er ist mir schon begegnet, sogar schon öfter. Aber ich komme einfach nicht darauf, wer er ist. Ich zermartere mir schon seit Tagen das Gehirn, doch es will mir einfach nicht einfallen."

„Hmmm, das ist natürlich doof. Denn wenn du es wüsstest könnten wir es Tanja sagen. Die würde es Felix und der der Polizei erzählen. Die könnten den Kerl verhaften."

„Ja, das wär gut. Aber leider ist es mir noch nicht eingefallen. Zudem, meinst du die Polizisten würden Felix glauben wenn er ihnen sagt, sein Hund hat ihm erzählt wer der Tiermörder ist? Die würden ihn für verrückt halten."

Da kann auch Lara nicht dagegenhalten. Seufzend kratzt sie sich selbstvergessen hinterm Ohr. Das wirkt ansteckend auf mich, plötzlich juckt mich der Rücken genau an der Stelle, an der mich damals die Kugel getroffen hat. Ich hebe die Pfote um mich zu kratzen, da schießt mir die Erinnerung wie ein Blitz durch den Kopf.

Meine Pfote verharrt in der Luft als ich ausrufe: „Ich hab's, jetzt fällt es mir wieder ein."

Lara guckt mich erschrocken an: „Was…?"

„Na, woher ich den Geruch dieses Kerls kenne. Es ist der Jäger, der auf mich geschossen hat. Ganz sicher, jetzt weiß ich's wieder." Aufgeregt trippele ich auf meinen Söckchen umher. „Das muss ich sofort Felix erzählen."

„Felix ist arbeiten", klärt mich Lara altklug auf. „Und Tanja ist mit Lotta in die Stadt gefahren um Weihnachtsgeschenke zu besorgen. Wir werden warten müssen, bis sie zurückkommt."

Warten ist für Bulldoggen normalerweise nichts Schlimmes, vorausgesetzt, man hat ein gemütliches Körbchen unter sich in dem man die Zeit verschlafen kann. Aber mir ist jetzt nicht nach Schlafen zumute. In mir kribbelt alles, ich würde den Hundehasser am liebsten sofort stellen.

Endlich höre ich ein Auto vorm Haus vorfahren. Das muss Tanja sein, sie parkt immer nahe der Haustür, damit sie die kleine Lotta nicht weit tragen muss. Als sich der Schlüssel im Schloss dreht stehe ich schon hinter der Tür parat. Vor Aufregung schnaufe ich laut.

Auch Lara ist zur Tür gekommen, wahrscheinlich will sie die Neuigkeit zuerst erzählen. Ist mir ausnahmsweise egal, wichtig ist nur, dass Felix schnell Bescheid bekommt. Lara legt auch gleich los, doch Tanja muss erst Lotta in ihr Bettchen bringen.

„Was ist denn mit euch Beiden los? Ihr seid ja ganz aufgeregt. Ist etwas geschehen?" Wir traben hinter Tanja her ins Kinderzimmer, wo sie die Kleine aus ihrer Winterjacke pellt und dann ins Bettchen legt. Sie zieht ihr noch die Spieluhr auf und zieht ihre eigene Jacke aus. Lara und ich verfolgen sie erneut hinaus in die Diele, wo Tanja die Jacke auf einen Bügel hängt, ihre Stiefel auszieht und sie gegen warme Hauspuschen tauscht.

„So, jetzt habe ich Zeit für euch." Tanja setzt sich auf die Couch und schaut uns neugierig an. „Wenn ihr so aufgeregt seid, muss ja was Spannendes passiert sein. Habt ihr etwas angestellt?" Sie schickt einen prüfenden Blick durchs Zimmer, findet aber natürlich nichts. Wir sind doch keine jungen Hunde mehr, die Dummheiten machen sobald wir allein sind.

Lara schaut ihr fest in die Augen und beginnt telepathisch zu berichten. Obwohl die zwei ein lange eingespieltes Team sind dauert es eine ganze Weile bis Tanja verstanden hat um was es geht. Tierkommunikation ist zwar eine feine Sache, eilig haben sollte man es dabei jedoch nicht. Tanja schaut öfter mal zu mir her und ich versuche ebenfalls ihr zu erklären. Schließlich, nach einer gefühlten Ewigkeit nickt sie uns zu und wiederholt, was sie verstanden hat.

„Robin hat den Mann erkannt, der die Tiere vergiftet hat", wiederholt sie langsam.

„Es ist der Jäger. Hmm, welcher Jäger?" Stirnrunzelnd schaut sie mich an.

„Wald, Dornen, Rücken", will ich ihr sagen und krümme so gut es geht meinen Rücken zu einem Buckel. Endlich scheint sie mich zu verstehen. „Ach, der Jäger. Der auf dich geschossen hat! Neumann oder so ähnlich heißt er."

„Jawohl, genau der." Vor Freude, dass sie mich verstanden hat, beginne ich zu hecheln.

„Na, das müssen wir sofort Felix erzählen, vielleicht kann er ja der Polizei einen Tipp geben." Sie schaut zur Wand auf die Uhr.

„Oh, er dürfte bereits auf dem Nachhauseweg sein. Da müssen wir noch etwas warten."

Schon wieder warten, ist ja schlimm heute. Doch was bleibt mir anderes übrig. Immerhin verspricht Tanja, uns die Wartezeit mit einem Leckerli zu versüßen. Aus ihrer Einkaufstasche zieht sie eine große Tüte hervor und reißt sie auf. Mhhhm, lecker, getrockneter Rinderpansen. Mein Lieblingsleckerli. Lara und ich bekommen je zwei große Streifen ins Maul, dann schickt uns Tanja damit in die Küche. „Weil die Dinger fürchterlich stinken", erklärt sie noch und macht die Tür hinter uns zu.

„Was die Menschen unter Stinken verstehen", nuschele ich mit vollem Maul und mach es mir unter dem Tisch bequem. „Ich finde auch, sie duften sehr lecker", pflichtet mir Lara bei und hält ein Pansenstück zwischen den Pfoten. Sie leckt es ab und riecht dann nochmals daran, bevor sie zu nagen beginnt. Dann hört man für längere Zeit nur noch unsere Kaugeräusche. Ich schiele ab und zu ihr hin, ob sie vielleicht ihre Portion nicht packt. Leider ist sie noch schneller fertig als ich und schaut ihrerseits, ob sie bei mir was stehlen kann. Aber ich verteidige meinen Pansen notfalls wie ein Löwe, selbst gegen meine Gefährtin. Nachdem ich auch noch das letzte Krümelchen vom Boden aufgeleckt habe, geh ich zum Wassernapf um kräftig nachzuspülen. Dann rülpse ich vernehmlich. So, das wäre geschafft, jetzt könnte Felix langsam kommen.

Ich muss mich noch ein wenig gedulden, bis er endlich zur Haustür hereinkommt. Lara und ich sind noch immer in der Küche eingesperrt, obwohl der Duft des Pansens nur noch als Hauch in der Luft hängt. Hoffentlich vergisst Tanja nicht, uns sofort rauszulassen. Um sie zu erinnern beginne ich zu bellen.

Es wirkt, die Küchentür wird geöffnet und ich zwänge mich hindurch, gefolgt von Lara. Aufgeregt hüpfen wir um Felix herum, der verwundert zu uns runterschaut.

„Was ist denn mit denen los?", will er von Tanja wissen, die ihm mit Lotta auf dem Arm aus dem Kinderzimmer entgegen kommt. Er küsst sie beide zur Begrüßung, dann kommen wir an die Reihe. Geküsst werden wir zwar nicht, nur gestreichelt aber das ist ok. Schließlich gibt es heute ja auch Wichtigeres. Auffordernd schaue ich zu Tanja hoch. Sie nickt mir zu und beginnt zu berichten. Wie ich es von ihm nicht anders erwarte, ist Felix sofort davon überzeugt, dass es wahr ist, was ich ihm über Tanja vermittele.

Er schaut erst sie, dann mich groß an und sagt: „Seltsam, aber mir ist auch heute Nachmittag ganz plötzlich dieser Neumann in den Sinn gekommen. Wie aus heiterem Himmel. Kann es sein, dass Robin mir das übermittelt hat?"

„Möglich ist es schon, bestätigt Tanja seine Vermutung. „In der Tierkommunikation gibt es immer wieder Überraschungen. Was machst du jetzt? Willst du der Polizei erzählen, dein Hund hat dir gesagt, wer der Giftleger ist?"

„Versuchen könnte ich es ja mal", meint er schmunzelnd.

„Ich fürchte jedoch, man würde mich für verrückt halten. Das will ich nicht riskieren."

Er streicht überlegend mit der Hand durch seine kurzen Haare, dann kommt er zu dem Entschluss: „Ich werde heute Nacht darüber nachdenken und morgen mit den Kollegen besprechen, wie wir den Kerl überlisten. Zum Glück kennen die Kumpels ja alle deine Fähigkeiten, da sehe ich kein Problem."

Ich jaule kurz auf und Felix bückt sich zu mir um mir den Rücken zu klopfen. „Dich kennen sie natürlich noch besser, Robin. Niemand wird an deiner Aussage zweifeln."

Na, das wollte ich doch hören. Zufrieden grunzend schlendere ich zu meinem Körbchen und setze mich hinein. Tanja begleitet Felix in die Küche, um sein Essen warmzumachen. Er hält solange seine Tochter auf dem Arm und spricht in dieser seltsamen Sprache mit ihr, die Menschen bei Babys oft anwenden. Es klingt wie „Ja, wo ist denn meine süße kleine Lotta? Daaa ist die kleine Lotta…"

Ich versuche sein Gebrabbel zu ignorieren weil ich noch immer an diesen Jäger denken muss. Wenn die Polizei endlich gegen ihn vorgeht, würde ich sehr gern irgendwie in die Aktion integriert werde. Schließlich hasst mich dieser Neumann so sehr, dass er mich schon einmal umbringen wollte. Vielleicht sollten sie mich als Lockvogel oder besser gesagt als Lockhund einsetzen.

Der Gedanke gefällt mir. Obwohl, wie soll ich mich dann verhalten? Ich kann ja schlecht so lange vor dem Hundehasser hin und herlaufen, bis er mir vielleicht einen vergifteten Happen anbietet. Und das möglichst vor den Augen der Polizei. Nein, so dumm wird er nicht sein.

Hmmm, es scheint doch nicht so einfach, ein Lockhund zu sein. Hatte ich mir irgendwie leichter vorgestellt.

Meine Überlegungen machen mich müde, mit einem leisen Seufzer lege ich meinen Kopf auf die Vorderpfoten und schlafe ein.

Kapitel 21: Die Abrechnung

Eine feuchte Nase stößt an meine und ich öffne ein Auge, nur halb, damit ich nicht ganz wach werde. Lara nimmt jedoch keine Rücksicht auf meine Müdigkeit.

„Während du seelenruhig schläfst habe ich nachgedacht", beginnt sie zu berichten und ignoriert mein lautes Gähnen. „Und mit welchem Ergebnis?", frage ich mürrisch.

Aus Erfahrung weiß ich, dass mit Schlafen nichts ist, wenn meine Gefährtin mir etwas mitteilen möchte. Also stemme ich mich auf meine Vorderpfoten um mit ihr auf Augenhöhe zu sein.

„Du bist süß, wenn du so zerknittert guckst", bemerkt sie und schleckt mir einmal über die Schnauze. Dann erklärt sie mir, über was sie nachgedacht hat.

„Dieser Jäger hat doch selbst einen Hund, diesen hysterischen Kläffer, der jedes Mal fast seinen Zwinger einreißt, wenn wir an seinem Grundstück vorbei gehen."

„Hmmm", mache ich, weil ich nicht weiß auf was sie hinaus will. „Ein alter Jagdhund, ziemlich unsympathisch. Trägt seinem Herrchen immer die erschossenen Füchse oder Hasen nach Hause. Er mag mich nicht, genauso wie sein Herr. Hab ihn allerdings schon eine Weile nicht mehr gesehen. Vielleicht ist er ja schon tot..."

Nein, ist er nicht, zumindest noch nicht. Ich hab ihn nämlich gestern gesehen als ich mit Tanja und Lotta spazieren ging. Jetzt, da die Blätter von den Sträuchern gefallen sind, kann man vom Weg aus den Zwinger sehen. Er saß darin und starrte mich an, ohne zu kläffen. Er sah furchtbar aus, total abgemagert und sein Fell war ganz struppig. Er tat mir richtig Leid, obwohl ich ihn auch nicht mag."

„Und was willst du mir damit sagen?", frage ich. „Sollen wir ihn etwa da rausholen?"

Ich versuche meine Frage so emotionslos wie möglich auszudrücken. Denn ich verspüre keine Lust, diesen bissigen Jagdhund aus seinem Zwinger zu befreien.

„Genau das meine ich", pflichtet Lara mir sofort bei und ich seufze innerlich auf.

„Dann musst du dass Tanja sagen, damit sie es Felix mitteilt. Die Organisation…" ich komme nicht zum Weitersprechen, denn sie fällt mir ins Wort.

„Nein, nicht die Organisation, das ist viel zu umständlich, bis die dort sind ist der alte Knabe tot. Nein, ich dachte, wir beide retten ihn, gleich morgen früh."

„Aber wie stellst du dir das vor? Wir können doch nicht allein dorthin gehen und ihn befreien. Nicht zu vergessen, dass er ziemlich bissig ist", werfe ich ablehnend ein. „Was, wenn er uns beißt?"

„Du wirst doch keine Angst vor einem alten, kranken und halb verhungerten Hund haben."

Da ist er wieder, dieser spöttische Blick, den ich gar nicht an ihr mag.

„Außerdem hat er mir versprochen, ganz artig zu sein wenn wir ihn retten", fügt sie mit unschuldigem Blick hinzu.

Ich blase empört die Backen auf. „Du hast dich mit ihm schon abgesprochen? Ohne mich vorher zu informieren."

„Hab nicht mehr dran gedacht, ist mir erst eben wieder eingefallen." Ihr Unschuldsblick täuscht mich nicht. Vermutlich hat sie nur abgewartet, bis ihr der Zeitpunkt, mich einzuweihen günstig erschien.

„Wie stellst du dir das vor? Wir können doch nicht einfach losziehen. Außerdem ist das Gartentor zu, wir kommen gar nicht raus. Oder willst du Tanja vorher Bescheid geben."

Ein klein wenig Hoffnung keimt in mir auf. Denn wenn Tanja oder Felix mitkämen, wäre die Aktion ja legal. Aber nein, Lara schüttelt entschlossen den Kopf, sie will, dass wir die Sache allein durchziehen. Ich hab's ja befürchtet.

„Halt dich in der Früh bereit, wir müssen zeitig los."
Mehr erfahre ich nicht von ihr. Sie schleckt mir nochmals über die Nase, dann trollt sie sich in ihr Körbchen, rollt sich zusammen und beginnt kurz darauf leise zu schnarchen. Mit meiner Ruhe ist es allerdings vorbei, ich grüble darüber nach, wie ich sie von ihrem Vorhaben abbringen kann. Doch das wenige, das mir einfällt taugt dazu nicht. Wenn sich Lara was in den Kopf gesetzt hat, dann hält sie niemand auf, am allerwenigsten ich. Ein Stups mit der Pfote weckt mich aus dem Schlaf. „Schnell, beeil dich, bevor Felix zurück ist." Lara steht bereits an der offenen Wohnungstür und späht hinaus. Ohne auf mich zu warten schlüpft sie durch den Spalt, ich beeile mich, ihr nachzulaufen. Warum steht sowohl die Wohnungs- als auch die Haustür auf? So früh am Morgen. Dann fällt mir ein, dass heute wohl die Müllabfuhr kommt. Dann stellt Felix immer in aller Frühe die Tonnen heraus, die sonst im Schuppen stehen. Seit eine Waschbärenfamilie in den Gärten ihr Unwesen treibt, müssen die Mülltonnen eingeschlossen werden. Die ansonsten harmlosen Waschbären plündern gern die Tonnen und verstreuen den Inhalt im ganzen Garten.
Lara huscht hinter die ersten Büsche und ich mache es ihr nach. Wir warten bis Felix wieder ins Haus geschlurft ist und die Tür hinter sich geschlossen hat, dann laufen wir zum Tor. Mir ist hundeelend weil unser heimliches Verschwinden mir wie Verrat Felix gegenüber vorkommt.
Lara plagen solche Gewissensbisse scheinbar nicht, sie ist bereits am Tor und zieht es mit der Pfote auf. Es ist nur angelehnt, damit die Müllmänner die Tonnen wieder zurückstellen können.
Trotz meiner Skrupel muss ich Lara bewundern, wenn sie einen Plan hat, dann ist er bis ins Kleinste durchdacht.
Gemeinsam laufen wir zügig an der Landstraße entlang, es ist der schnellste Weg zu Neumanns einsam gelegenen Grundstück. Nach einer ganzen Weile, wie mir scheint, stehen wir

endlich vor der Hecke, die den verwilderten Garten umschließt. Wie Lara mir erzählt hat, kann man gut durch die nackten Zweige schauen. Nur, schauen hilft uns nicht weiter, wir müssen einen Eingang finden.

Neumanns alter Jagdhund hat uns schon erspäht und wedelt zur Begrüßung mit seinem zur Hälfte abgeschnittenen Schwanz. Zudem jault er heißer. Ich schau ihn mir genau an und erschrecke. Seit ich ihn zuletzt gesehen habe hat er sich sehr verändert. Er war schon immer sehr schlank, doch nun ist er so dürr, dass seine Rippen unter dem schütteren Fell hervorstehen. Seine Augen blicken stumpf und wie er so dasteht und auf uns schaut wirkt er verloren und traurig.

Obwohl wir uns gegenseitig nie leiden mochten tut er mir Leid. Vermutlich war sein Leben nie besonders schön gewesen, doch war er, wie jeder Hund, seinem Herrn stets treu ergeben gewesen. Und nun hat ihn dieser Herr hier zum einsamen Sterben verurteilt. Lara hatte Recht, wir müssen diesen armen alten Hund hier rausholen.

Sie trabt schon an der Hecke entlang, auf der Suche nach einem Durchschlupf, ich eile ihr hinterher. Tatsächlich finden wir ein Loch im verrosteten Drahtzaun hinter der Hecke. Es kommt mir sehr klein vor und mich schaudert davor, dort durchzukriechen. Mein Abenteuer in der Dornenhecke ist mir noch gut im Gedächtnis. Doch dann folge ich einfach meiner Gefährtin, die sich entschlossen durch das Loch zwängt. Der rostige Zaun leistet keinen Widerstand, er bröckelt einfach weg.

Kurz darauf stehen wir vor dem Hund im Zwinger und sehen das ganze Ausmaß seiner Verwahrlosung. Wir Hunde mögen ja in gewissem Maße Gestank, doch was uns hier in die Nasen kommt verschlägt uns den Atem. Neumanns Hund vegetiert inmitten von Unrat, Schimmel und Kot. Der Zwinger ist schon seit ewigen Zeiten nicht mehr gereinigt worden, die Hundehütte ist undicht und modrig. Überall liegen alte Knochen und Fellreste herum, es sieht fast so aus, als hätte der Jäger seinen

Hund mit erlegten Tieren gefüttert. Aber nicht mit Reh oder Hase, die Überreste sehen aus, als stammten sie von Füchsen, Waschbären und Katzen.

„Beim Anubis", flüstere ich Lara zu, „wer füttert einen Hund mit erlegten Raubtieren. Das ist ja widerlich."

„In letzter Zeit war ich froh, wenn er mir überhaupt noch was gebracht hat", höre ich die heißere Stimme des Jagdhundes dicht neben mir. Als ich den Kopf hebe schaue ich direkt in seine stumpfen Augen.

Er ist blind, schießt es mir durch den Kopf, zumindest kann er nicht mehr allzu viel sehen.

Wie zur Bestätigung sagt er: „Seit ich mein Augenlicht verloren habe, bin ich wertlos für ihn. Er sperrte mich hier ein. Zu Anfang brachte er mir wenigstens noch ab und zu Futter. Seit vielen Tagen war er aber gar nicht mehr hier. Wenn es nicht so viel regnen würde wäre ich bereits verdurstet und hätte es hinter mir. So muss ich halt verhungern."

„Nein, du wirst nicht verhungern", mischt sich jetzt Lara ein. „Ich habe dir doch versprochen, dich hier rauszuholen. Und jetzt sind wir da."

„Aber wie wollt ihr das schaffen? Mein Zwinger ist immer gut verschlossen."

„Pfff", macht Lara abfällig. „Da ist nicht mal ein Schloss dran. Den Riegel kann ich mit der Pfote verschieben. Dann kannst du raus."

Sie läuft zum Eingang des Zwingers, stellt sich dort auf die Hinterbeine und kratzt mit der Pfote am Riegel herum. Tatsächlich schafft sie es in kürzester Zeit, dass die Zwingertür quietschend nach innen aufgeht. Neugierig, wie sie nun mal ist, huscht Lara ins Innere um alles genau zu inspizieren. Dann stellt sie sich neben den alten Hund und stupst ihn leicht mit der Nase an.

„Komm, ich führ dich nach draußen. Bleib dicht bei mir. Ich heiße übrigens Lara und der Dicke da draußen ist Robin. Wie ist dein Name?"

Es scheint, als müsse der Jagdhund erst überlegen, wie sein Name ist. Er wittert in Laras Richtung, dann sagt er: „Früher nannte mein Herr mich Benno, in letzter Zeit hat er mich kaum noch angesprochen. Wenn überhaupt, nannte er mich oller Köter oder Mistvieh. Nicht sehr schmeichelhaft, nicht wahr? Dabei habe ich mich mein Leben lang bemüht, ihm alles Recht zu machen. Was nicht immer einfach war, er hat mir stets viel abverlangt."

Er sagt es mit unendlicher Traurigkeit, Lara und ich sehen uns durch die Zwingerstäbe betroffen an. Benno scheint trotz seines elenden Lebens noch immer an dem Jäger zu hängen. Ich seufze traurig. Ja, so sind wir Hunde nun mal, egal wie schlecht man uns behandelt, wir halten unserem Herrn die Treue.

„Bevor hier Sentimentalität aufkommt, wollen wir sehen, dass wir wegkommen", bestimmt Lara in forschem Ton. „Benno, du hältst dich dicht an meiner Seite, du Robin läufst auf seiner anderen Seite. Wir nehmen besser den Weg abseits der Landstraße, der ist zwar länger aber weniger gefährlich. Los jetzt, dass wir nach Hause kommen."

Entschlossen marschiert sie los und führt den blinden Benno durchs Tor und hinunter auf den Weg. Dort nehmen wir ihn zwischen uns. Nach anfänglichen Schwierigkeiten unser Tempo zu koordinieren klappt es recht gut. Benno hält den Kopf gesenkt und hechelt leicht, hält aber gut mit uns Schritt. Nach mehr als der Hälfte der Strecke wird er langsamer und wir legen uns am Wegrand auf dürre Grashalme, damit er ausruhen kann. Bennos Flanken beben vor Erschöpfung und trotz der Kälte hechelt er jetzt stark. Ich beobachte ihn besorgt. Er sieht fürchterlich dürr aus und sein ehemals rauhaariges Fell ist dünn, an vielen Stellen ist er kahl. Wieder einmal frage ich mich, wieso manche Menschen ihre Hunde so behandeln. Eine Antwort fällt mir nicht ein.

„Da kommt ein Auto." Lara hebt alarmiert den Kopf und starrt den Feldweg entlang. Tatsächlich kommt dort ein Auto

213

angefahren. Wir erheben uns und laufen ein Stück ins Feld und legen uns nieder um das näherkommende Fahrzeug zu begutachten. Nur Benno bleibt stehen.

Etwa auf unserer Höhe hält es an und die Tür geht auf. Ein Mann springt heraus und schreit erbost: „Benno? Wie bist du elender Köter aus dem Zwinger gekommen? Komm sofort hierher."

Benno beginnt zu zittern, duckt sich demütig und will auf seinen Herrn zulaufen. Ein warnender Laut von Lara lässt ihn jedoch wieder innehalten. „Bist du verrückt?" blafft sie aufgeregt. „Wenn du jetzt zu ihm läufst wird er dich umbringen. Renn mit uns weg, quer über das Feld. Da kann er uns nicht mit dem Auto folgen."

Benno dreht verstört den Kopf in die eine und dann in die andere Richtung. Dann läuft er dem Klang von Laras Stimme nach, auf uns zu. Wir atmen beide auf, nehmen ihn in unsere Mitte und flüchten eilig über das Feld in Richtung des nahen Waldes. Hinter uns hören wir Neumann schreien. Ich schaue kurz zurück und sehe, dass er uns zu Fuß folgt. Auf dem matschigen Ackerboden kommt er zum Glück nicht so schnell voran und als ich mich das nächste Mal umschaue steht er fuchtelnd und schreiend da.

Auch Benno bereitet der nasse Boden Schwierigkeiten, doch darauf können wir momentan keine Rücksicht nehmen. Erst am Waldrand bleiben wir stehen und sehen Neumann wegfahren. Für den Moment droht von ihm keine Gefahr. Doch ein Blick auf Benno lässt uns Schlimmes befürchten. Er liegt mit geschlossenen Augen auf dem Boden, seine Flanken pumpen vor Erschöpfung wie ein Blasebalg.

„Lasst mich hier liegen", japst er schwach. „Ich schaffe es nicht. Bringt euch in Sicherheit…"

„Kommt nicht in Frage", entrüstet sich Lara. Dann hebt sie die Ohren an und starrt über das Feld. „Da kommt noch ein Auto", ruft sie und horcht einen Moment.

„Es ist Felix, ich erkenne den Klang seines Automotors. Juhuu, wir sind gerettet." Sie wendet sich an mich. „Bleib du bei Benno, ich lauf schnell übers Feld zurück um Felix anzuhalten." Ehe ich nur nicken kann rennt sie schon mit langen Sprüngen über das Feld. Ich starre ihr nach und muss wieder einmal ihre anmutigen Bewegungen bewundern. Wie bin ich stolz auf meine wunderschöne Gefährtin. Tatsächlich kommt sie kurze Zeit später an Felix' Seite zurück. Er hält sich nicht lange mit Überlegungen auf, ein kurzer Blick auf Benno lässt ihn handeln. Er schiebt seine Arme unter den halbtoten Hund und hebt ihn auf. Dann laufen wir zügig über das Feld zurück zum Auto. Lara und ich springen ins Heckteil und Felix legt Benno vorsichtig zwischen uns. Dann schließt er die Klappe und wir fahren los.

Die kurze Fahrt endet vorm Haus des Tierarztes. Felix hat ihn von unterwegs angerufen und Dr. Schirmer wartet bereits auf uns. Benno wird in die Praxis getragen, Lara und ich bleiben wartend zurück. Nach einer Weile kommt Felix zurück und setzt sich ins Auto. Während er den Anlasser betätigt, schaut er uns durch den Rückspiegel an.

„Eigentlich müsste ich ja mit euch schimpfen, weil ihr ausgebüxt seid", sagt er lächelnd durch den Spiegel. „Aber vermutlich habt ihr dadurch Bennos Leben gerettet.

Der Doktor meint, er bringt ihn wieder auf die Beine. Aber ihr Beide werdet Tanja und mir zu Hause einiges zu erklären haben."

So schlimm fällt die Strafpredigt jedoch nicht aus, denn auch Tanja ist viel zu froh, dass wir gesund und munter zurück sind. Trotzdem tun Lara und ich so, als wären wir zerknirscht über unser Verhalten. Was wir natürlich nicht sind, denn schließlich haben wir Benno befreit. Lara übernimmt es, mit Tanja zu kommunizieren, da sie viel mehr Erfahrung darin hat. Ich trage nur hin und wieder mal einen Gedanken bei und lasse mich ansonsten von Felix hinter den Ohren kraulen. E hat mir und Lara den Alleingang längst verziehen und ich merke, dass er insgeheim sogar sehr stolz auf uns ist.

Dass er genau im richtigen Moment unseren Weg kreuzte war jedoch Zufall, vielleicht hatte aber auch Bennos Schutzengel seine Pfote im Spiel. Denn Felix war eher ziellos umhergefahren, nachdem er unser Verschwinden bemerkt hatte.

Unsere Kommunikation wird durch lautes Hupen unterbrochen, das vorm Gartentor erschallt. Kurz darauf erklingt die Türglocke im Dauerton, so als würde jemand den Finger darauf pressen. Lara und ich reagieren mit lautem Bellen und wir rennen beide zum Eingang, dicht gefolgt von Felix und Tanja. Durch den Lärm erwacht Lotta und fängt zu brüllen an, was Tanja veranlasst, umzudrehen und ins Kinderzimmer zu eilen. Felix, Lara und ich drängen uns fast gleichzeitig durch die Haustür um nachzuschauen, wer der unverschämte Störenfried ist.

„Dachte ich's mir doch, dass uns Herr Neumann einen Besuch abstattet", murmelt Felix erbittert. „Na, der kommt mir gerade Recht. Dem werde ich mal gehörig die Meinung sagen, diesem elenden Tierquäler."

Zuvor ruft er jedoch Lara und mich zu sich, wir gehorchen nur widerwillig, da wir ebenfalls gerne mit dem Jäger ein Hühnchen rupfen würden.

Noch bevor wir am Tor sind beginnt Neumann zu schreien. „Hey, Huth, was haben deine verdammten Köter mit meinem Hund gemacht? Sie haben ihn aus dem Zwinger gelassen und sind mit ihm auf und davon. Ist mein Hund jetzt hier? Rück ihn sofort raus, sonst hetz ich dir die Bullen auf den Hals."

„Ihr Hund liegt beim Tierarzt, dort hätte er schon vor längerer Zeit hingehört. Haben Sie keine Augen im Kopf, Mann? Ein Herz besitzen sie bestimmt nicht, sonst wäre Benno nicht in solch einem katastrophalen Zustand. Wie können sie ein Tier, dass ihnen jahrelang treu gedient hat so leiden lassen?"

Neumann fuchtelt mit der Hand durch die Luft und schreit: „Es geht dich einen Dreck an, wie ich meinen Hund behandle. Der Köter wurde faul und hat mir nicht mehr gehorcht. Da hab ich ihn weggesperrt. Ist ja zu nix mehr nütze, was soll ich da noch mit ihm?"

„Sie hätten ihn zumindest ordentlich füttern müssen. Gerade ein alter Hund braucht gutes, kräftiges Futter."

„Ach lass mich in Ruhe mit deinen Gefühlsduseleien. Ruf den Tierarzt an und sag, er soll das Drecksvieh meinetwegen einschläfern. Bezahlen tu ich aber nicht dafür, schließlich hab ich ihn nicht hingebracht. Ich war sowieso auf dem Weg zum Zwinger um ihn zu erschießen. Deine Köter haben mich um den Spaß gebracht."

Er starrt mich und Lara böse an und dabei hat er ein seltsames Glitzern in den Augen. Mir wird ganz mulmig zumute und ein Knurren steigt in meiner Kehle hoch. Nicht ohne Grund, wie mir gleich darauf klar wird. Denn plötzlich hat der Kerl sein Jagdgewehr in der Hand und richtet es über das Tor.

Neumanns Stimme klingt jetzt richtig heiter. „Dann werde ich einfach deinen hässlichen Köter erschießen. Diesmal treffe ich ihn bestimmt besser." Seinen Worten folgt ein scharfes Knacken und der Lauf des Gewehrs deutet genau auf mich.

In dem Moment passieren mehrere Dinge gleichzeitig. Ich sehe, wie Felix einen riesigen Satz auf Neumann zu macht, sein Arm schlägt von unten an den Gewehrlauf. Gleichzeitig spüre ich einen Anprall an meiner Seite, ich falle um und Lara rutscht über mich drüber und landet neben mir auf dem Boden. Gleichzeitig knallt es ganz fürchterlich und Neumann stößt einen wütenden Schrei aus. Danach ist es für einen Moment totenstill. Wir sind alle wie erstarrt, keiner rührt sich. Dann dringt plötzlich Sirenengeheul in unsere Ohren und hinter Neumanns Wagen hält ein Polizeiauto an. Zwei Polizisten springen heraus und überwältigen Neumann im Nu. Sein Gewehr wird ihm abgenommen.

Ganz langsam erwachen wir aus unserer Erstarrung. Felix reibt sich mit den Händen übers Gesicht und schaut ungläubig um sich. Lara rappelt sich auf, schüttelt sich und beugt ihren Kopf zu mir runter.

„Geht es dir gut, Robin, bist du ok?" Sie beschnuppert mich ausgiebig.

Ich kann sie beruhigen, mir fehlt nichts. Langsam stehe ich auf um mich ebenfalls zu schütteln und umzusehen. Die Polizisten reden mit Felix und Neumann sitzt hinten im Polizeiauto und starrt wütend durch die Scheiben. Tanja kommt aus dem Haus und stellt sich zu Felix und den Polizisten. Sie hat alles vom Fenster aus gesehen und vorsorglich die Polizei angerufen.

Endlich ist Weihnachten und die ganze Familie ist im Wohnzimmer um den Christbaum versammelt. Unsere Menschen singen ein Weihnachtslied und klein Lotta kräht fröhlich dazu. Lara, Danny und ich haben es uns auf einer flauschigen Decke gemütlich gemacht, wir knabbern an leckeren Kauknochen, unserem Weihnachtsgeschenk.

Der durch Neumann ausgelöste Schock ist fast vergessen, er sitzt im Gefängnis und wartet auf seinen Prozess. Inzwischen hat er die Giftanschläge zugegeben und es wurden ihm noch mehr Untaten nachgewiesen, für die er geradestehen muss.

Benno geht es besser, er wird bald zu einem älteren Ehepaar kommen, dass ihn hoffentlich sein bisheriges schlimmes Leben vergessen lässt. Lara und ich haben ihn bei Dr. Schirmer besucht und einen netten alten Jagdhund kennengelernt, der uns von Herzen für seine Rettung gedankt hat.

Die Besitzer von Momo und Robin haben uns ein großes Paket mit allerlei Leckereien geschickt, dazu ein Bild von Mutter und Sohn unterm Weihnachtsbaum. Momo hat sich von ihrem Abenteuer ganz erholt und aus meinem kleinen Namensvetter ist ein kräftiger junger Bulldoggenrüde geworden.

Am Abend, als schon alle schlafen, liege ich wach in meinem Korb und denke nach. Über das vergangene Jahr und das Leben allgemein. Und ich komme zu der Überzeugung: Das Leben ist doch wunderbar.

Noch ein kleiner Nachtrag

Liebe Leserin, lieber Leser. Ich würde mich freuen, wenn Ihnen die Geschichte gefallen hat. Denn Robin, Lara und Danny gab es wirklich, sie haben mich alle ein Stück meines Lebens begleitet. Und ich will gerne erzählen, wieso ich Robin zum Helden dieses Romans ernannt habe.

Robin wurde als Scheidungswaise im Internet angeboten. Eine englische Bulldogge, Rüde, zweieinhalb Jahre alt. Als wir diese Anzeige lasen, war meine geliebte Boxerhündin Buffy gerade einen Tag tot und noch nicht einmal beerdigt. Sicher wundern Sie sich, dass wir da nach einem neuen Hund suchten.

Ehrlich gesagt, ich weiß es selbst nicht, mein Mann und ich waren voller Trauer und wollten ganz gewiss keinen neuen Hund. Doch irgendetwas brachte uns Beide dazu die Anzeigen an Hunden zu durchsuchen. Wir stießen ziemlich bald auf Robin und ich rief dort an.

Am nächsten Morgen stand ich unter der Dusche und weinte um Buffy. Ich war voller Zweifel, ob es richtig war 300 km zu fahren um eine erwachsene Bulldogge zu holen. Bisher hatten wir ausschließlich Boxer besessen, die wir alle im Welpenalter erworben und selbst großgezogen haben.

Da hörte ich plötzlich Buffys Stimme in meinem Kopf, die mir sagte: „Mama, hol den Robin. Er wird Dir gut tun"

Also fuhren wir los. Alles war irgendwie seltsam, Robins Herrchen erzählte nur sehr wenig und ich hatte das Gefühl, der Hund interessiere ihn gar nicht wirklich. Er hatte es eilig und fragte, ob wir den Hund nun wollten und das Geld dabei hätten. Mein Mann wollte eher nicht, auch mir war nicht ganz wohl dabei. Doch ein Blick auf Robin, der so verloren dastand, genügte.

Trotz meiner Zweifel gab ich dem Mann das Geld und er mir die Hundeleine in die Hand. Dann verschwand er ohne zurückzublicken. Robin stieg ohne Zögern in unser Auto und machte es sich auf der Rückbank gemütlich. Seinem ehemaligen Herrn blickte er nicht einmal nach.

So kam Robin in unsere Familie. Er war kein einfacher Hund, das merkten wir bald. Mit unserem dreibeinigen Danny verstand er sich nicht besonders gut, doch meist ignorierten sich die Beiden.

Schlimmer war das sich schnell herausstellte, dass Robin krank war. Er lief immer schlechter und irgendwann bekam er Anfälle. Er fiel plötzlich bewusstlos um und war dann lange nicht ansprechbar. Wir ließen ihn untersuchen, doch eigentlich war er gesund. Vor einem geplanten CT seines Kopfes ließ ich ihn nochmals untersuchen, denn Buffy hatte mir mitgeteilt Robins Krankheit säße nicht im Kopf, sondern sein Problem läge im Bauchraum. Während der Ultraschalluntersuchung kollabierte er erneut und kam nicht mehr zu sich. Der Tierarzt stellte dann eine große Flüssigkeitsansammlung, vermutlich Blut, im Herzbeutel fest. An genau derselben, eigentlich sehr seltenen Krankheit, war Buffy gestorben.

Wir ließen Robin nicht wieder aufwachen mit gerade einmal viereinhalb Jahren. Obwohl er uns nur zwei Jahre begleitet hat, hat er doch einen unauslöschlichen Eindruck bei uns hinterlassen. Leider blieb mir bis heute verborgen, warum Buffy darauf bestand, dass wir Robin in unser Leben holten. Ich habe sie beide schon mehrmals befragt, doch bisher keine schlüssige Antwort erhalten. Vielleicht habe ich sie aber auch bloß nicht verstanden. Tierkommunikation kann auch manchmal rätselhaft sein.

Zu seinen Lebzeiten hatte Robin es oft abgelehnt, mit mir zu kommunizieren, mir nur hin und wieder brummige kurze

Antworten gegeben. Nach seinem Tod änderte sich das, ich konnte lange Dialoge mit ihm führen. Seine ersten Worte nach seinem Tod werde ich nie vergessen: „Ich danke dir, dass du mich erlöst hast, ich habe diesen plumpen, kranken Körper gehasst. Nun bin ich frei."

Über die Tierkommunikation ermunterte Robin mich zu diesem Roman. Aber er wollte darin nicht krank und schwach sein, sondern so, wie er gerne gewesen wäre. Gesund, kräftig, sportlich und ein kleiner Held. Ich denke es gefällt ihm, wie ich ihn beschrieben habe. Dass er mein Schreiben verfolgte bewies er mir öfter. Wenn ich keine Lust hatte spornte er mich an. Und während eines Seminars in Tierkommunikation stellte er sich für eine andere Teilnehmerin als Kommunikationspartner zur Verfügung. Als sie ihn fragte was er gerade tue, zeigte er ihr ein Bild wie er im Wohnzimmer inmitten einer Schar Welpen saß. Auch ich war verdutzt als sie es erzählte, denn Robin war kastriert, hatte niemals Welpen gezeugt. Bis mir später einfiel, dass ich kurz zuvor die Episode geschrieben hatte, die Robin als stolzen Vater inmitten seiner Welpenschar darstellte. Anscheinend gefiel ihm diese Vorstellung so gut, dass er sie erzählen wollte.

Ich weiß was ich über Tierkommunikation schreibe, kommt einigen von Ihnen sicher sehr unglaubwürdig vor. Besonders wenn Sie nicht an die Möglichkeiten der Tierkommunikation glauben oder noch nie davon gehört haben.

Und da ich ja eigentlich Fantasy-Autorin bin, könnte ich ja alles nur ersonnen haben. Doch ich schwöre Ihnen, alles was ich über Tierkommunikation geschrieben habe ist die reine Wahrheit. Im Roman habe ich die Durchführung jedoch vereinfacht dargestellt.

Doch Tierkommunikation funktioniert tatsächlich und ich möchte Sie nochmals ganz besonders auf diese Möglichkeit, mit ihrem Tier zu sprechen, aufmerksam machen. Durch Tierkommunikation kommen Sie ihrem Liebling um so vieles näher, besonders wenn es Probleme gibt.

Es gibt inzwischen viele sehr gute Tierkommunikatoren, die gerne und kompetent Gespräche mit ihren Tieren führen. Sie können es aber auch selbst erlernen, es gibt Bücher und Seminare dazu. Versuchen Sie es einfach einmal. Sie werden staunen, was Ihre Tiere Ihnen zu erzählen haben.

Ende

Vielleicht interessieren Sie sich auf für Fantasyliteratur, für Vampire, Hexer oder Geister.

Auf meiner Homepage www.gerdi-m-buettner.de finden Sie mehrere Romane des Genres.